光阴里

梅里·雪————著

天津出版传媒集团

百花文艺出版社

图书在版编目（CIP）数据

光阴里 / 梅里·雪著. -- 天津 : 百花文艺出版社，
2025. 7. -- ISBN 978-7-5306-9175-5

Ⅰ. I267

中国国家版本馆 CIP 数据核字第 2025XC7918 号

光阴里
GUANG YIN LI

梅里·雪　著

出　版　人:薛印胜
责任编辑:张　雪
装帧设计:吴梦涵
出版发行:百花文艺出版社
地址:天津市和平区西康路 35 号　　邮编:300051
电话传真:+86-22-23332651（发行部）
　　　　　　+86-22-23332656（总编室）
　　　　　　+86-22-23332478（邮购部）
网址:http://www.baihuawenyi.com
印刷:三河市嵩川印刷有限公司
开本:710 毫米×1000 毫米　1/16
字数:260 千字
印张:17
版次:2025 年 7 月第 1 版
印次:2025 年 7 月第 1 次印刷
定价:58.00 元

如有印装质量问题，请与三河市嵩川印刷有限公司联系调换
地址: 三河市杨庄镇肖庄子
电话:（0316）3654999　邮编: 065201

目录

第一辑　天境

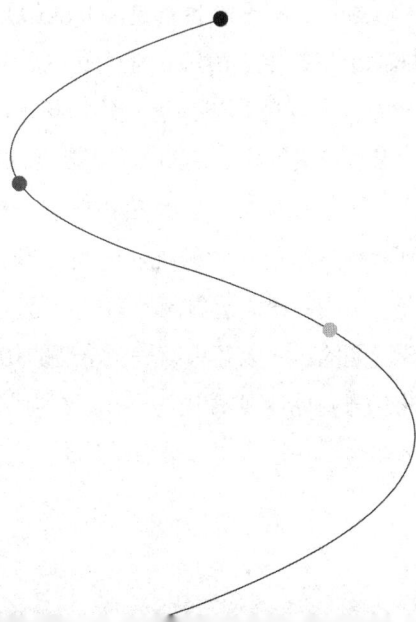

花树下

一说祁连，人们都知道八百里祁连山，它承载着野性和秘境的寓意。祁连山怀抱里藏着许多桃源似的小村庄。马场滩村就是其中一个，村庄被山杏花包围，一山野的杏花，灿烂了整个初夏。

杏树生长在十里河谷，乡野田头，生长在垒石叠起的杂草间。祖先们种了几百年的地埂用石头垒起界，你不占我，我不抢你，互不干扰。可几树杏枝斜逸横出，虬枝铺展在田地外，锄田耕种，劳动累了，谁都可以坐在花树下，休憩、喝茶、吃腰食。

也许花树上搭过村人的衣裳呢。我想，他们耕种劳作热了，出汗了，脱了外衣随手搭在树枝上；有时也把带到田间的吃食布袋挂上树。枝子是他们信任的兄弟姐妹，相扶相携，替他们保管着日月。

或许，树干上也绑过婴儿的吊篮呢，夫妇在不远处耕田种菜，孩子熟睡于吊篮中，山风替他们摇晃着篮子。大野寂静啊，花静、风静、日光静，布谷鸟儿飞到远处的树梢才轻盈地叫几声，怕吵醒孩子。扑簌，一朵杏花没忍住，亲吻了一下婴儿的嫩脸蛋，她在睡梦中笑了。

顺着一树灿烂，我抬头探望一棵树暖暖的、搁置在光阴里的故事。那根粗枝壮的花树缠绕着山间光阴，种地的农人，布衣素食，光阴似杏花，清明简淡，透着淡粉莹白的光，透着殷殷的红火。

是的，一场花事有一个季节的秘语，一个时代也有一个时代的象征，马场滩村跨上新时代的列车，拆除了旧时破屋，借乡政府打造乡村旅游的东风，一排排"和美乡村"的新农舍依山而建。

青瓦黄墙，朱红色的大门楼，村庄有了崭新、气派、阔绰的风貌。山杏花围着村庄，围着田畴，恣意地开。更有头脑灵泛的致富带头人，修别墅建院子，种花种草，开起了乡村民宿——藏乡度假村。

村前是石头和草木相间的青山，形似老虎。山下一条河，水声哗哗，河两岸是古老的田地，一条一块，阡陌纵横。村后树林成荫，"老虎"右前腿随山水之势伸展，似怀抱一湾碧水。修建美丽乡村的设计者为每户农家起了诗意的名字：听松居、观山居、清风居、明月居……

栖居在诗意大地上，这里看得见山，望得见水，我想定然也是留得住乡愁的。

自古以来，在乡野有一方院落是许多人追求的理想。追上三代，很多人都有乡村老屋和童年回忆，院子给一代又一代的人们，提供了安定、宁静、和睦或者清贫却充满生机的村庄生活环境和历史记忆。但有些人已经丢失了故乡，精神和记忆深处永远有了缺憾和乡愁。

来马场滩村能找到你需要的安慰。马场滩没有马，石头是放大了的野马群，满河谷大石头小石头，身上披拂久远年代的模糊风声，它们比马匹自由散漫，仿佛它们才是马匹的灵魂。

山不言，石不语。那蹄声却响在祁连山中，涛涛水势，把一座村庄的历史送走了一程又一程。河水吟唱着生命不息的咏叹。山坡上，田野里蒲公英谢了杏花开，杏花谢了梨花开，等梨花落尽时，满山的映山红又会笑靥绚烂地萦绕在你的眼眸。这时村子里的人们就会爬上山坡，围花而坐，过一个隆重的端阳节，暂时缓一缓播种耕耘的辛劳，放松身心，享受大自然馈赠的清新和片刻悠闲。

不论日子怎样，村人们都喜欢与花为伴。我来村庄时，正是杏花将落未落时，青苗寸高，野草嫩绿，三五老人盘坐花树下，孩童绕膝。有一女童，扎羊角辫，穿水红花布衫，撅着屁股，正专注地用拇指和食指捏起鸡嘴巴样儿，捡拾落在青草尖上的碎花瓣。

这是大野最美好的生活景象。那小女孩就是山野里最大的花朵，我虽没有闻到花香，但我相信花香是被山野之风提着东摇西晃的，内心里已经被欢喜填满，香气袅袅，馥郁摇曳。

安谧，明亮，温暖而祥和的花树下，子子孙孙不知生长了几代人，村庄不知存在了几百年。在高原夏日，该开的花不误花期，野杏花天天开，天天落，直到结出果子。

村庄惬意、安详，天人合一。村人不嫌祁连地偏，心安处即是家即是暖。我忽然羡慕他们，有一村的花树可供排遣烦忧和闲愁，也能随心自在地席地而坐，风一样自由，花一样灿烂。

花树是山野的，看村溪的那几棵，玉白色的碎花开在清荡荡的蓝天里，不多，不密，这里一树，那里三棵的，花瓣像矜持而内敛的乡野女子，不热烈，不张扬，凛然而娴静。

花树，根虽然根植于贫瘠与苦难，但枝叶蔓延，生长茂盛。若人生是一场短暂的远行，只有去路，没有归途，无论种田劳作，无论高堂香车，都是生死路必不可少的轮回，那么祁连山中的农人却另有一种幸福。他们生活在一种缓慢里，等花慢慢开，缓缓落，慢慢耕种；等果实在光阴里慢慢成熟。他们怀抱坚韧、乐观，不随波逐流，似一棵树打开一身傲骨，扎根山野。江山浮华与他们无关，他们守着山野，守着河流、山花和庄稼，荷锄来往于日升月落。

岁月无关乎苍茫，时光无关乎沉浮，只问道耕耘，问道安暖。人世悠悠，天道渺渺，在祁连山中只是寻常，村人只管打开一身傲骨，支撑起土里生土里长的田园生活。

一朵一朵花落去，也似村庄里一辈一辈人的隐去，隐在洒过汗水和泪水的泥土中。从生到死，马场滩的马匹也如一束开在村庄里的杏花，在这片土地上汲取、给予，化为烟尘，只留下一个马场的村名，在奔驰奋进的马蹄声里，一遍遍回响。

几滴云里的雨，随风撒了会儿野，又收敛了狂放。花树沾了露，立时有了小家碧玉的情态，远野人家从树杈里若隐若现，青烟似雾，缭绕村庄上空，一时间我舍不得离开这烟村花树，看不够村头的野杏花，看不够花树下的村人。

看啊，盘根错节的枝上，依旧缀着熙来攘往的繁华，玉白的瓣儿密集地托住了天光。新村巷道里人影往来，花影摇曳，此刻，我信奉荷尔德林"人应该在大地上诗意地栖居"的论述，这样原始、古朴而整洁、精巧的美丽村庄，正是我们怀着永世乡愁去寻找的心灵故乡。

山溪忽转，见村旁一"入梦亭"，四角飞檐，亭上题有楹联：

马场叫杏花笑，宜居宜业好地方；
作坊香农家乐，富裕富足新生活。

这是马场滩村最好的写照，河边村落，阳光照着，花树掩映，户户亮堂，就连山中之王"老虎"也喜欢卧在村前，村人自然也喜欢有"虎将军"守护着村庄的风调雨顺，为山谷起个响亮的名字——老虎沟。刘玫华老师提醒我，梅姐照张相吧，遇虎三年旺。那么，住在马场滩村里的人，旺，旺，旺，一年更比一年旺，旺个不停。

六月田

过了马场滩村，沿杏花谷走，就见"六月田"。一个温热的符号，寻找诗和远方的人会被这美好意象摄人心魂。

"六月田"的牌子立在广阔田间，泥土惺松，青苗茵茵，原野散发着清新的泥土味。庄稼阡陌交错，层层递进。我感叹土地上精耕细作的农人，他们的品格赋予祁连山一种独特的地域人文，有刚烈也有柔润，是擎起河西走廊的脊梁。

有鸟儿啁啾啁啾地欢叫着，一会儿高一会儿低，旋停在田地上空，是为偷吃到农人撒在地里的种子而欢欣吧。我心有窃喜，心情因鸟儿的叫声更加光亮、鲜活起来。

野鸡徜徉在地埂上，它们踱着绅士的步伐，看见你时，嘎咕——一声长而呜咽的叫声，扰乱清风，叫醒一山谷的寂静，仿佛通知山间草木，有闲人闯入田园，又或者是和你打个招呼。它们活在自由自在的梦想和现实中，这天人合一的自然，令我羡慕不已。

河岸上种了花田，有的刚发芽，有的长了一寸高。山地上仍有五六个农人正在犁沟撒种子，也有人正在从地膜塑料中抠出已经发芽的花苗，她说，不撕开地膜，花苗就会被塑料膜烫死。

种花的常识我不了解，种田有多辛苦也是超出我想象的，心间有隐隐愧意。村民们一垄一沟，弓身提锨，铲着土，压着地膜。他们披着蓝天的蓝，披着大朵的阳光，真是好啊，有男有女，窃窃说着话，笑声可与不远处的哗哗溪水声相媲美。

我说，你们怎么想到利用边地田埂种花田的？

村主任说，政府已经把"和美乡村"给我们建好了，乡村要振兴，村容村貌要整洁漂亮，种花田是为了把村庄和六月田打造得更有自然风貌，与周边麦田、菜园子相映成趣，吸引热爱山野的人们，到六月田享受大自然，到村庄体验一下乡村人家的生活。只要你来，就可以体验拥有一亩三分地的主人的荣耀。

是啊，我的田！我的地！这对中国人来说，是多么贴心贴肺的温暖和踏实。

原来，村民们商量好了，拿出村集体经济的资金投资家庭农场，抓住乡村旅游热的机遇，增加村集体收益，"六月田"有了好收益，村民们才能增收。

耕田、种地，利用边地种上野花，这可是村民集体智慧和汗水浇灌的田地，是心田、福田、菩提田、如意田。不信你看，立在花田边那块废旧的石磨盘上写着：苦尽甘来。物质丰盈，吃饱喝足了的人们才会有闲情逸致种花种草打扮幸福的光阴。

我也想撒几把种子呢，却忍住了小心思，怕俗世浊手辜负了大地的干净。

"六月田"其实是个家庭农场的名字，经营餐饮业务，为进山游玩的游人提供烧烤、菜肴、茶饮和面食什么的。木栈道铺路，引你到六月田园。

园子用彩色的石头围起，海蓝色、赭石色、紫色和黄色的石头，像情态各异的村民们，用一种灿烂的心情打造着六月田。

一入园，与几棵野梨树劈面相逢，梨树枝子漫过木屋顶，漫过白帐篷、黄帐篷，花开得清冷肆意。花香扑鼻，呼吸受宠若惊，面对一树繁花，人一时会失了情态和言语，变得苍白，变得局促不安。我只好围着花树转圈，一时又见雪白的花瓣，像一场轻雪，落在石头上，落在青草间，落在帐篷和搭建帐篷的古旧木板上，木纹一条一条经阳光曝晒呈浅灰色，雪白的花瓣凌乱、随意地躺在旧木板上，有种布面油画的小忧伤，小凄美。忽然想到李叔同先生的《落花》词："纷，纷，纷，纷，纷，纷，惟落花委地无言兮，化作泥尘；寂，寂，寂，寂，寂，寂，何春光长逝不归兮，永绝消息……荣枯不须臾，盛衰有常数……"

　　原来，李叔同先生永绝消息是一种禅意，人生浮沉，盛衰无常。来山野看一次花开花落，当倍加珍惜活在当下。但在六月田园里，杏花落了梨花开，梨花落了还有土豆花开，葱花、菜花、莱菔花，一波接着一波，花树们等着结果子，会为六月田捧出一个金色的秋天。

　　开满梨花的院子里，有一面池塘，水波粼粼，花瓣铺满水面。两只鸭子、两只白鹅游荡在园子里，它们自由自在，想怎么活就怎么活，一会儿蹒跚进池水中，划拉开梨花瓣；一会儿游出池子卧在花树下，用嘴巴啄绿草地上的碎花瓣，悠哉乐哉。

　　池边随意安置石桌、木椅，都空着，静着。只有落花在上面。

　　与花瓣为邻，我坐上空椅，却被花树丛中飞出的鸟儿数落一顿。它们叽叽喳喳吵闹一阵，我才看见树上放置了鸟巢，人工造的木房子，有红腹白翎的鸟儿进进出出。

　　村民们真是好心肠，自己的家安逸舒适了，也要为鸟儿们安置别具一格的家。你若来山野，就会明白，远野、花树、田畴和河流是人类和鸟儿们共同的家园。

　　坐在花树下，一杯闲茶，沐日光，看白云，看风把花瓣吹离枝头，又飘散在风中，缓缓下落。看水静林深，听鸟入花林，不慌不忙。一时你会忘记世间烦忧，与花香缠绵，与山野静气缠绵，一颗被俗世所累的心立马与时光和解。你的灵魂在田野里自由自在，也有了田间泥土和草木花树的清香味儿。

　　你可以进帐篷享受美食，也可以在绿草地上烤肉吃，羊腿、鸡翅什么的随你烤。若你豪气，烤全羊更是美味呢。肉是来自村人自家饲养的家畜，菜是六月田里种的。你若是个勤快人，就去随手摘一把菜，交给厨娘为你做菜，若再勤快些的，干脆自己洗了自己烤，你也会觉得日子简单而随心。

　　其实，生活有时候是需要怀着朴素之心来享受的。简单的吃食，原始的田野风光，这大地上自然的草木气息，会让我们的心灵和精神返璞归真。尘世有时喧闹，有时拥挤，不必计较得与失，来广阔田野，守一方田地，把心空出来，像大地一样开阔，才能找到暂时的安宁。

杏花一样秀气的村姑说，阴雨天不劳作的时候，她们也会约上村中姐妹，来六月田。帐篷门帘撩起，田字窗户打开，看远山云雾，看阡陌田地，听河水淙淙绕园而过，烧烤炉火燃烧着，炉子上滋滋地烤着吃食，熬奶茶，喝小酒，吃羊肉，日子过得也很惬意。

谁说平淡的生活没有诗情呢，村民的理想生活一直在路上，他们守着青山绿水，开田种地，闲暇时，来六月田种花、种菜，把田园打理得整洁而精致，满园浓郁的农家饭香和花香等着你的到来。

六月田，有萝卜、白菜和玉米生长，有花草、麦田相伴，我想，它应该是我们最向往的家。

山野间

　　山野本无主，闲者是主人。想体验做山野主人，就到祁连乡马场滩村的"山野里"帐篷营地来。这里松林吹绿，杨柳堆烟，鸟鸣和花香挤满杨树林，形态各异的石头散落林间，碎金般的蕨麻花开遍河岸，冰沟河藏着冰雪之气，含着无穷意味，河水怀揣着碎银绕村而过，粼粼向前。

　　天然的山水风光，适合你在大自然中卸下身心的疲惫，让生活慢下来，来山野间放空心灵，放逐自己，让身心得以自由呼吸。

　　凉州人喜欢去山野林间玩耍，因为凉州城是祁连雪山、冰川、森林围在中间的一方绿洲。但你不要认为凉州很凉，我告诉你，凉州不仅不凉还是个米粮川，因凉州城靠近腾格里沙漠，夏天还热得不行，人们喜欢扶老携幼到周围山间避暑。

　　为避暑游客提供游乐项目，是马场滩村委会为激活村集体经济的又一招运营模式。

　　在村舍外的树林里搭建起帐篷营，开设烧烤点，村人戏称"烤场"。让你来体验一下曾经生活在这片山野里的吐谷浑人、吐蕃人的热情和豪放。自从慕容智大墓出现在祁连山北麓的山顶后，这里的山山水水就被赋予了一种神秘和灵气，来山中寻找历史踪迹的人越来越多。村民们抓住乡村旅游热的机遇发展壮大村集体经济，也想让自己的钱袋子鼓起来。

　　山野彩门是用粗木简枝搭建，门头一块原始、古朴的旧木板上写着

"山野里"。左边门柱上写着"山野",右侧门柱上写着"自在"。

原木彩门与四周大自然相融相和，有着极简风的禅韵。

从冰沟河引入溪水入山林，水路蜿蜒，水声淙淙。水上架一小桥，过桥有一痕石径小路通向山林深处。石径隐在小草小花里，走几步，冒出一簇马兰花，蓝盈盈地开在脚边，让你的心间闪过惊喜，再走几步，遇见恣意开放的金色蒲公英和紫花地丁，它们把我体内淤积的闲愁全部掏空，只想坐进花丛中，成为娴静的一朵。

石径、花阵，都似乎有了象征意义，招唤我们回归身心本我。

山石间，有许多植物正在成长、野芹、紫荆（俗名马刺芥）、铁线莲（俗名狗娃花）、绣线菊、狼毒花和吉祥草，它们含首夏日清风，到盛夏时节会开花结籽，显出动人神韵。那时你若来山野，会享受到直抵人心的美。

村人们几乎不挪移一块石头和一棵树木，在空地上放置了鸟儿居住的房子和鸟儿们休息、玩乐的木架子，从花鸟市场买回许多品种的鹦鹉和红腹鸟。一进山，欢迎你的首先是高低起伏、婉转啁啾的鸟叫声，若嫌吵闹，就再往林子深处走，深绿处，有布匹做的四条幅挂在树中间，写着"保持热爱"。是的，人与自然亲近，是要带着爱心、善心和敬畏心才能做山野主人的。

树与树之间挂着布幌，粗布的，题着很有禅意的字。什么"三两好友""生活无解，一起撒野""听雨""修篱种菊"等。我想，这些字和意，是为空阔山野添上一笔人文气息；这也是一种相遇，见字，见喜，见生活，谁遇见是谁可心可意的欢喜。

我最喜欢的一幅是"小隐于野"，这个寓意只可意会，不可言传。

有一个很长很宽的牌子，写着"山河辽阔，人间星河"，村主任解释，由于祁连一带天然的石头太多，像天上银河，又似银河系的星星落入大地，人与星同在。多么简朴，多么诗意的山野，多么好的栖居地。我相信，真正的诗人才是山野村人。

隐在林间的帐篷，有大有小，随意安置在林间空地上，有些简朴。以县域内十几个乡镇的名字命名"烤场"，树上挂一幌子：欢迎各位烤生，前来赶烤。游客可选择适合一家人或者朋友们一起玩耍的帐篷就座。这些烤场，相较城市里钢筋水泥的铺面，显得更有野味野趣，更有阳光空气的新鲜感。

所谓万物之始，大道至简，山野里虽然布置简约，但一点都不简单。

你来看：石桌、木椅，将汽车轮胎染成蓝色、黄色、红色，又用铁链吊起就成了精美秋千、吊床、跷跷板、滑梯，大人玩的小孩子乐的都替你想到了。这些事物安置在树林间，像一个一个小院落，都隐在绿影间。有人说，世间院有两种，天上掉下来的和土里长出来的，前者仙气，后者土气。"山野里"自然是土气的，但连着我们的根，寄托着我们的乡愁和乡野童年的美好记忆。

找一石桌，要一壶柴火炉上熬制的黑砖茶，加上一点天然荆芥那便更好。在袅袅茶香里听巫娜的疗愈古琴曲《寂静山林》《空谷幽涧》《静水深流》。静静地听：水鸣、石响、鸟语，有山风摇荡树梢的喧响。静静地看：村舍炊烟，阡陌田园，远山白云，还有牧羊人赶着羊群翻过山梁。山野里，我们都是平凡的光阴客。有机会得遇清闲，就要及时享受光阴的馈赠。时间，有时候会无常地改变我们原有的生活节奏，该和家人、朋友一起松风煮酒时，当不负这般流水光阴。

世事纷扰，都该丢进山风里，消散于无形才好。

古人说，君子当存山林之气。古代名士有一种消遣，叫居于山斋，隔三岔五去山间小屋做隐士，读书、弹琴、静坐、参禅，吸纳天地浩然气，以养节操。若来山野里，就不要学古人做隐士了，与三五好友可酒肉相欢，减压身心；也可临水、泛舟、捡石头、闻花香；或者干脆静坐、发呆、晒太阳，找到一种"寻芳不觉醉流霞，倚树沉眠日已斜"的状态。

雨天也可半山听雨，这是一种诗境，这只是我想象的，大概这种时候有些人是不想与冷雨和满河谷湍急的水流凑热闹的。但有好多人就喜欢过个阴天。尤其男人们，只要有酒和烧烤。这种情怀也是只可意会，不可言传的。

天地之间，广阔寂寥，山野里有河水声、鸟鸣声和松香与你相伴，心情变得沉稳、安静、平和，此时，面对青山、远松、近树和脚下的野花，可以闭目、自省、自悟。一些伤痛会被淡化，一些人不必把他请进生命中，一些想不通的事，过了就过了吧。凡所经历，皆为过往，自己要像山间草木、花树、农人一样，保持本真就好。

石头铺的小路，露水沾在石板上，湿漉而清新。陌上行走，花缓缓开，簌簌落，一条条花瓣路，蚂蚁、甲虫穿行其间，我舍不得踩上去，悄悄退回来，欢喜心，诗意心悠然而生。走过祁连的山野间，我只想把一园一山的松林和散落的碎花留给"静"，期待你带着热情和欢笑唤醒山野的生机。

观自在

毛藏，藏语意思是两棵花柏树，乡镇不大，藏在深山中。从山里流淌出一条大河，叫杂木河，养育着整个凉州命脉。

"和美村庄"建在河岸上，规划整齐，红瓦置顶，淡黄色院墙，光鲜，醒目。

进入村庄，道路硬化，路灯高悬，巷道宽阔，庄门前扎了篱栅，种了丁香树、杏树。二月兰、鸢尾花紫气莹莹，虽然低矮，但开得茂盛而绚烂，与篱栅花影相伴，一幅"绿树村边合，青山郭外斜"的画面，让我一下感受到了毛藏的妩媚。

二月兰，我是从南京理工大学的校园里认识的，花开成紫阵，围绕在笔直而高大的青冈木树下。我以为只有南方才养育二月兰，却不承想近几年，它像油菜花一样弥漫了凉州大地。高海拔的毛藏乡也种上了二月兰，美化了村容村貌，我相信，团团花影，缕缕花香也是能美化和温暖人心的。

紫气东来，为毛藏新农村和村容村貌，可谓是锦上添花。

走进巷道，青瓷碗大的牡丹耀人眼眸。它们或端坐枝头，或半隐半显，如霞似锦。

几朵白牡丹，熠熠生辉，似月出惊山鸟的白月光，让人心里一惊。轻嗅花香，心都美出了胸腔，如同遇见吉光，如同接住了天上星星般欣喜。

负责村容村貌的胡主任说，白牡丹开的那天清晨，他巡视巷道，远远看见绿枝上有几疙瘩白纸，他很生气，以为是村人不讲卫生乱扔卫生纸，想把它取下来。走近前，才发现是白牡丹开了。

花开见喜，他连忙拍照发到毛藏村的微信群，分享喜悦。

白牡丹、紫牡丹、粉牡丹一溜儿载满村庄，摇曳生姿，馥郁香气招摇着山野光阴。让我一时忘记了这里可是牧场人家。

新农村建设要人畜分离，宜居宜业，牧场人家暂时做不到人畜完全分离，清洁卫生就是村庄的头等大事。村十字路口，有一小撮粪土，可能是牧人从羊圈出来，沾在鞋底上又留在路上的，胡主任立马找来扫帚、灰匣清理干净。

乡村振兴路上，正是有这样认真负责的干部，带领农牧民奔跑在花开富贵的路上。他们心中的愿景，定然是希望农牧民的日子过得像牡丹花开，丰硕、热烈、醇厚、浓郁。

村庄里藏族人家居多，周边是凉州区的古城镇。在毛藏乡新修的广场上，古城村的人每天晚饭后也来广场散步、玩耍。妇女们跟着藏族卓玛跳锅庄舞。去年，乡政府又修建了一个民族团结广场，种满花草树木，放置石桌、木凳和摇椅，供村里人出门散步或跳舞累了时休息。

有一位老奶奶，儿孙都在城里，要接她进城，她不愿意。我们在她家院里没见人，一打电话，她说她刚从村卫生室取了药，正在广场上看花晒太阳呢。远远看见老人，坐在花丛中，晴朗天空和白云是背景，小广场一派清明悦目。正应了那句：望天上云卷云舒，看门前花开花落。

老人说，这叫自在。

多好呀，空气清新的山野，老奶奶坐在摇椅上等夏天的风从雪山上吹过来，享受着和城市里不一样的生活，如果能，我也愿意长住下来，享受风和日丽的慢时光，也要自在。

花香馥郁的牧场，让百姓从风霜中提取着温暖，一辈子看惯了雪花和野花的牧人们，那颗灌满风雪，又被草原和山石打磨的坚硬内心，会不会从此变得柔润、温和？

也许，一朵花开，就会惊醒他们对生活的态度。清晨，推窗即见花开，又想到新的一天是被花香浸润过的，努力生活的心气和热情会很足。晚夕，花影摇月，抚慰劳作的辛苦，村庄安谧、静好，即使充满庆气的人也会在团团花影中安顿下一颗浮躁的心。

我想，这就叫观自在。尘世需要花香的涤荡和浣洗，人心也是。

花树绕村，庭院里也不输外面篱笆花墙，毛藏人家都爱干净，用玻璃棚起院落，铺了地板砖，阳光暖照下来，棚院里干净整洁，井井有条。靠墙安放一排沙发，老人、孩童在沙发上晒着太阳，猫蜷睡在孩子身旁，花架子上，多肉植物静静生长，显得憨笨、可爱。日子平和、恬淡。

最喜家家都有读书郎，课桌、垒书、草稿纸，让我们看到村庄的希望。一个村庄即使贫瘠、逼仄，只要有人在乡村振兴路上帮你扶智、扶志，修篱种菊，让村前村后开满花树，好光阴自会安然来临。

真想在山间拥有一方小院落，可以放下忙碌，种半亩花草，半亩田，让身体沾到新鲜的泥土，嗅到草木的芳香。累了，坐在花树下，与一朵花，一片云，一条溪水和闲闲散散的风一起，读几页书，品一杯香茗，内省、内悟，得清闲、得自在。

人生好光阴也不过如夏日毛藏这般美好。

我真想住下来，等一轮月，为雪山点上一盏灯。那时，女人们做好了饭菜，等男人们披一身月色，归来。

采菇记

　　夏日山间，只要轰隆隆打几声雷，下几场雨，蘑菇就开始疯长。

　　爱人说，到抓喜秀龙草原上摘蘑菇去吧。好，我们夫唱妇随。

　　草原真是野花的天堂，花开成阵，各色花朵将草原点缀成花毯子。

　　可是草原上风大，花儿们摇头晃脑，弯腰折背，像跳锅庄舞的卓玛，腰肢柔软，笑容灿烂。

　　我睁大眼睛，像找金子银子似的瞄着草丛，生怕漏掉一朵蘑菇。

　　没找到蘑菇，却先在草丛里发现旱獭的洞穴。咕叽叽叽——旱獭发出机敏的报警声，似露珠倾落，那是通知家庭成员有外来者闯入，有危险逼近。

　　旱獭很聪明，将打洞挖出的石块垒整齐，像山村人家砌衬的石头台阶，作为家门前的装饰，阳光这么好，它们靠在石头上晒太阳，慵懒、惬意。

　　洞穴周围生长着绵软的茸草，蘑菇就藏在草中。我想，这可能是旱獭的美食，旱獭那么机灵，把家园建在蘑菇多的地方。可是我还没有开张呢，就别怪我下手摘走。

　　雪白的蘑菇顶，由深到浅排列着波浪形纹络，像带锯齿形的花瓣，如果不是用手机近距离拍照，我从来没有观察过蘑菇还有这种生长细节。

　　将中指食指大拇指三个指头拈在一起，小心地从根部拔起，一朵漂亮的菌菇就收获了。

爱人却嗔怪起我，先要拍醒蘑菇，才能采摘。

原来，采蘑菇前，一定要先拍拍它。我试着拍打一朵，"啪——"发出清脆而空灵的声音。这样做主要是让醒来的蘑菇把身上携带的孢子粉撒落在草地上，来年这里又会生长出许多菌菇。

不到大自然，还真不知道许多善待自然的道理。我们不能只管向大自然索取，也要把根留下。

草原上的菇品种很多，我采到的有青腿菇、黄菇、奶浆菇。每发现一朵，赶紧拍醒它："嘿，别睡了，跟我回家吧。"

草原上的蘑菇是有圈子的。碰到一位拾蘑菇的老阿妈，她教会我看蘑菇圈。有一种牧草，雨水好的年份长得绵密而茂盛，它们喜欢围圈生长，像草原上围圈跳锅庄舞的一家人。蘑菇就喜欢围着这个草圈子长，它们藏在草窝里，有时你得翻开草丛才能找到蘑菇的真身，碰到这样的草，只要找到一朵，顺着草圈子就会找到蘑菇圈。

你听过拔蘑菇的声音吗？掰开草丛，拍拍白顶子，揪住蘑菇根部向上拔，咯噌噌噌——长腿蘑菇也是大地的孩子，还挺舍不得离开母亲怀抱的，被我薅出大地深处的暖被窝时发出轻轻的奶声奶气的哼叽声。哇哦，那可是大自然治愈心灵的声音。

草原上没有松茸，没有牛肝菌，也没有鸡蛋菌。那就到有森林的地方去采。

又一个周末来临，山一程水一程，开车去松林茂密的西大滩摘蘑菇，单程一百多公里呢。

我们往松树林子走，不知道哪片林子里蘑菇长得多长得好。遇见牧人，黝黑的脸庞上笑容灿烂，牙齿白得像远处山顶上挂的白云，十分耀眼。

向他打问到哪里能采拾到蘑菇，他顺手一指："大峨博滩上，松林里有松茸，草地上有青腿花菇，香柴墩里有白香丁。"

牧人言语简单、直白。他说："只往云深处走，风会为你指引方向，顺着风能闻到蘑菇味。"

他头也没回，大声告诫我们："云起时，赶紧出林子，不然迷路走不出山林。"

行走不远，虽然阳光晴好，但山间生起轻烟似的云絮，绕着松林，缥缈在半山腰。沿着松林边缘进山，行不远，便入云深处。

松林里，枯萎的松针褐黄、浅灰，表层干燥，下层潮湿，脚踩上去松软、脆响。

忽然，有山吊鼠，从一棵树跳跃到另一棵树，它们在观察我们，向我们示威，也许是怪我们打扰了它们的清静，采摘了它们的美食，有一只还荡着树枝，舔舐树脂。

林深阴阴，阳光温软。树梢遮挡了天空和白云，阳光漏下来，打亮林间的青苔，光鲜耀眼。松菇一朵一朵长在树根周围的苔藓和松针土壤中，苔藓上的蘑菇端庄漂亮，一白一绿，都似宫崎骏童话故事里的蘑菇，像又圆又大的伞。

一经发现，欣喜闪过心间，要知道每一朵蘑菇，都是大野之神授予山林草地的勋章，都闪着熠熠之光芒。

先是围着蘑菇左右上下从不同的角度拍照、录视频，然后拍拍蘑菇伞顶，把孢子粉拍撒下来，再用双手探入蘑菇根部揪出完整的蘑菇，最后还要用准备好的小刀把根部带出的泥土和菌丝削下来，重新埋在原地儿，来年那里又会长出新菇。

厚厚的松针腐殖土松软、有弹性，踩上去发出嘎吧——嘎吧的脆响。顶出地面的松茸是褐色的，与地面散落的松针颜色有点像，要放亮眼睛，一不小心就会踩坏蘑菇。

刚刚顶破松针土冒出脑袋的冬芝菌是白色的，它们抱团挤在一起，正要欣欣然睁开眼打探山中日月，我都舍不得逮它出来见世面。

我用手挖，发现隐在地下还有多半的菌菇身子，挖出后清理干净，像白白胖胖的人参娃娃。

心花怒放。如果你的心没有开过花的感觉，那就去采蘑菇。

小时候大哥将采摘来的冬芝菌切成片，撒上盐末子，一片一片穿在签子上烤着吃，兄妹几个你一片我一片，鲜香无比。那是记忆中最美的味道，当然，那也是大哥的味道，令人怀念永久。

林子大了真是什么菌子都有啊！

松林中有雷电殛焦的黑色树干，上面错落有致地生长着形似蘑菇的东西，我们不认识，百度一下，叫树舌，也叫树耳朵，具有消炎功效。

大自然真是神奇，如果不到山间和森林里来，我真不知道蘑菇也是有舌头有耳朵的。谁又能说蘑菇不会听，不会说，不会有灵魂呢？它们听到雷雨声，就探出脑袋，与你邂逅，人们才能分享到山野美味；它们看到这世间有疾病和受难，就散落出孢子粉治病救人的良药。在大自然幽微的世界里，蘑菇低调、内敛，看起来文静寡语，它的灵魂才是至真至纯。

穿过松林，有草原。牦牛、羊群徜徉在草地上。有这些活动的生物，周围肯定有牧人的圈窝，山间云雾或大或小也不必太担心，人也和蘑菇们一样，有时候是需要长在一起的，互相帮衬、依靠着才能走得更稳更远。

生命互相依存，才觉安稳踏实。

在草地上又见到有别于松茸的草菇。今年雨水多，草菇也多。找着几朵，周围就有蘑菇圈子出现，雪白的伞顶，却长着青紫色的菇腿，内伞里子一褶一褶有白色的也有紫色的。我知道这种菇花青素含量高，是菇中极品。用手一掰，蘑菇的清香味直扑入鼻，香气也飘散在风中，怪不得牧人说风会指引着我们找到蘑菇，因为顺着风真能闻到蘑菇的香味儿。

采摘半日，发现松林中也有好多品种的菇。松茸、草菇、喇叭菇、鹿茸菇、青丁子，还发现了红菇和马勃，十分漂亮。

小时候在草原上，村庄里的人把马勃也叫马屁泡，长得小的有大拇指头大小，长得大的我见过，有一只山羊那么大，褐色的，圆顶上有凸出的刺粒。大哥的黑骏马不小心踩踏破了马屁泡，冒出一股黄色的烟雾，不一会儿黑骏马就站立不稳，晕晕乎乎地跌倒了。大哥说冒出的烟雾是迷幻药。

人们说，越漂亮的蘑菇越有毒性。有一种红伞白柄的漂亮蘑菇，我只拍了几张照片，没敢采摘。因为老人们有句谚语：红伞伞，白杆杆，吃了躺板板。

其实，蘑菇生长在山林草地，消化和分解着死去的腐烂植被，净化着森林环境，滋养着草木，修复着新生命。生活在大千世界的人也是一样的，长相、性情也千差万别，无论世间暖烈还是凉薄都要打理好心情活下去。

蘑菇是大自然馈赠给人类的山珍异宝，它生长着，我们才从每一朵生机盎然的迹象中看到生命挣扎过的另一种样子。有生命的大自然，就是有情有爱的人间。

登上一座山顶，远远的雪山下面，可见山野民居散落在云烟中，东一户，西一户，白墙青瓦，遗世独立。

广阔门前开着紫槿花，招摇着，等风来，等云来，等月光落下来，等山间拾菇的母亲回家来。门楣上张贴着红地黑字的春联，透出一点尘俗而迷人的气息。

篱栅旁有原木刨平做的桌子，树根做的凳子，上面都晾晒了蘑菇。听见门口有人，一位大姐出来相迎。

"你们是收蘑菇的吗？"她问。

"我们不收蘑菇，来看看你们采摘下的蘑菇。"

在院子的玻璃棚下，躺着一院的蘑菇，这里一堆白色的，那里一簇黄色的。一排排支起的木架子上放了几袋子蘑菇，分了类，大姐分别介绍着，晾晒好的干蘑菇形状不一样，味道也不一样。

大姐说："去年我看护牛羊顺带拾下的蘑菇，卖给收购蘑菇的人，大概挣了一万两千多块呢。今年收购蘑菇的人还没有来，我以为你们就是。"

蘑菇真是上天惠赐给人间的珍宝，想不到它还为勤劳的山村人家丰盈、鼓胀着钱袋子。

蘑菇染着山坡上的清风，晒着暖阳，等山下收购的商贩来。炒菜做美食、做化妆品，更多的是收购了做藏药。那个学名叫马勃的蘑菇据民间秘方说是止血的良药呢。

在山间碰见拾菇的姐弟俩，我看了看他们的蘑菇夸赞道："睡在背篓里的蘑菇好多呀。"

小姑娘却笑着说："我的蘑菇都是醒着的，你看，它们是醒着的。"

我忽然觉得姐弟俩长得像白蘑菇，也像白云朵，清芬喜人。

下山来，菇香沾衣，野花拂袖，我们大获而归。百灵鸟闻见我们身上的菇香味，一路追随着，金嗓子欢愉地发出天真烂漫的歌唱声。两只旱獭突然从花间滚出来，打闹几招又窜回草海，那么多蘑菇各自戴着帽子站在草丛里，我们已拾得足够多了，人心不可以太贪婪，留一些给鸟儿，给狐狸、旱獭和山吊鼠。

就让那些蘑菇为大地擎起美好，散发菇香的芬芳。

采蘑菇，只是来到森林、草原、山间、河边谛听山野之声，野鸡咕咕，蜜蜂嗡嗡，不知名的昆虫在草丛中唧唧私语。

心在自然的天籁中一片清明。

我们从东跑到西，从草原跑到森林，甚至来回跑个几百公里，只是为了一个采摘蘑菇的过程，享受在大自然中获得的巨大快乐，精神和灵魂回归原生自然，回归清明、澄澈。

大通河记

到天祝县的天堂镇后，一直往石峡深谷中走，往红桦紫桦处走，往白云生处走，往水穷处走，就会看到一条大河。

大河，源于青海的祁连山脉东段托来南山和大通山间，从门源县泻流而下，河谷又深又窄，水流湍急。谷间山石嶙峋，石上多松树，它们闲坐云端峭壁，静听涛声，像抚琴的伯牙，不管尘世喧响，只管修它的云间道。

如若一夜豪雨，大河一改平素的婉约，变得洪水猛兽般，有万马奔腾，大江东去之势，无可阻挡。

河，夹在甘肃省天祝藏族自治县和青海省互助土族自治县之间，是两省界河，是黄河的二级支流，据说因大宋年间在岸上建过大通城，故名大通河。枯水期也可见底、见石、见捡黄河奇石的山人。

春夏之季，河水黄浊，雪山融水，肆意纵横，风风火火地出来闯荡江湖，此时你若来天堂镇观光，可听见日夜的狮吼猩吠，又或者风啸马嘶，稍逊于壶口瀑布的水声。

秋冬之时，河水清明，如山神丢下的绿翡翠，温柔清澈如《红楼梦》中的妙玉姑娘。

当然了，想赏景听水声定然是要秋天最好。霜天红叶，层林尽染，碧水清流，夹岸人家。丹霞峭壁隐在云雾深处，红桦紫桦静默在岭脊上，一峰一纵，一岭一横，你若寻黄河奇石累了，就坐在岸边石头上，看万山红遍，看山高月小，听清泉石上流，听鸟鸣山寺深。

"山断得平路，摇鞭渡大通。千峰晴入画，一水澹涵空。"这是清朝一位叫德龄的诗人所作的古诗《大通河》里的诗句，诗意明朗开阔，正如天堂镇如诗如画的景，才惹得许多画家、学子来天堂镇写生。有人在岸边画吊桥，桥上木板古旧，呈黑褐色，吊绳也已锈上了时光的痕迹。一位穿红衣的小孩子手牵着包粉红色头巾的母亲，正从桥上摇摇晃晃走过，秋染两岸密林，一时碧云天，黄叶地，一江清流绿如蓝，写生的学子将水彩涂了个过瘾。

天堂新桥就在不远处，横跨甘青两省，小孩子还是好奇，喜欢摇摆的人间，喜欢缠着大人去走吊桥。

从新桥进入天堂镇，迎面就见山寺群落，金顶、飞檐熠熠生辉。正中广场有和睦四瑞的雕像：大象、猴子、兔子、贡布鸟，它们只有团结协作，才能活在天堂里。

这么多景，在美术家的眼中，各有所取。有人画山寺，有人画亭台廊榭，有人画路边一家卖馒头的铺子，店牌写着"白云边"，很有藏地风格的小景。有人发现了色彩的明黄富丽，有人发现了红檐、白墙、黑框的山寺盲窗，也有人发现了大通河水汽氤氲着的烟水空灵，还有人发现了飞檐翘角搭在菩提树梢间的线条之美。我是坐在河边石头上发呆的人，也被他们画了去。

想要了解天堂镇史，去民俗文化展览馆，顺便也了解到天堂镇是因寺得名——天堂寺端坐宝瓶山或者海螺山下，不言不语，眯眼看远山浮云。寺侧有山，叫大宗台、菊花台，有一条小溪从菊花台流下来，入了大通河，溪之源在丹霞山峦的深处，名字好听得赛过天堂，叫百花溪，让人想到陶渊明。

"缘溪行，忘路之远近。忽逢桃花林，夹岸数百步，中无杂树，芳草鲜美，落英缤纷。"

天堂寺对面有滩，叫蝴蝶滩，蝴蝶很多，有诗为证："一半是甘肃的油菜花／一半是青海的蝴蝶。"这是天祝诗人仁谦才华《大通河》里的诗句。油菜花开了，落了，蝴蝶来了，去了，时光倏忽飘散，大宗台、菊花台的百姓在河岸上生活，种田、种药材、种花椒，也开"农家乐"，门口养几墩荷苞花，开得妖娆而伶艳。

天堂小镇上除有著名的藏传佛教寺院外，更多的是以藏族人、土族人为主的百姓民居和农家乐。近年来，天祝县实行黄河流域治理、水源涵养提升、农村环境综合治理等一系列乡村振兴举措，放眼村庄内外，扑入视野的是一幅美丽乡村的景象。2019 年，天堂村入选首批全国乡村旅游重点村名单。

民居的房前屋后，种了花椒，枝蔓婆娑，伸展出院墙，给没有种花椒的人家也提供随手可摘的方便。看见一树一树红果实，人人都会心生欢喜，成熟了，空气中飘溢着花椒的香气。大通河岸上的天堂镇也因此被人们称为"天祝的小江南"。

河岸上最繁华的数宾馆和店铺，游客来来往往，闲散而恍惚，大多游客只是天堂镇的过客，没有多少人会用心去了解一条河和这条河开辟出来的生存环境。时光行到小镇上，似乎永远是慢节奏的，与缓缓流淌的河水相映成趣。

快的是上学读书的孩子们，走路快，说话快。他们享受藏区"两免一补"政策，上课铃一响，嬉戏的嘈杂声归于静。我喜欢孩子们的读书声，能盖住大通河的喧哗。

天堂至互助的公路，沿河穿越密林石峡，蜿蜒盘旋，昭示着曾与一条河并肩而行，在人世间共担过风霜和雨雪。

一条脱贫攻坚的路刚刚走了一程，易地搬迁的新农村让河岸变了模样。房子新了，道路宽了，路灯亮了，河面闪烁着彩色的光影，河水聆听着锅庄舞的旋律，也甩出丝绸的水袖，涟漪波荡着美丽乡村的梦想。

一条河，穿行在天堂小镇，是流动的血脉，是草木成长的命脉。它像一个智者，咆哮或静默，都是对烟火尘世的歌唱；一条河，深悟世间悲欢，一切都在它深沉的注视中，云中来，水上去，了无痕。

夜间，落雨，明日又是阔大一河水，映照两岸清清浅浅的生活。

岑参的月光照凉州

凉州，其实就是武威。古代武威的名称还挺多：凉州（前凉、后凉、南凉、北凉、西凉）、姑臧、雍凉等。

自汉武帝的骠骑大将军霍去病远征河西，击败匈奴，为彰显大汉帝国"武功军威"到达的地方，命名武威。

凉州是汉唐时代除古都长安外最大的商贸中心，也是几千年陆上丝绸之路的桥头堡。地处塞下、塞外，但所唱《塞下曲》一点都不寒凉，而且还热得很，人们说"凉州不凉米粮川"。

米粮川最美的时节在秋。在最美的时节来凉州就去海藏湿地公园。

海藏湿地公园里泉多，小海子多。水都是祁连山雪融水，源头是石羊河。古代人称谷水。那么多的水，汇聚流淌，形成几步跌水台阶，于是水声有了气势，像凉州人耿直、豪迈的脾性。

有水，一座城就有了灵气，塞外凉州显得妩媚而婉约，有了铁血柔情的气质。

秋天，公园的风景繁茂且饱满。水质一改夏日的狂躁，变得澄澈明净，叶片金黄的柳丝和蓝天白云倒映在水中，一派清明、妖娆。

周日休息的三五孩童，在水边放长线学垂钓。我在对岸问，有鱼吗？

他们举起蓝色的小塑料桶，又快速摆动手，有的还将手指放在嘴巴上做出"嘘"的动作指令。

一弯一弯的水路，像甩出的飞天长袖，隔离出许多小沙洲和林木葱茏的小岛。

玉波岛、清源岛、夕阳岛、东大岛、情人岛、观景岛、荷花岛……

远观，岛上杂花成阵，杂树纷披。高枝上的海棠、山楂、白杜和油松都挂了果子，鸟雀们穿梭密林，叽叽喳喳地呼朋引伴享受美食呢。

沿曲径通幽的木栈道进入不同的岛，又是另一番景象。岛上种着不一样的植物与花，有不一样的鸟叫声，不一样的虫鸣，不一样的飞鸟，连气味也不一样，像河岸上的百姓人家。

清代的凉州本地诗人张澍曾有诗句："曲沼嘉鱼跳拔剌，高松怪鸟叫钩辀，此间消夏真佳境，况有溪边卖酒楼。"

水边的酒楼幌子我没有看见，倒映在水中的"云晓大酒店"却是影像清晰，姿容端庄阔气，想必它接待五湖四海的旅人也如这般端正周到吧。

在植物园的岛上，我最喜欢看那一嘟噜一嘟噜的白杜果。它还有个名字叫明开夜合，凉州虽不凉，早晚却温差大，白杜似一位精致的小女子，细心呵护着自己。

白天，热了，它就敞开心扉，接纳阳光，悄然开一树碎白的花。低调而内敛。

夜晚，有风有寒露，它就紧闭门户，静待过往。到了成熟时节，挂一串串粉色的果，待秋尽冬来，打开胸怀，提一盏灯笼，亮出胭脂红的本色，惊艳到你。

就连整个植物岛都被装扮得姹紫嫣红。人走在花树下，自是心旷神怡，也感受到白杜不似牡丹般的小家碧玉的美。

最亮眼的是山坡上大片金黄色的葡萄藤，一排排把整个园子打扮得亮丽而风雅。

木纹色的葡萄酒桶随山势层叠有致。我告诉你，那些大肚皮的桶可是装着凉州最美好的光阴。它们一个个像时光老人，审视着岁月的沧桑和变迁。

武威是中国第一个被命名为"中国葡萄酒城"的城市。西汉张骞出使西域带回的欧亚葡萄种子，首先在这片土地上开花结果。

这说明，凉州这片土地农耕文明久远。又有人说，国祚昌而酿事盛，有粮有葡萄有好水，发酵酿酒自是幸福生活的一部分。

凉州大地上，乌孙盘踞，匈奴建都，霍去病征西，沮渠蒙逊建国，蒙元民族融合，还有张骞、苏武、岑参、王维、李益、王昌龄、辛弃疾、林则徐、张大千等英雄豪杰和文人墨客路过凉州，怎能没有葡萄美酒为他们举杯庆典，怎能没有美酒为诗人补充精神和脚力。

葡萄酒在河西大地上是古人远征的标配，"葡萄美酒夜光杯，欲饮琵琶马上催"，这美酒曾抚慰过多少西征将士的心。

葡萄美酒使路过凉州这片热土的诗人有了豪情，"醉卧沙场君莫笑"，这是诗人们多么豪情侠义的独白啊！

那些美酒在暗里酝酿着酸甜苦涩，把醇美绵厚提炼给生活。戍边垦田的、守关扼疆的将士们，都是靠这琼浆玉液排解乡愁，排遣人间的爱恨情仇。

过了葡萄园看见袁克子故居。我不清楚袁克子是何许人，百度一下，他可是大才子、戏曲家，精通书法、绘画，颇能诗词歌赋。文化传承之人。怪不得他的四合老宅院能保留如此之好。院内一棵苍天古柏也有两百多年了。他家的墙壁上有四幅水墨画：右手边两幅分别是《溪岸听琴》《溪桥归人》，左手边两幅是《松荫染翰》《琴赋会友》。隔挡墙上也有画：右面一幅《山石图》，左面一幅《崖壁题诗》。

诗、书、画集于一体，窥一斑你会从每幅画作的名称、内容感受凉州人心中蕴藏的禅意和诗情。

欣赏一座传承古老文化的宅子，可能书画已经是模仿的，但从画作的气韵和意境我们还能认同清代美学家张潮的观点：文章是案头的山水，山水是大地的文章。

若你来，仔细玩味，就可以想到主人的高雅格调。从门廊的一副楹联也可窥见古代凉州文人的文采和情怀：海里藏寺寺无海，林间怀湖湖有林。这应该是对海藏寺最经典的描绘。

在看见一座寺之前，先从水上看见白石桥，看见倒映在水中的字"提招"。我不知道应该读"招提"还是应该读"提招"。

一位穿着土黄色僧衣的人在寺前侍弄花树，我上前向他请教。

他说，招提，在北魏时期是寺院的别称。海藏寺修建于东晋太兴四年（321），招提桥直通海藏寺大门，指向明确。

提招，是现代高考中的一种招生方式，所以提招也寓意提前被录取，也就是金榜题名的意思，因此现在这座桥也被称为"状元桥"。

汉语文化博大精深，我从桥上走过，一遍遍抚摸石头上雕刻的花纹。

缠枝莲、梅、兰、竹、菊、荷花、石榴还有琴棋书案和藏式八宝中的双鱼、如意，图案古老、朴拙，它们共同构成国学文化的精髓和禅意。

要追问石刻技艺，凉州沮渠蒙逊管理的北凉时期，昙曜等一批石头雕刻大师已经在凉州开凿石窟，石头雕刻技术教化深厚，天梯山石窟被学者称为中国"石窟鼻祖"，距今已有1600多年的历史。那么，雕刻几座石拱桥，凉州人肯定不在话下。

这是建筑艺术和文化艺术的传承和发扬。

状元桥的旁边有一石拱桥，名"广泽"或者"泽广"。这个好理解，海藏寺周围泉多、水多，是为广是为泽。当然，我也想到了"清华禅林"所承载的教化渡人和施惠百姓的恩泽。

有人还说有个"消夏桥"，我没有看到写"消夏"字样的桥，可能他说的是湖吧。他说，若早起晨练，见湖上升起缕缕轻烟，随日出袅袅上升，山门牌楼前立现"日出寒烟"的胜景。

我来时快过午间，海藏牌楼前的湖水，幽静得像一面镜子。

最活跃的是支撑牌楼的八面石牌上的八只石狮子。情态栩栩如生，玲珑顽皮，看着它们，你会想到卢沟桥上的石狮子。牌楼维持着古老的样貌，斗拱相套，我有密集恐惧症，看一眼就晕晕乎乎的。

牌楼走马板上"海藏禅林"的题字也显古朴、厚重。据说这是康熙皇帝的亲家孙思克题写，当时他是甘肃总兵，是镇守凉州的振武将军。

依水而生的植物总是格外葳蕤多姿，与沧桑陈旧的牌楼形成对比。

寺前的湖边草地上有菊花、月季、石竹、萱草、风铃草、雏菊和八瓣格桑。花草都有着自己的性格，各开各的模样，有的业已凋谢，擎着籽实，等待成熟。低矮小巧的灌木排成篱栅，护卫着禀赋各异的花草。

我一下就想到，凉州城，在深秋，簪花满头，腰肢柔软而隐约，水袖一甩一收间，"霓裳羽衣"的凉州舞姿又显大唐风韵。这是水上丝路花雨呈现出的想象。

到公园，必登灵钧古台。放眼望去，近处古树森郁，田畴交错，远处祁连雪峰银白闪耀，山川苍茫而人烟扑地。心中默念诗人岑参的诗：

> 弯弯月出挂城头，城头月出照凉州。
> 凉州七里十万家，胡人半解弹琵琶。

这是大唐诗人在逗留凉州时的感悟。现如今，照彻大唐凉州城的月亮依旧照耀着武威的南城门楼，七里十万家的凉州人，依旧吟诵着桑柘稠密的盛世华章，依旧花楼门前见秋草，依旧相逢故人时，猜拳行令斗酒，以醉卧花荫为荣。千年来朝代更迭，而百姓人间烟火的生活依旧活色生香，永续不断。凉州依然是丝绸之路上最重要的贸易往来集散地和补给地。经济贸易已经跨上时代高铁的列车在砥砺前行。

灵钧古台是白土夯筑，台上藏经阁前一棵古柏已有 600 多年。这么老的树，一看见就心生敬意。我伸展双臂拥抱苍老的生命，只抱住了它五分之一。它活得比时间还老，但它头顶的枝梢仍然生机盎然，柏香籽结得累累叠叠，我捡拾起一颗，花纹真像是莲花，怪不得寺院里不是种菩提就是种柏香，原是希望人间处处有莲花，人人心中莲花开。

六百年、四百年、三百年、两百年，这里的圆柏、侧柏和松树，身上都刀刻般呈现着岁月风霜留下的褶皱，世间过往已休，它们隐秘的心间沉淀下什么？

时间的纹理，见证和记录着凉州历史的演变，沉淀着一座城起起伏伏的光阴。现如今，它们连同这片湿地一起被保护，见证和抚慰着一城百姓沧桑而坚韧的心。

朝对祁连雪峰，暮阅晚归村人，伴着晨钟暮鼓，千年古树在万里云端，一眼看开的是尘世间的什么？

曾经来过凉州大地的诗人王维给出过答案："雨中山果落，灯下草虫鸣。"心若无所求，有风无风皆自由。

这是禅意，人的一生不如一棵树长久，辉煌热闹也罢，贫苦受难也罢，几十年人间恍如风流云散，能有什么被时光留住？

王维，这位曾受过青灯古佛熏染的诗人会说：唯山水草木诗佛间。此意境才是你来海藏公园体会、领略的大境界。

出得山门，我依然感动于百年、千年的古树。心想，如果要一个人的心归于淡定，一定要他看看这几百年、上千年的古树。我要隔一段时间，就来看望、拜谒它们。邀三五知己，漫步山溪，品花谈菊，携清风明月相伴，无为而不争，可谓惬意。

丹色烟霞绿天堂

　　一座小镇叫天堂，会有着怎样的奇崛美好呢？从青海湟水奔流而来的大通河穿峡而过，沿河建有黄河北部五大寺之一闻名遐迩的天堂寺和民居村落。

　　到小镇先来看看天堂的山水布局。天堂镇坐落在八瓣莲花的中心。大通河南岸古木森森，北岸皱石山体，像宝瓶、像吉象，又像海螺，一座宏大寺庙群落就建在宝瓶山下；东北角有山峰形似双乳，又似日月山，山下的大殿前生长有一棵白檀香树，一棵紫檀香树。花正开，你若来，一念觉悟，一念智慧，花香引领，清气在心。

　　寺前寺后皆是广大的人间，老百姓在河涧山坡上开田种地，夹岸桃色灼灼，杏林薄粉轻红，市声盈密，鸡犬相闻，轻烟环绕村落上空，有"暖暖远人村，依依墟里烟"之景。这里宜居宜游，宜放空心灵寻得乡愁安宁。

　　覆着绿色植被的丹霞山体形态各异，环抱小镇，拥岚叠翠的八瓣莲花峰一瓣一瓣绵延至青海的 AAAA 级旅游景区——北山国家森林公园。

　　山水具足祥瑞气韵，一座小镇叫天堂，应该是有配得上的大化之境的。

　　天堂有丹霞高山。天然切割而成的丹霞峰林耸立，奇崛怪壁，千姿百态，神妙无穷。你来，看见什么都由你自己命名，所谓相由心生。而大象无形，当峨峰扫云时，一切尽在自然禅意。赤红的崖壁间，风化出深浅、大小都不一的洞窟，像尘世睁着的眼，芳华、苍凉尽收眼底。

走进雪龙村的丹霞群落，正是秋收时节，见一排排石林像千帆竞渡，又像宝剑直指天穹，还有的像大象，正伸长鼻子去大通河吃水。山石上顶着草木，有黄色的、紫色的小花摇曳在风中。

高山延伸的缓坡处开垦有梯田，种着羌活、当归、赤芍。田地里传来小孩子咯咯的笑声，一对夫妻正带着两个孩子挖洋芋。白生生的大洋芋躺在新翻的泥土上，孩子们争抢着拾。我买了两袋子洋芋，女主人顺手给俩孩子几块钱，让他们去村口小卖部买雪糕，不一会儿，孩子们吹着七彩水泡泡，手中拿着彩色气球回到地头。男主人一个一个吹胀气球，在地埂上折几根紫荆秆子，绑上气球，孩子们欢呼雀跃，拿着气球绕着男人女人跑个不停，脆生生的欢笑声填满山谷。

丹霞峰林再高，也高不过人间亲亲相暖的笑声。仿佛丹霞石也展开了笑颜，脸色更红了。

笑声印在丹霞石上，一年四季，梨花开了，杏花落，洋芋收了，雪花来。在丹霞赤红的怀抱里，农家小日子竟也是红红火火。

最神奇的是，祁连山脉的丹霞都是赤裸层染，唯独天堂的丹霞却是覆盖着绿植的，大红大绿为俗世，而俗到极至便是雅。佛是喜欢包容和慈悲的，红和绿便也是天堂的颜色。

这里壁画、唐卡、雕刻、酥油花、彩绘的经筒和门廊殿柱，即使偶尔走过你身边的僧人的厚底千层靴，也有一道红一道绿夹在黑布中间，作为养眼的装饰而存在。

一夜小雨，丹霞高山披雾，缭绕如山寺云烟，八瓣莲花的山尖时隐时现，迷蒙如九天仙境。

天堂有翠屏中山。寺对面的照山密植森森，云杉林乔干孤直，树树含翠，似把天堂的天都扫绿了。沿大通河道北岸而下，延伸出一岭，一峰的山脉，山脊线舒缓，阴面松桦成林，从阳面看像是一排一排站在山梁的兵士，个个有凌云志。这里是黄土高原向青藏高原的过渡地带，一山有四季。山地落叶和阔叶林与常绿针叶林错落有致，林木葱郁挺拔，灌木丛铺天盖地。高山草甸如茵似毯，绿色，一直伸向著名的十二盘。

天堂有梯台河谷。绿色从七沟八岔染下来，进入河谷地带，天堂人家就在绿丛中的谷地上建木屋廊房，镶了明净的玻璃，晴天采光，雨雪天保暖。缓坡处开有梯田台地，住在业土、本康、雪龙、菊花、科拉、大科什旦等地的老百姓种了青稞、中药材和花田。这让绿色分出了层次：松林浓绿，灌木浅绿，草地青绿，庄稼和药材嫩绿，花田自是姹紫嫣红的绿。正应了"无所不包，无所不容"的大绿境界。

绿和丹霞从高到低，从远到近，或深或浅，或浓或淡，或重或轻，一直环抱着河谷人家，农家乐里飘出华锐花正开的歌声，一节竹竿挂起"天堂小筑"的酒家幌子，一时真有点"千里莺啼绿映红，水村山郭酒旗风"的诗意之美。

人们追寻诗和远方，大红大绿的天堂该是你脚步停留的地方。

天堂有滩岛平坝。有最高山就有最低点，那威岛是天堂镇最低处，是天堂里的天堂。岛上种苹果、花椒、山楂和杏树，繁荫浓重，掩映着一座座古朴院落。岛上的绿是蓬蓬勃勃的，像岛上人家稠密而活色生香的生活。

美丽乡村建设提升了老百姓的卫生素养，厕所改造也让百姓的环境卫生变得整洁有序，走进每户人家，门前种下丁香、迎春、大丽花和芍药、牡丹；院落里一院的红百合开得热烈而喧闹；菜园子里紫菊花、白菊花夹杂在小油菜、小生菜中间开得闲静清雅。农家人的日子显得朴素、简淡、清明。

花树上飞鸟起起落落，主人说是来偷吃樱桃的，不必去打扰鸟儿们。人与自然相生相谐，苹果树下放几只羊，养几只白鹅，散养一些土鸡，树影斑驳，日影澹澹，一点飞鸿影下，青山绿水，白草红叶黄花，一时林花似锦，来客俱是看花人。

天下好颜色莫如绿，古人占地选寺也是看上天堂环山抱水的绿了吧。河润青山，绿带灵秀，大绿之地，必也是你来我往的大雅之地。古人称其为天堂，得大自然鬼斧神工的造化，必定是一方净土。你若来，即是染红染绿的雅客。

跌水一挂雪山前

马牙雪山下有一片草原叫石灰沟草原，隶属打柴沟镇。雪山石质属石灰岩，因常年冰蚀雪浸，呈白色，神奇的是，在雪山、冰川、沟壑间，挂着许多小瀑布，当地人称跌水。

跌，一个动词，形象地说明了雪山融水一路的跌宕和曲折，百川到海也是要经历跌跌撞撞的，似一个人的一生。

夏日高原，阳光已暖，天空已蓝，相约二三知己，去石灰沟草原看跌水。

六月的草原有着寥廓的诗意，阴面山坡的枇杷花开了，一簇一墩翠绿色的枇杷枝，举着白色的花朵，似谁失手将满天的星辰散落在了人间。来山间摘星的不是牧人，也不是我们，而是白牦牛、藏绵羊和岔口驿马，间或还有旱獭和野山鸡。它们穿行在山野，搅动起满山的芬芳，坐在村口石头上念经、晒太阳的老阿妈都能闻得到山野的清冽、纯香。

沿一条白石头裸露的溪流追寻跌水源头。溪径崎岖幽昧，你得用心踩稳脚下的每一步，一不小心就会滑湿鞋子，崴了脚踝。当然，脚步匆匆，过往潦草也是有的，毕竟，生活中不可能任何一步都每每走好，就看你平衡自己和把握生活的能力了。

走累了，就坐在石上听风过草原后的寂静，看野杜鹃漫山遍野，白的、紫的、红的，有着怦然心动的美。同行的刘花花站在了一株白色的达玛梅朵旁，也成一棵花树。她和花一样，看着恬然安静，如若遇到对的人则心如少女，热烈率真，一样是如月如雪的可人儿。

沿溪而上，水流淙淙，溪岸边紫色的苏鲁花已经含苞待放。偶尔会在石缝间发现一株或一丛紫色碎花，不认识，上网搜索一下，叫唐古碎米荠，生长在海拔2100—4400米的高山草地，是一味草药，可清热利湿，可治黄水疮。心下自知，海拔已经很高了，能开在唐古拉山的花也盛开在了这里，你说，海拔高不高呢。

出行最大的收获就是，让你在旅途中遇见美好，遇见未知，并可以认识和求知它，以丰富自己。

远看，雪山像两颗心连缀在一起，特别像丘比特神箭上的两颗"心"，我想，心尖上滴落的雪融水就是跌水吧。走近些看，心尖处有一尊双手合十的石佛像，孤独地耸立着，神态从容、安祥。光阴将石头风化、侵蚀，雕凿成一尊佛，他定然是来听瀑、听泉，或者心无杂念，归隐青山，远离尘恋，静看高原雪落了，化了；花开了，谢了；人来了，去了。心随自然，不纷不扰，一心护持着空谷涧溪，护持着山川岁月。

越走石头越大，越白，我几乎手脚并用。攀石登高，水流也似湍急，跌落在石上，开出白花花的浪花，汤汤之声既清越又浑厚。抬头，见一枝枇杷，它可能不愿随大流，或者拒绝热闹，不与灌木齐长，而是爬上石崖，长成了自由主义的君王，独擎蓝天。最早迎朝阳，最迟阅落日，站在高处，一眼看开云蒸霞蔚，看开低处的繁花小草。那种遗世凌峰的孤绝之美，不需要我懂，也不需要俗人欣赏，傲然仙姿，开或者落，只有那翻遍天空的鹰会看到。

爬上高处，越过几处大白石，一挂白练惊现眼前。水声似山谷跑马，踏踏轰响。

水不见来处，直接从崖上跳下来。我数一数跌水，经七步，涤荡出"之"字形的七个漩涡，溅水在石头上击凿出无数蜂窝一样排列整齐的痕迹，看一眼，就知道石上岁月有多老，不然它的心思怎么会那么深，那么沉，深沉到像满天不说话的星辰，让看见它的人心里疼一下，感知岁月沧桑，感叹时间有痕。

跌水上方，一线天空，被飘过的白云点缀成青花瓷的蓝，透明、清丽。水也仿佛是从天空直挂而下，有点白莲花向半天开的感觉。

静坐水边听响流，适合听古琴曲《高山流水》，或者《云水禅心》。飞散的水汽溅湿头发也不去管它，就当自己是长在水边的一株植物，水珠挂身，晶莹有光，心中定是充满了禅悦。

跌水，音声相和，前后相随，跳石跃涧，跌入潭渊，缓冲一下，形成一条河的水势，又顺石分成无数青白色的小溪，急流而下。我见过尼洋河绿松石一样的水，见过勒拿河孔雀蓝的水，人们叫它们"绿水""蓝溪"，有没有人为石灰沟的这条溪流命名呢？我想叫它"白溪"。石头是白色的，水珠是白色的，枇杷花是白色的，牛羊是白色的，云是白色的，一挂山瀑是白色的，所以叫白溪，我想，没人会反对吧。

一条条白溪像闪电，照亮我的心情，也照亮养着白牦牛发家致富的牧人们的生活。

山中时光是缓慢的，我们坐石听水，不愿下山。刘花花说，就这样静坐到尘事消散，内心清静多好。可是头顶偏有野鸟弄声，鸣啭清丽，搅扰她的思绪。

偏巧，鸟就飞落在高处崖畔上开着蓝色花朵的一丛植物旁，像是指引我们的目光去发现那一处美，空山无人才会有水淡花开。用手机拉近了拍照，依旧不识，再次上网搜索，叫拟耧斗菜，花色艳丽。它不仅是藏在深山人未识的极漂亮的花，而且是治疗妇女乳腺炎和子宫出血的良药，怪不得还有个名字叫益母宁精。只有高原才有如此纯净的蓝精灵。

坐在半山腰，感觉山野空旷寂静时，鹧鸪一声"咕——"，尾音休止，搅扰一下空气和我们的心，像是催促陌生的闯入者，该下山了。我想回应一下，但我的声音干巴巴的，不水灵，没有一点山野气息，两下相较，鹧鸪那一声戛然而止的命令，倏然填满了我的内心。

把山野的静和空还给山野。漫步下山时，碰到一位骑着摩托车、拿着望远镜，放牧牛羊的牧人，他来收拢牛群，准备第二天剪牛毛，让牦牛也过一个清凉的夏天。我问他，满山的杜鹃林子里能认出自家的牛吗？牧人笑得豪爽，他说，我自己养的牛，就像我自己的孩子，怎么会有不认识自家孩子的人呢？笑声抖落无数花瓣。真是隔行如隔山，术业有专攻呀。再平凡的事情和工作，也藏着生活朴素的道理和奥妙。

下得山来，看见村庄，被一河谷蓝莹莹的马兰花包围，散养的土鸡在马莲草丛里找虫子。一座老桥，搭在河上，绿意苍苍，河边有三两村妇在浣洗衣物，有些大石头上，已经晾晒上了花花绿绿的衣服。还有一位母亲，穿着纱纱裙子，用漂亮的童车推着她的小宝贝，去草地里摘花，晒太阳，一只小黄狗跟随着，脖子上有响铃，一走动，丁零当啷，清越，有趣味。这也是山村人家对待生活的一种态度吧，心怀美好和热爱，把心气寄托在小黄狗的铃铛上，生活就应该有响动，有喜悦。

我想，住在跌水、白溪边的人们精神都是明亮的吧，因为山水灵气涵养着他们。

山村人家的日子这般惬意、安稳。一时，我们都好生羡慕，现在山里和城里，生活没有大的区别，城市里反而没有山野这份安静、平和，也没有如此清新的空气了。

村庄周围也开垦出一块一块的田地，一畦，一垄，种着土豆、萝卜、青菜，也有种绿燕麦的，那是牛羊的美食。庄门前，劈好的三棱子木柴，整整齐齐地码放成堆，好看的都像是艺术品了。人们对生活积攒了多么热烈的期许呀，是的，好日子就得用好心气过。

六月，石灰沟的村庄忙碌着，又闲散着，在山水外又在山林里，坐在山花丛中的老人，太阳出来，看花开，风雨来了，等花谢，一切平静，淡然。村庄怀着对山水光阴的深情和朴素，慢慢地老，慢慢地过。如果可以，我多想在雪山下有一座小屋，也学牧人养几匹横行天下的凉州大马——岔口驿马。

朝对青山，暮阅晚霞，守候幽静的时光。

山环水绕紫桦图

天祝县赛拉隆乡有个村叫皮袋湾，名字很奇怪，叫布袋、口袋还不行，一定要叫皮袋，让人感觉很结实。驻西大寺的阿卡洛桑三旦说，发源一条河的地方，山大沟深，不宜种植庄稼，却可养殖牛羊，当年划地界的时候就将四周平坦富地划归邻居永登县，这条弯弯曲曲，能伸能曲，皮袋一样柔韧的高山河谷，划归天祝藏族自治县了。

皮袋湾的河流自然也叫皮袋湾河。东西走向。初入河口，树木疏落，石头散落河道，水碰石响，水花溅跃，淙淙清音不绝于耳。那些溅落的水花又挤成一团，白花花地聚在一起，冒着水汽叮咚向前。

阳光明媚了一会儿，我们往村民小组紫桦图行进。据说，这里曾经生长着名贵的树种——紫桦，但不知是树种退化还是大量砍伐，密林中却不再有紫桦的影子，只在村口半山的一面石壁上，能看见化石一样的紫桦图层，所以村民小组就叫紫桦图。

路边的水上有光的颤影，阳光把颤动的水影投射到云杉树上、怪柳上和青草上，那水影就在树干和青草尖上忽闪不停，和着淙淙乐音，与一首古琴曲《深谷清溪》极其贴切，仿佛河边的覆盆子、野草莓也是听着乐声长大的。仔细瞧，就发现了藏在浅草中成熟的红丢丢的草莓果，几只手齐齐扑在草丛里，摘草莓尝鲜，都大人了，还像小孩子一样欣喜，河面的光点也就闪在了一张张笑脸上，仿佛河水也在笑。

往深处走，阳光也隐去了身影，森林开始茂密。桦树、栎树、柏树、松树、冬瓜杨、青扦，那么多树种，我数也数不过来，可谓品种浩繁。

河水也分散成无数股小溪流。草皮上、松树间、石头周围，一股、一涧、一溪各奏各的乐，各摆各的谱，遇到的障碍物不同，河流的音质也就不一样。

流得急的，从石头上跳下来，哗啦啦的，奏响空山；流得缓的，从草皮上清冷冷地流过，似莲步轻移的女子，扭着腰肢拂风而过，间或随一声鸟鸣咕咚一声，似江南丝竹打击的一节滑音；流得嘟嘟哝哝的，肯定是弯来绕去，流过许多树林子，被跌倒的大青扦或者什么树挡住了去路的，音色低沉，又有点埋怨，但不是绝望，它总能聚集力量从阻挡物上飞溅而过。

路途中有阻挡有障碍是一条河流向远方时必须接受的考验，虽然会改变按部就班的音调，但山谷的音律更显丰富。像一个人，经历了曲折坎坷，才算生活和人生的完满。

也有静水深流的地方，许多条溪流汇合在一处，灌满洼地，形成宽阔的河面，稍事休息，然后继续前行。南北两岸的奇山怪石、苍翠秀木倒映水中，长在水岸边的野玫瑰、野山茶，花朵攀缘在树枝上，一直爬到顶梢，风一吹，摇落的花瓣飘落水面，漾起波纹，白色的、粉色的花瓣，随波轻旋，一条河的柔美、诗意，刹时让人陶醉。

静水再走，又续上了先前的嘈嘈窃窃，留下那一洼水给山川做镜子，或者去过水洼自己平淡的日子。

走进沟垴，就是浩瀚深林了。海拔升高，山势峻峭，紫桦图更显深邃幽静。一条河仍旧绕在树木和巨石间，九曲回旋，但流水反而没有声音了。

只有到过皮袋湾，你才会知道，流水的天籁被浩浩森林吸收了去。仿佛一条皮袋渐渐收紧了口子，而后又被扎紧，一条河巨大的能量全都隐匿在了葱茏之中。

水声消隐处，有鸡鸣狗吠的声音传出来。从云雾缭绕的密林里，冒出一片开阔坡地，坡上有三五户人家，一行人已然欣喜，终于找到大山深处的村庄——紫桦图了。与沿途的山林一样，紫桦图沐在水汽中，湿漉漉的。

走进那户冒着炊烟的村民家，开放的院落里一块巴掌大的蔬菜地，一畦一垄，种得有板有眼，想来种地的人也是很有心气的人，热爱生活，对生活很用心的吧。碧绿的小毛葱、小芫荽、小油菜长势喜人，很是惹眼。一簇荷包牡丹在地块中间，开得正艳。

一下子进来十多个人，使这家的女主人有点拘束，甚至带些羞涩，提茶倒水，用大海碗盛了自家的油饼端在了桌上。油饼好吃，又赶上正是中午时分，我一点都没有考虑这也许是她一家人的午饭，就多吃了几块。下得山来，有人说那是她仅剩的一点油饼，地下桌子上端了馍，炕桌上就没有可端的馍了。朴实的女主人一个劲地解释，不知道有客人们来家里，发面是做好的，新馍馍还没有来得及蒸，她一遍遍自责、检讨似的。

我心里多少有点内疚，为多吃了一嘴。也因此对那山野人家念念不忘。

念念不忘，必有回响。也许这是紫桦图为我留下的一个"结"，有了遗憾和念想，就有了再回来的理由。

幽深山谷中，村民过的不是神仙的日子，他们响应政府关于祁连山生态环境保护的措施，这两年已经逐渐在减少放牧牛羊，在退牧还草，退耕还林。当然，草畜补偿也使他们的生活有一定的保障，趋于安稳。牧人们有神仙般平淡从容的心，守着青山，怀抱绿水，谛听着日夜喧响的天籁水声，像隐居者。

一条河不息地奔流着，它阅尽了山间一切，包括生死、艰辛、悠然和枯荣，等你来领略。

青稞人家

　　走出吐鲁沟的茂密森林，眼前出现一片平坦的高山草甸，草原一出现，就是天祝县和永登县天然的地理分界线了。这里住着七八户藏族牧民，是赛拉隆乡的一个村子，叫吐鲁村。

　　一条河流东西走向，南岸高大的松柏、青扦木逐渐退隐，渐次过度的是堆绿叠翠的桦树，像绿色的云逶迤而去，在天际同蓝天连成一片。

　　北岸渐次过渡为草原和灌木丛林，白牦牛和羊群在其中漫游。有几只白牦牛，撒着欢跑到河边去喝水，或者去水边照影，一对新月似的犄角，漂亮的白毛发披拂而散，你可能会把它当作河神。

　　我需要换一种心情去适应草原的宽阔和空旷。

　　走不多时，看见袅袅炊烟从一处山弯飘过来，我正走得累，看见这缕炊烟，内心就有一种人间烟火的踏实感。果不其然，一转弯，三五户人家点缀在绿野丛中。

　　一眼看见的是牧人建在草坡上的"牧家乐"，起个好听的名字——青稞人家。

　　是呀，山野清凉，适宜种植青稞。牧人的美食——糌粑，就是青稞炒熟后磨成面粉，然后用熬制的砖茶与酥油调和而食的。

　　夕阳沉落时分，我们入住"青稞人家"。现在的牧民早已结束流浪式的游牧生活。这里属于祁连山的最末端，为环境治理和生态保护，赛拉隆乡政府也在调整产业结构，让牧民减畜、弃牧，经营"牧家乐"。这里依托甘肃省 AAAA 级景区吐鲁沟国家森林公园，加之乡村旅游业正在兴起，这个产业应该可以做大做强。

新建的牧民新居，红砖到顶的瓦房，阔大的院落也用玻璃罩顶，阳光和明亮全都在，但雨雪却不会落进院子。一对平常朴实的夫妇，和他们文静秀气的女儿，在这里过着世外桃源般的生活。

女主人说："我们靠近吐鲁沟国家森林公园，周边兰州、青海等地的游客特别多。我们现在也响应祁连山环境生态治理政策，把牛羊卖了一部分，学习经营农家乐、牧家乐，整个夏天生意还是很好的，收入不比以前差，心里也踏实多了。"

一进院子，沙发、茶几摆放整齐，有五组，每组可承纳十人。男主人说："一到旅游旺季，来这里打尖歇脚的客人很多，他们就想品尝藏餐和'四珍'。"

我问四珍是什么？男主人笑着卖关子，说："过一会儿你就知道了。"

主人让我们进上房，双扇门推开的一瞬，惊艳到我的目光。藏蓝色的藏式卡垫，氆氇镶边，打成塌塌米的形式，沿房屋围成圆圈，典型的藏族人家。就像坐在草原上宽大的帐篷里，人们席地而坐，说着话、唱着歌，吃着、喝着，老人们讲着传说和故事，孩子们在卡垫上翻来滚去，生活和谐融洽。柏木雕成的藏式茶桌，黄色的，摆上褐色的、小型挤奶桶模样的炒面匣子，冒尖地装满青稞炒面，古色古香的藏式木雕盒子里装着拌糌粑的白砂糖。酥油，切在了白瓷盘里，黄灿灿的，惹人馋，一摞八宝龙碗，它们都在静等客人的到来。

一碗热茶暖心怀，一曲酒歌情更浓。我记不清主人家的名字了，但我记牢了唱着酒歌为客人敬酒的年轻夫妇，他们脸上保留着草原阳光的痕迹，让我猜不出真实年龄，听到隔壁有婴儿嘹亮的啼哭声，才知道那是他们的小外孙。

草原的纯净，养育了他们的纯真朴实。草原的纯净也生长着纯正佳肴。蕨菜、柳花菜、鹿角菜、萱麻菜，是这里的"四珍"。天然的，长在门前的山野间。女主人说，菜都是就地采摘的，新鲜又好吃。我挨个品尝一下，真的口感超佳。

女主人说："好吃就记得告诉你的亲戚朋友们，来吐鲁村，我做给他们吃。"

其实，别的也不用吃，就吃一碗酥油糌粑，那青稞的香味儿就融解了我的乡愁，让我找到了童年的味道。什么也不用说，就在卡垫上静坐，我在想象和回忆中，找回亲人们还在一起，在帐篷里围坐叙旧的场景。

雨，是吐鲁村的熟客，说来就来，一壶熬茶打开的时节，雨又停了。青稞人家的男主人说："我家有喜客，雨是赶来看客人们的。"

倏然，这雨滴在我心里就有了形象，像一个个朴素憨厚的牧民，他们的心，雨滴一样晶莹剔透。

夜深了，走出院落，一抬头就看见满天低挂的星星，仿佛一伸手就能摘下来。心下暗喜，这明亮的闪烁，今夜足以安抚我身在红尘极欲浮躁的心。

面对星空，我的耳边响起女主人恳切又热情的声音："你一定要记得替我们宣传一下哦。"如果有机会，大家一定要去天祝县赛拉隆乡吐鲁沟村的"青稞人家"游玩。

石门清流药水香

从天祝县城出发，大约二十公里就进入石门了。门里门外景色各不相同。门内青山叠嶂，峰岭竞秀，柏树、松树在山腰参禅问道，白牦牛和羊群散落在河谷山腰。

沿一条河逆流而上，迎面相遇的是一个湖，它是由两座并行的青山回首合拢形成的天然水库。源头来自药水泉。

沿一条河寻入草原深处，就会看见十几眼泉水在阳光下闪烁，水上光斑，像极了跳跃的鱼。累了，掬几口泉水，清凉、甘甜、沁人心脾。不论春夏秋冬，药水泉一直清流石根，流淌不息。在平阔处泉水汇集成小海子，溢满而跌，形成水瀑，飞落直下，迸珠溅玉，很是壮观。喧嚣一阵后，药水泉又回落成溪，形成石门河的一条主要源流，弯弯曲曲扭着腰肢悠然远去。

一条河走得远了，绕过春天的苍凉和荒寒，就走进夏天。牛毛一样多的花一夜间好像被风的大手从大地深处拔了出来，每一株用生命撑起高原的天空，每一朵用紫色烫醒沉睡的夏日草原。紫色的苏鲁梅朵（香柴花）开满药水泉两岸，一山坡、一山坡，像紫色的火焰，将沉寂一冬的草原打扮得娇艳妩媚。任谁，来到石门沟都想拥花而坐，暂时卸下身心的沉重和疲惫，把自己交给清风，交给鸟鸣，交给氤氲着水汽的药水泉。

药水泉陪伴着万花盛开的热烈，石门河一路携带着花香奔涌而行。这个时候盘旋天空的鹰，拨开夏日草原无边的蓝；从冬眠中苏醒的旱獭仰着肚皮，日日晒着暖阳，它不理睬河水的喧嚣，只管享受安逸；一群马，追着青草逡巡在河谷，草原不能没有它们，马匹活着，草原就活着，马背文化就活着。

一座建在泉边的药王庙，装满经纶，装满治病救人的慈悲箴言。任风吹雪打，而药王庙稳座深山，更像是一个独对苍茫的隐士，端坐于花丛中，调素琴，阅金经，过着听泉、阅云、嗅花香的清静日子。

你来山中，定当要听一曲《空谷幽涧》的古琴曲才能感受到——药水无香味清欢的真境界。

当天空被鹰拨得越高，越远，越蓝时，石门草原万山红遍，灌木叶子和挂着的黄刺果红得似霞似火，白色的牛羊走进去，点破大片的红。草尖上的露珠变得更加沁凉，夏日里疯长的苔藓，停止了碧绿，渐渐变为苍黄。石门草原的秋天就在烟雨迷蒙中展开迷人画卷。

山中冷雨是秋天的常客，雨丝在流水里移动，药水泉沉淀得更加清澈。它用澄明的眼眸与身边那些刻着经文的石头对话，它用无尘无伪的内心与山河日月交换着秘语。

云雾，一阵急一阵缓，一会儿遮掩了山峰，一会儿又绕在山腰，使山峰和草木又显清晰，大团气流像烟雾缥缈翻涌，似童话世界的仙境。安享这仙境的是河岸上的那座白塔和吱呀流转的七八座水玛尼，世间的虚幻和真实，无常和有常都被它们看深、参透。

不一会儿，太阳又从云雾中游出，千万道金光从厚厚的冷空气中散射下来，给草原一片光明与温暖。正如人生，有迷失也会有光明。

牧人种在山坡上的燕麦在秋风中成熟了，收割后的燕麦一捆一捆排列在空地上，割燕麦的人，头戴草帽，像另一个活动的草捆子。牧人说，燕麦是为过冬的牛羊准备的草料，不等第一场雪来，就要把收割后的燕麦垛在青稞架上，用塑料布苫住，等大雪封山时它们就是牛羊救命的口粮。

雪，说来就来，一山苍松，满山石头，第二天清晨都看到白茫茫的世界。冬天就为十几眼泉，为一条河开始瘦身。

药水泉迸珠溅玉，落在石头上的水渐渐凝冻，水珠一层一层叠加，在无边无声的时间里，石头顶雪而立，一枚巨大的水胆石上刻着的经文或者祷辞已经几百年了。据说，一手抚石，一手击打，会听见海啸的声音，但我从未到达巨石跟前。我不愿踩水而过，污染了泉水的圣洁。一眼泉无所谓苍老，经文经历了太多风霜侵蚀与冰雪锻打，它用斑驳记录着一条河流的沧桑。

来泉边挑水的是一位新媳妇，红头巾围裹着脸颊，眼含水色，住在药水泉不远处冬窝子的旧圈窝里。雪后放晴的山野寂静无边，那个挑水走过山脊的红衣背影也是寂静的，只有野山鸡忍不住从静中出来，在我头顶"呱，呱，呱"飞过，使我惊悸又欢喜。去牧人古旧的冬窝子一探究竟，石头砌的墙是旧的，墙根处干牛粪码成垛，旧的木纹窗，旧的房檐，旧的木栅栏，旧的火炕。只有那个挑水归来的新人正坐在炕沿上低头绣着花，人比花静。火炉上的茶壶嘴冒着丝丝的热气，两只花猫卧在箩篮边，午后的阳光那样暖，山中日月那样静。

新娘子说："牛羊在，泉水在，月亮在，他在，我的世界就在。"

我在想，即使冬窝子再旧，只要屋子里有红衣红袖的新娘，日子的甜蜜就在。

十几眼泉，一条河，流淌在古老的石门草原，一路与世无争，一路志存高远，汇入石门水库后，沉静为蓝色的梦幻，诉说着无悲无喜的永恒岁月。

有人说，高山上的湖水是躺在地球表面上的一颗眼泪，那么石门草原上的这面湖水是百草浸熬的药水，你若来，看一眼便可洗心，可疗愈，可一眼看开镜中美德与虚无。你若来，眼是明亮的，心自是宽阔的。

石门沟，时光静默如落雪

　　出发得有点早，路上的雪还没有被车辆辗过，大地像一张宣纸，车子在纸上缓慢穿行，回头看，车辙新鲜、清晰，像纸上开出的花。碎掉的雪花在咯吱咯吱诉说着什么？谁知道呢，有些美就是人为了赶行不得不打破的。

　　阳光洒下山坡时，我们进入石门了。

　　石门河依依缓缓，冰层上又落了新雪，河道显得更加宽阔，几天前天气暖和，开封的河流像白纸上的一条墨线，曲曲折折走远了。几根原木并排搭建的桥跨河而过，古旧、朴素，像一首诗搁在那里，意境清寒。

　　桥那样静，阳光那样静，河滩里卧着的白牦牛那样静，山坡上的人家也那样静。早起的炊烟抖落房前屋后和树枝上的轻雪，雪屑轻盈明亮，一些飞落在新春的对联上，倏然，被那火红火红的喜气融化了去。

　　古老的村庄一派清寂、沉静。这里是牧人冬窝子的家，等夏天一到，他们一把锁看家，赶着牛羊要去沟垴里的草原上放牧了。

　　搅扰这份宁静的是几个穿着鲜服的，端着"长枪短炮"的摄影人，我是其中之一。我们各自寻找着自己喜欢的景物拍个不停。

　　山头上的那缕浓烟最先闯入我的取景框，又看见一个围着红头巾的身影，在浓烟里忽隐忽现，在煨桑。我想，虽然下了雪，但此时正是枯草连天的时节，不能这样点火煨桑的，于是顺着一条羊肠小道，紧赶慢赶，去那座山头。

我说："山中枯草多，不能这样点火。"十一二岁年纪的小姑娘，无声地拿一株柏树枝扑灭了火，转身跑到山垭口，一直望着山下那条通向远方的路。

那眼睛明亮，但暗含无助。

我看她穿着单薄，山顶风又大，就把自己的绵披风围在她身上。

"山顶冷，小心冻坏身子，回家去吧！"我说。

"家里没有妈妈我不想回。"我看见了一双凄迷悲伤的眼睛。

我一时不知道怎么安慰她，沉默着。她说："庄子上的大人们说，妈妈跟别人跑了。我的爹爹又去找她，过年了，他们都没有回来。我奶奶愁病了，咳嗽不停，家里的羊没人放了，害得我不能上学，我天天来山神爷跟前祈祷。"

我一时愣住，就那么愣在空茫的雪野中。是什么样的等待，让一个女孩这样平静、淡然地述说出她内心的伤和痛？等待太久，心疼得太久了，也许就麻木了，如雪落在雪上，冰冻了。

雪后的芨芨草、靡靡草摇曳在河滩，在铁丝围起的围栏里枯黄着，穗都空了，但阳光打亮的茎秆却金黄灿然，在微风中晃来晃去，摇摆着生命的隐秘。

我被这细微的声音吸引。那是雪地的声音，是大雪后枯草舒络筋骨的声音，也是被风吹袭时，草尖与阳光、与游云相互拥舞的声音。那是人声交错的世界里听不到的微语，人的眼眸与耳识总是停伫在尘世的浮华上，遗忘了这高寒之地还有更深奥的自然之语。

正如这新春里，我为了一场落雪而欣喜，追雪而来，为了拍摄到山野雪景，而在这村庄里还有多少人内心里正落着雪，隐忍着不为人知的寒凉。

人不如一株草。草不离不弃它生长的土地，无所求地萌发，无所怨悔地承受凄风、苦雨、严霜、暴雪，而后凋萎，而后化泥，成全明年春天依然萌生的草芽。众草皆如此，才有草原，才有牛羊，才有这草原人家和炊烟，才有这落雪也盖不住的微语。而人总是被生活和生存驱使着，离开家园，奔波着，拼搏着，也有的人或许是为了追求享乐和私欲丢失掉原本的朴素、质朴，最终找不到回家的路和方向。

追着一群白牦牛拍摄，一直走到了一片松林边，松针挂着白绒绒的轻雪，依然保持着"千山鸟飞绝，万径人踪灭"的深绿，像修道的人，忘记尘世的时间，一直过着夏天的日子，一直绿着。

它们缓慢行走，窸窸窣窣碰响枯草，偌大的雪地里，牛羊低头寻觅，心里有没有抱怨大雪呢？看它们充满温情的目光，也许它们比人更懂得下雪的重要性，经过一场雪的洗礼和滋润，来年春天，草原上才会有更丰美的青草。

牛羊走走停停，不急不缓，但心里定然是怀着愿望的。等待着，忍耐着，雪来了，青草就不会再遥远了。

忽然一阵酸楚涌上心头，那双眺望的、等待的、悲伤的眼睛，她期盼的年来到了，而亲人依然遥远得不知来处。她的愿望是还能上学，她的等待是亲人团聚，不被抛弃。

山梁遮阴的地方，阳光照不到，雪地上就有了半明半暗的景象。羊妈妈一声高一声低地呼唤小羊羔，领着小羊走进阳光飘浮的雪地。它们一定和人一样，喜欢充满阳光的日子，喜欢让孩子们在阳光下长大。

我总是用游走和镜头追寻，追寻保尔·瓦莱里说过的一句话："你终于闪耀着了吗？我旅途的终点。"但哪里能让我更沉稳，哪里可以教我更流畅，来到石门沟，才知道我所企盼和闪烁的，就藏在身边的山水间。一座座顶雪的青山那样沉稳，一条从祁连山冰川发源的河那样流畅，一群群牛羊那样悠然，安守季节冷暖，山间松柏挂雪静穆，它们共同守护和围筑着落雪后的村庄。

是不是总有些年轻的父母有和我有一样的想法呢？也许，等明白了世事，光阴会在身后碎成一地的苍凉，儿女会在凄苦岁月中凋零成一地的花瓣。

晴阳、暖村、篱栅的院落里走动的人影，枯草的微语，雪化的声音……

人不能自外于山水。此时的我，既是山里的一株草，也是天上游动的云，是空荡雪野中的一道景，也是牛羊群中的一只。

我喜欢这样缓慢的日子和景象——自由、散漫，大地明亮。仿佛时光在山谷里走得也那样轻缓、静默，一如这落雪。不论日子有雪有晴，牛羊都按部就班地上山迎日出，下山卸太阳，把山峰河谷巡视一遍。它们把眼里的苍茫深深隐藏，把辽阔和高远走成一种默然的心境。这也许是牛羊的宿命，可谁又能否认，这也是一种淡定。对生活，对生存保持平静，只要原野没有噪声、污染，没有拥挤的人潮和奔腾的欲望，只要有阳光、青草、花香，它们就足够满意，就这样自由自在，与草原的四季对视着，有雪的日子咀嚼一些荒草，或者埋头嗅一嗅草的根部，探寻一阵草儿发芽的讯息。

不悲不喜，生命在大雪的山谷里既坚硬又柔软，既活跃又缄默。

眺望坐在山冈上的女孩，就那样静默着，风一直吹着她，我的心空落落的，有点疼。

油菜花开迎客来

出天祝县城，向西北，过天梯山石窟，沿磨脐雪山的方向大约半个小时车程，就到甘肃省著名的旅游示范村——魅力大红沟了。

大红沟山多、沟多。从磨脐雪山脚下延伸出的一条条余脉怀抱里，藏着一户户山野人家，也藏着一山坡一山坡的油菜花，每一朵，都是献给村庄的颂词。

一座村庄，如此妩媚，除了天然的原生态美，近两年镇政府响应乡村旅游的号召，因地制宜，进行生态农业景观建设，将山坡改造成一块块梯田，种上油菜籽，当花期来临，如金菜花，枝蔓招摇，花田绵延，香飘十里。层层叠叠的梯田像勒在山间的一条条金腰带，站在高处远眺，梯田环抱着红瓦白墙的大红沟村落，像藏在深山的端庄女子，安静、朴素而又灵秀十足。

驱车沿一条村村通的水泥硬化道路兜兜转转进入村子。村庄背靠群峰和松林，旧村改造修葺的新村全部红瓦盖顶，户户有小院。小院门前种花，屋后种菜，篱笆墙里，小鸡小狗踱着碎步。房屋开阔处即是铺天盖地的油菜花田，一望无际，竞相开放。村庄满地尽为黄金甲。

如此盛大、繁密、花香扑鼻。我好一阵兴奋，多想在此处也有一座小院，种满山花。当你来此山中访我，就带你穿越菜花地，看繁花爬满篱栅，看苔藓挂满石砌的矮墙。碧空暖阳，山风拂过，一声闲闲的鸡啼，一地阳光落地的声音，日子安闲、惬意，我们就坐在花田篱下，把盏清茶，聆听花语。

黄金大野，地块与地块之间卧一痕小径。风一吹，径边花朵忽而遮路，忽而开合，走过去或蹲或站，可拍照留影，可细嗅花香，更可扬手扯一片白云，做放飞心灵的翅膀。学那花间蝴蝶，把心境打理轻盈，在梦一般的画卷里飞翔。

走在地埂，迎面碰到一位奶奶，提着的篮子里躺着翠绿的油菜尖，后面跟着咿咿呀呀哼着调儿的小女孩。她专注于手中的一把油菜花，摘一瓣黄，在舌尖舔一下，用小食指轻轻粘贴在眼睛周围、额头上、鼻尖上，左眼周围已经贴满了油菜花瓣。见到我们，女孩举起油菜花遮住了花脸，偷偷地笑。我夸赞她，好漂亮呀，花仙子！女孩咯咯地笑着蹲进了花田，她也变成了一株油菜花。

奶奶说，女孩放暑假了，才从城里回到老家。我想，这个幸福的女孩，在她的记忆里，一直都是开着花的，她一生的光阴，都会被金黄色的油菜花照耀着、温暖着。她的内心里一定会保留下曾经在田园生活过的浪漫和美好。

排路台的菜花田随着山势形成阶梯状，地埂一边靠近公路和村庄，一边却是陡峭的草原坡地，在一处山弯里建一座亭子：听雨轩。多有诗意呀！在深山，在乡村，你既可以听雨落松林，又可以听雨润花田，这雨声苍茫、深邃，这雨声空阔、清雅，任你怀想，油菜花香伴着蒙蒙细雨，是怎样的静谧、清新，又使你清风细雨回归心静，与世无争。

当然，我来时没有遇雨，却是一派晴空暖阳，云朵正从磨脐雪山后生发羽散。山坡上金黄艳丽的颜色让人有点眩晕，如蜜般微醺的空气让人心旷神怡，但山风清凉，撑一把遮阳伞，带上爱人、孩子，漫步花田，蝴蝶飞舞左右，山雀的鸣叫萦绕头顶，身心顿觉轻盈，生活中的紧张和疲惫感都被花香冲淡，闲散了去。

徜徉花间，看见几个跪在地里锄草的妇女。她们不急，一锄，一薅，一挪动，笑语轻柔，恍若她们才是村庄里的油菜花，依赖土地，不孤傲，也不自卑，不清高，也不孤芳自赏，一株株，一朵朵，一大片一大片挨挤着，依靠着，多像村庄里相扶相携的亲人们，怀抱大地的黄金品质，在平凡中见自信，在团结中见盛大。

我终于明白，我们之所以依恋乡村正是被这种朴素的亲情牵绊着。

每一缕花香都有亲人们的气息，因为根和血脉在这片土地上。英国作家帕克斯曼在《英国人》一书中写道："大部分生活优渥的家庭都只在城里度过忙碌的工作时光，在喧嚣之后，又一如既往地返归乡村生活。真正的绅士，一定是热爱乡村野趣的，他的根和灵魂在乡村。"那么，我们的灵魂在哪里呢？如果你也有乡愁，也有乡村情结，就跟着我来大红沟的排路台吧，这里为你保留着乡村记忆，保留着"儿童急走追黄蝶，飞入菜花无处寻"的美好童年……

排路台靠近原始森林和草原，以前这里狍鹿多，山势平缓处又形成大平台，过去人们叫此地为狍鹿台，后来是不是口误就叫成排路台了呢？不得而知，我不去深究。这里阡陌纵横，尤其适宜种植油菜籽，因大红沟气候凉爽，无污染，病虫害少，菜籽产量高，榨出的油脂好。据说，大红沟的人们年下节头走亲串友都要拿老油房榨的清油做珍贵的礼物。

我是喜欢鹿的，鹿群出没的地方，定是祥瑞安康之地。有人在油菜花田里挂起猎猎经幡，搭建起藏家风情的白帐篷，内有氆氇镶边的卡垫，柏木雕花的案几，藏式铜壶，八宝龙碗，糌粑匣子，它们干净、明亮，静候远方的客人来享用。帐篷的主人说，羊是就近山林人家自养的，鸡是村庄田地里长大的，菜也是园子里种的，你点哪个我们就做哪个。我顺手拔几棵青菜给她，说好，就用它做清汤面条的下饭料。

站在黄金大野，听飒飒风声跑过花田，悠然间，仿佛听到呦呦鹿鸣，正从《诗经》里传唱而来："呦呦鹿鸣，食野之蒿。我有嘉宾，德音孔昭。视民不恌，君子是则是效。我有旨酒，嘉宾式燕以敖。"多美好的意境啊！一群鹿儿呦呦叫，在那原野吃蒿草。我有一批好宾客，品德高尚又显耀。示人榜样不轻浮，君子贤人纷仿效。我有美酒醇而香，宴请佳宾，任逍遥。

傍晚，人们卸下劳作了一天的沉重，聚集在一起，点燃篝火。音乐响起来了，锅庄舞跳起来了，欢歌笑语声飞到了云天外。

今夜，你若来，就可以把落在油菜花田的月光，轻轻捧起，把它当作我们生活的金币。

乌鞘岭

　　这座山坐落于祁连山脉东端，横亘于广袤中原与河西走廊的交界处。海拔 3700 多米，站在山巅放眼望去，四周还是山，东西南北只有东面是坦荡的平原，西面有更高的马牙雪山，雪山下有辽阔的抓西秀龙草原，北面有大名鼎鼎的雷公山和尖山，南面有毛毛山群峰绵延。这些山的尽头还是极淡的山的影子，碰上阴天或者雪天，就连影子也没有，天地一片苍茫。

　　北坡有一条河流过狭长的安远驿，一路向西，羞涩地流淌在曲折峰回的山间，有点急躁，并入古浪峡。

　　在雷公山和尖山的臂弯里，条条梯田勒在山腰，青稞、洋芋和油菜籽是这片土地上最古老的主人。二十世纪五十年代建成的第一代兰新铁路线，藏在山褶里的"S"形铁轨已隐在荒草丛中。曾经用蒸汽双车头才能爬坡过岭的乌鞘岭，在 2006 年迎来第二代双线隧道的顺利通车，蒸汽火车被淘汰，北坡再也听不到蒸汽火车粗重喘息的啸叫声。但永远留下的是这片土地上人们"艰苦不怕吃苦，缺氧不缺精神"的乌鞘岭精神。

　　南坡，群山环抱的背景里，有一条河流过开阔的平原地带，一路向东，叫金强河，中游又叫庄浪河，悠然缓慢，不慌不忙，夹岸有大片大片的土地，土壤湿润，土地颜色有点绛褐色，纵横田间的埂界把土地划为大大小小的方块，像极了棋盘。这里也是人民政府所在地。居住在这里的人，一年四季小心侍弄着土地和庄稼，放牧着牛羊，不敢懈怠。

　　北坡南坡的两条河像两条妩媚的大辫子，为乌鞘岭的粗犷描摹了些许婉约。这便通称上的乌鞘岭了。

季节不等人。落日下，山坳里、平原上三五成群的劳作身影以雪山做背景，把一片净土点化活了，犁地的耕牛稳稳地晃悠在春雪拌湿的土路上，留下清晰的蹄窝，跟着是黄昏里搐着犁盘着绳子的人，也留下一线长绳头的印痕，一直拉到村口，直到众多杂乱的脚印和车辙混沌在一起，被山风拉弯的炊烟浮荡在天边时，雪山渐次隐在夜的深处。

这便是人间烟火的乌鞘岭。

地图上的乌鞘岭，她的名气大是因为这里是丝绸之路的咽喉之地，是东西过往的门户，在古代是重要的军事隘口，但我被她震撼却是在电影中。到北京的八达岭长城游玩，有一个专门放电影的大厅，是介绍长城修建历史的纪录片，在片子中有三五分钟的镜头给了乌鞘岭下一段汉长城和一段明长城，这让我惊喜。片子中乌鞘岭是在夏天，遍野葱茏，茂盛的芨芨草和马莲一浪一浪地摇曳，我欣喜的心中已经为乌鞘岭的鬓角插上了大朵大朵的格桑花，出了放影大厅迫不及待地告诉同行的人，里面有我们的乌鞘岭，大家带着热爱都去看自己的家乡。

另一部片子是在乌鞘岭下拍的，开阔的平原里一列火车载着许多人的梦想和生活驰往春天的大道，片名叫《天下无贼》，那是把雪山的圣洁定格在了世人眼中。看一眼就知道这是春天时节的乌鞘岭，狂风袭击山冈，积聚一冬天的雪都被风刮跑了。春天沿着向阳的山坡用一串串紫蓝色的香柴花把乌鞘岭背靠的雪线映衬得分外妖娆，挥舞牧鞭的牧人在风里喊着什么还是唱着什么。看着电影，思绪却在想象着乌鞘岭春天的诸多意象，那些紫色的芬芳摇醒我高原的雨意，让春风不渡的隘口洒落明亮的湿润。

如果是八九月，乌鞘岭就有千娇百媚的姿态了。青稞的麦浪像海的呼啸，一浪一浪涌过山冈，为高原插上飞翔的翅膀。金灿灿的油菜花开在山脊，与草原、碧绿的麦田交相辉映，把环抱的群山渲染得更浩荡。山雀、蜜蜂、蝴蝶把汹涌的花香带到山风里，满世界地跑满山的香，翻山而过的312国道也被芬芳包围着，这个时节，摄影人和写生的师生也成了乌鞘岭的风景。

二十世纪八九十年代，冬季和初春的乌鞘岭是让人思想感情比较复杂的季节。山岭下阡陌纵横处，独望一季繁花落尽。临风霜雪的高海拔岭上，一下雪就结冰，无论从东往西的还是从西往东的车辆都艰难地蹒跚在环山路上。风雪紧的时候不得成行，困在山腰，有时一停就是绵延几公里的长蛇阵。南方司机最怕上下乌鞘岭，高原的冰冻路况和南方潮湿路况也不尽相同，到了这个岭上开车都得小心谨慎，没有心思欣赏北国风光，千里冰封，万里雪飘的浪漫心情，唯余莽莽的雪野里被困了，那是要命的。

一场厚实的春雪将乌鞘岭的交通堵塞。风雪无情，人有情，通往敦煌、武威等地的大客车上冻得瑟缩发抖的老人、孩子和妇女被山下的住户一一接到家中，在热炕旺火中等待风雪过去。村庄里的女人把平时舍不得烧的柴禾抱来点燃，为铲雪除障的人们驱散寒冷。人生的路上说不定在哪个转弯的地方就会遇到意想不到的困难与灾难，但在乌鞘岭上，你不用怕，这里的人有大山一样的胸怀，有草原花盛一样的热情，有温暖可依靠的肩膀和心手相牵的救援。送上热茶热饭的是我们的政府官员、交警民警、公务员、乡村百姓……他们用大爱在乌鞘岭上书写着人间真情化雪寒的温暖。

感激的话不用说，山坳里灯盏亮着，灶膛里的火旺着，温暖的光晕在雪地里洇染开去，世界多么博大。

到了二十一世纪，从未懈怠的人是敢叫众山变通途的建设者们。时代发展的车轮滚滚向前，兰新铁路的发展也不断迈向新高度。现如今，兰张高铁又在南坡贯通了乌鞘岭，从北坡搬迁到南坡的县城也跟着时代的脉搏一起跃动。

乌鞘岭进入高铁时代，自然风光秀美的乌鞘岭又迎来一拨拨天南海北的客人，来看雪山、草原，来领略藏地独特的人文风情。

这里有着四季的交替，有着丰收的土壤，有着辽远的牧歌。人们忙碌和休憩，耕耘和恋爱，一代一代生活不屈，繁衍不息。

花开未觉冬已深

冬已深了，舟曲依然花开不败，颠覆了我对青藏屋檐上的甘南原有的认识。

舟曲在甘南以南，有"藏乡江南"之称。即使冬天，该开的花照旧开：贴地开的有太阳花、三叶草、酢浆草、千里光、灯盏花、海棠花；高枝上开的有红玫瑰、粉月季、黄菊花、红楠珠、大丽花；再往高处，抬眼望见的是一朵一朵"雪莲花"。

白龙江两岸的每座山头，都被冷凝的寒霜染白，山尖万物挂上雾凇，连绵的山峰似一朵一朵雪莲花，逶迤叠嶂，这应该是冬天开在舟曲最大的花朵。我在舟曲待了一个月，每天清晨，都能看见山尖镀银，半坡镶玉，小城被抱在莲蕊里，一派清静。

江边种有棕榈树，叶子肥绿、阔大，像扇子。褐色棕皮间挂满一嘟噜一嘟噜紫色的珠子，多像斜挎在匈奴男人腰间的配饰。在西凉，匈奴男子穿戴皮草，极像棕皮裹身的树。树下开满桃红粉白色的花朵，像一群柔美的女子围着粗犷的男子旋舞。

舟曲的新区是特大泥石流之后国家支持和全国各地援建起来的。行道树有女贞、玉兰、银杏。叶子深绿的女贞树挂满了果，有人说能泡茶喝，有人说有毒。我只是喜欢女贞果挂在风里，不惧寒凉，不畏冬深，风一吹，飒然作响，有着春天的气息。

休息日，去县城西山顶看风景。路是用石条砌成的排云石阶，拾级而上，路两边的灌木已显苍黄，但有一种小野菊，花淡淡开，像苍米黄花，长在山间，挂在地埂、崖畔上，根紧紧抓住大地，密密匝匝地开出一地碎花，一触碰，香气清冽。心，甜蜜若花开。

石阶路上碰到两位清洁工人，背着背篓正在清扫垃圾。她们用长长的铁夹把落在野菊丛中的纸屑、烟头一点一点清理出来。

同行的朋友说，舟曲正在进行"美丽舟曲"行动，甘南州委、州政府提出创建"全域无垃圾、全域无化肥、全域无塑料、全域无污染、全域无公害"的"五无舟曲"，这是践行"绿水青山就是金山银山"的发展理念，是为了推动黄河上游生态保护和高质量发展的重大举措。

朋友说，创建"五无舟曲"，会让舟曲的绿水青山更有颜值，让金山银山更有价值。

看见清洁工人清理垃圾的认真劲儿，心想，她们多像低俯山间的野菊，为舟曲的干净整洁默默付出辛劳。背篓里饮料瓶、废纸、烟头静静讽刺着行人。这时候，你会想，就做山野的花，朴素、低调、暗藏清香，像精神明亮的人，味淡而香远。此时，你手中的垃圾还会随意丢弃在山野花丛中吗？

山顶处，极目四望，右手边的青山半坡处，生长不多的松树，茵茵绿着。同行的吴姐姐慧眼识景，她一眼看出山形似一位披着袈裟的僧人。一方水土养一方人，这是甘南，风物有地域特色，就当是大自然绣在山间的另一种花，有缘人明心见性，见山赋形，见水追源。

山顶有田，种了高秆菜花，据说是喂猪的好饲料。我看倒像是青莲，菜叶舒展，碧绿璀璨，使冬天的田野鲜亮而生动。更生动的是山顶上的梯田，冬小麦一条一条藏在大山的褶皱里，像勒在山腰的丝带。半弯隐，半弯明，绿，在半梦半醒之间，忘了还有冬天。

山上有村，叫水泉村，靠近大片桦树林，茅屋田舍已显古旧，但石墙根下，几簇落了叶的海棠，粉紫色的、橘红色的，独擎花束，袅娜而妖娆。有人说，易地搬迁已将村民搬迁到县城周围的平坦之地，陡峭山上已不住人，只是村人养殖一种山鸡，七彩的，竖起高高的铁丝网，一防山鸡入林遁了去，二防狐狸偷袭山鸡。

特意关注夜间的水泉村，看见一排排明灯，蜿蜒在村庄。心下觉得，它们也是开在舟曲的花，最鲜最亮的一朵，开在月宫的窗口，易地搬迁的百姓知道，广寒宫里的春天，是暖在老百姓心窝里的。

去各皂坝村，石头围墙建起村庄，这里的人们，利用山间片石，节省建筑材料不说，同时延续着老祖宗石头文化的精髓，一块块石头，只有精诚团结合作，才能筑成暖爱的家园。

你不要以为石头上长不了花，舟曲的石头既能开花又会"说话"。一出口，吐出多肉植物，灿若莲花，绿似如意。

多肉植物成就了村庄，石墙缝隙里，一朵，一朵，闲静，清雅，迎着朝阳送暮色。生态环保的理念已镌刻在青山绿水间，文明新风已植根于每个藏乡儿女的内心深处。

石上花，静静开，它们不落。一年年，无意争春，也无须过于肆意，像提灯说话的神明，护持着村庄的安宁。也像感恩的心，开成向阳的莲花。

把日子打理好不是一件容易的事。一层层片石砌垒石墙，每一片石头都经过一双双手的打磨、砌筑，每道石墙内部的东西是什么？每一朵石上花的根部藏着什么？

是勤劳致富，是血汗，坚韧，持守，向上生活的心。

村道墙、庭院墙、田园墙，各皂坝村的石头墙上，处处体现着人文与生态，彰显着绿色与环保，倡导着文明与和谐。每一个角落都是一个亮点，每一户人家都是一处景点。

日子从每一片石头上析出温度，只要有一颗向上努力的锦绣心灵，面对日常琐碎，再冷的冬天，花依旧开在田野，开在心间。

村里人家，良田两三亩，一年两熟，四季日出而作，日落而归，清清淡淡度日月。若有朋自远方来，煮一壶月色，闲坐石墙花下，看东山云散星疏，等雾起而移室，睡去。不管山下白龙江水滔滔而逝，人世灯火辉煌又灭。

真想住在花开不败的舟曲，守一山而居，守一城而终老。桑叶茶、土蜂蜜、冬青菜、水萝卜、豆腐脑和猪腊肉，一茶一饭，一粥一菜，一家人，相顾安暖，无惧世间无常。

当然，舟曲还有另一种花，雪花。时光穿梭，岁月静流，山川大地被雪染白，花草披上盛妆，晶莹、豁亮，世界纤尘不染。

一时间，花绽如雪，舟曲的冬天走在繁花丽影中，不寒，不冽，不闹。

新雪遍地，一定要与相爱的人去赏花，人走在花丛中，就一起白了头！

青山不老为雪白头

舟曲，用藏语从舌尖上轻绕着叫出来，就有些水意，因舟曲是龙江的意思。龙行大江，自然有众水辽阔的大气象，水势切割出条条深涧幽谷，一座城就在峡谷中听水声，在渚岸上看花开，往事已越千年。

新建的县城，就在江岸上，四面环山，峰岭叠嶂，山势嵯峨，有点蜀道难的意思。也难怪，离蜀地近嘛，三国时期这里曾是蜀将姜维屯田之地。

城区不大，一幢幢不高不矮的楼丛依偎在白龙江边。进出街巷的百姓，穿行在四横八纵的巷道里，青石板铺路，灰瓦白墙衬绿树，红花黄花坠繁枝，小镇自是一派安宁、祥和。

不管晴天阴天，云是舟曲的熟客，说来就来，说走就走，峰岭间总是缥缈着云烟。我想，鬼谷子先生的隐居之地大概就是这样吧，似虚还实，云遮雾罩，清虚，淡静。世间有幻化之仙气，有秘境之幻美，生活在这里的人们，定然是水汽丰盈，清华绕身。

山中雾多，而雪不常见，雪要来，那便是"般若"花开一般的美好。

忽一日醒来，习惯性地向窗外看一眼云雾，却望见，高处的草木沾雪挂白，银装素裹，山间一派晶莹耀眼。山腰处似淡墨轻扫，植被们披着半白半褐的衫子；山脚下，棕榈树、玉兰树接住一些轻雪，灯盏花、蔷薇花被雪压弯了枝，顶雪妖娆；更低处的三叶草、太阳花、千里光，匍匐在大树根部，见雪而敛，收紧小身子，小家碧玉的样儿，让人疼惜，整个县城泊在落雪的安静里。

舟曲人说，昨晚落雪了。他们不说下雪。也是，藏乡江南的雪顶多也就是个"落"，轻轻的，柔柔的，是婉约派，被高山云雾早早接住了，弥漫在冷湿的空气中，缓缓凝结在山石草木上，似琼花玉屑，没有河西和东北的雪那样粗犷、野性。一个"下"字，对燕山雪花大如席那样铺天盖地的雪尽管用，而舟曲没有河西走廊大戈壁和东北平原的大空旷，不能承接下雪的大苍茫，只有嵯峨山势随海拔的递减，将雪一层一层涂抹下来，承受不住的时候，偶尔也会发个小脾气，来个山体滑坡，宣泄一下情绪。

去往舟曲特大山洪泥石流灾害纪念馆时，白龙江沿岸真的落雪了。怀着一颗素心，感受舟曲儿女的疼痛。同行的友人，指着照片上被泥流裹挟掉的一二层楼房说，他住在三楼，那天夜里，他和妻子抱着孩子，在楼上无助地等待，洪水冲走了楼房的一二层，他们等来了营救的部队官兵。他眼里分明噙着泪花，含着感恩，我的心也跟着紧张和颤抖。当我看到一张救灾现场的图片，温总理对压在倒塌房屋下的人喊：老乡，坚持住，我们在救你！我的眼睛不觉一片模糊。任何灾难来临，第一时间站在你面前的永远是人民子弟兵，映入眼帘的首先是鲜红的国旗。

有些往事不堪回首，我只在心里希望有些伤痛，像雪下过，又融过、化过。不然，经历过生离死别的伤痛之人，无法承受生命之重，又怎么轻松地活到老去呢？

雪，诉尽离殇。舟曲所有挺立的青山，都在接受一场雪的覆盖。

生活是需要一场雪来覆盖曾经的热闹和烦闷的，是需要盖住那些曾经拥红叠翠的过往的，是需要淡去一季的所有悲喜的。人是需要整理一下心情再出发的，季节也一样。

雪，清凉、纯净，化色为空，正好为追求灵魂干净的人，化去世间的大红大绿，在心灵的底色上着一层白。

去看"三眼峪主一号坝"时，雾更加浓起来，空气也冷飕飕的，像我的心情。翠峰山半隐半现在雾中，半坡处的灌木被落雪涂白，山静、草静、落雪静，人在谷底，听得到山顶上有人在问话："你好吗？！"真有"只在此山中，云深不知处"的意境，我正好找个借口，排遣一下心中沉郁，对着满山大雾回几声，好！

空山不空，回声填满翠峰山谷。内心空茫时，一个人是多么需要云雾深处那一声声的呼喊和回应呀，一切虚妄变得亲切、温暖起来。

经过泥石流追思园时，一簇野菊花，叶子接满雪，翠绿抱着新白，倔强的茎秆上开着明艳的小黄花，一经遇见，感动于生命的顽强和灿烂；感动于有些花朴素、低矮，却也要傲然地绽放在雪天，开给你看它的好；更感动于它的素洁、清雅，刚好能让我拿来祭奠和追思一下那些远逝的生命，世事无常，逝者安息，生者珍惜。

雪，似落非落，大雾裹着雪的真身呢，落也看不见，只看见山，一层一层白下来。白龙江，水声潺潺，平稳、安详地绕山流淌。所谓青山不老，为雪白头，绿水无忧，绕城而流，这意境对落雪的舟曲小城而言，真是再贴切不过了。

路边的植物雪盖不住，有红色从雪白里映出，似红梅噙雪，逼人眼眸，惹得同行霍姐姐非要停车探个究竟。拈花一问，鸟不知名，花不留姓，唯有雪里红在云烟里等闲写意。

雪打过的银杏叶，被风揪下来，在风中缓缓轻旋着。扫马路的环卫工人，也不急，慢慢等叶子落下来，停在青石路上，她只是把落叶扫进街边花园的栅栏内。她说，银杏叶子堆积多了，落上雪，又黄又白，冬天才好看哩。

季节有凋零之美，这可能也是少雪的舟曲，需要的另一种浪漫之美吧。银杏叶金黄，玉兰叶青葱，高秆月季擎着大红大紫，青石路上，雪一落即融，泛起水色，映亮路边店铺的楹联字迹：万家灯火，舟载青山如海北；千点桃杏，曲听绿水似江南。一座城湿漉漉地氤氲着文脉气息，婉约的气质，细碎的烟火，打动人心。

田野，不像河西走廊那样萧条，即使是冬天，青菜、毛葱、水萝卜依然长在田地里，青石砌墙的窄窄梯田里，桑树一排排迎风站立，叶子泛着黄。柿子树，挂满果实，苍劲虬枝上，落一层绒绒的雪，于是，黑枝、白雪、红柿构成一幅幅水墨写意画，构图你尽可用手机拍照布排，每一景，都是柿柿（事事）如意的美好隐喻。

我喜欢看柿子树，我所生活的高原寒凉，长不了。柿树虬枝盘绕，像长着巨角的麋鹿，一个个红柿子像是挂在鹿角上的星星，摇啊晃啊，飞雪一打，仿佛听得见柿子们扑哧扑哧的笑声，但它们在山谷河地生长地多么寂静，尽管鸟声啁啾，柿子树陪着一座村庄，守候着岁月的沧桑和幽远，慢慢地变老，慢慢地沉入冬天。高挂的柿子，像一盏灯，出尘，如画，入世，如禅，它见证着村庄的欣荣和发展。一棵树，平静地看见村庄里的生老和病死，生命历经霜杀雪冻，安静地成熟，安静地下落，归于尘。如一个人的一生，经历过大雪、小雪的洗礼，经历过无数突如其来的繁华和苍凉才会趋于成熟，归于淡然。

雪落进河谷山野，我的心也低向田园和大地。

那里农人和雪花在一起忙碌。农人说，冬小麦需要一场雪来冻一冻，它才会分蘖，颗粒才会更多更饱满。来年五月，别处才要下地耕种，而舟曲人早早就可吃到新鲜的白面粉了。

柿子树雪一冻，枝干更脆，摘柿子时啪的一下，少了韧劲，比平时更容易摘下来，省去手困腕酸的辛劳。雪一冻，柿子才会渗出体内的寒霜，祛了涩，变得更甜。

冬白菜，正适合在冬天成长，越冻菜瓣越翠，植物粗纤维韧劲越足。舟曲农人用冬白菜压酸菜、做浆水，是最传统的，能让人回味童年和母亲，是能勾起乡愁的美味菜肴。

舟曲许多村庄养中华蜂。农人说，一只蜜蜂是无法度过冬天的，一群蜜蜂要抱团取暖，最外层的工蜂们，一层一层要拼命扇动翅膀趋散寒冷，保护蜂王和雄蜂们在蜂巢里休养生息。雪越大越冷，工蜂们工作越繁忙，来年才会有更多的蜜蜂活着，为养蜂人采蜜吐蜜，人们才会享用到生活中的另一种甜蜜。

落雪，竟也藏着这么多我不知道的温暖和美好。我一直以为冷是多么不好的事，在农事里，一场洁净的雪事，原来有着诸多慈悲的意义。

数千年来，氐、羌、藏、汉等那么多民族在这样的农事里繁衍生息，交流融合，像无数片雪融成小溪，汇成江河，像三五人家的灯火汇集成人烟稠密的村庄。季节轮回，朝代更迭，雪事不断，各族百姓在大地上你来我往，融合发展，生生不息，用智慧和汗水，创造着舟曲丰厚的文化底蕴。

雪，静静地落，落进白龙江，流淌千年。我相信雪是怀着巨大慈悲的，它从源头下落，一直赶路，携着雨水赶，带着雪花赶，直到赶在云层之上，长出梦的翅膀，它在人间的影子才回归大海的蔚蓝和洁净中。

禅花开满心房

松山达隆寺的经声传来时，我有幸做了吉祥白塔开光的过客。

走进达隆寺，没有看到寺院里常有的菩提树，目光却被院落正中盛开的一丛白菊吸引。低矮的身姿，小小的白，静静地掩映住了一寺的清寂。簇拥着康熙皇帝亲笔御赐"报恩寺"的石碑，给人一种惊醒与沉静的力量。

觉得它们就是匍匐在佛殿下修行的弟子，一株挨着一株，闪烁着纯净的光芒，像极了围拢而坐开始辩经的僧人。在每一个含露的清晨迎风摇曳，聆听晨钟，默念佛音。

初秋的风带着凉意，我随着转寺的人群走过长长的玛尼经筒长廊，每一次经过大经堂的正门，不由自主地就会看到风中抖动不已的花枝，那一盏盏白，独擎着不染凡尘的气息，打坐在佛陀脚下，物我两忘，那份远离尘世的凄婉之美、谦卑之美，隐隐约约打动我的心。

松山草原由于过度开垦耕土地与超载牧畜，近几年变得气候干旱，鼠害频发，沙尘肆虐，偌大的松山草原已经快成荒芜的沙石滩了，这里已经没有了喝饱就能挤奶的雪融水，没有了吃饱就能奔跑的青草。我想这座佛塔的高高耸立也是在提醒人们，我们要祈祷草原回归草原应该的样子。一丛白菊却度过了风沙的狂劫，仍然神秘而坚定地活着，挺立着，守望着，以顽强的绿色和惊醒的白色延续着生命，以无言的冷峻注视着日月变换，以自己的存在注视着一座寺院的沧桑历史。

我不知道花有没有信仰，开一份静美，向着太阳，向着白云，经历风雨，听着每天的诵经声，超然淡泊，仿佛对俗世的悲欢扰攘无动于衷。我想种花的人一定是有信仰的吧，把善念与美好虔诚地种在人间，把灵魂的纯净种在根里，就那样天地相通地淡然开，就那样摒弃贪念痴嗔，让佛性与顿悟像花儿一样呈现与绽放。心里有种感动，暗暗想，我也要种下一种花，但那是在红尘里，就深深地种在心里，因为我已经拥有了念的种子，是九颗。

想打听种花的人，向着后院僧人们的僧舍走去——安静的盲窗，安静的阳光，安静的白土夯墙下淡黄色的野罂粟开得灿然纷飞，刀豆种在房檐下的石阶根里，绿蔓顺着细细的绳子盘旋上升，爬上房顶，一串一串艳红的花儿在门前搭起一座遮阴的凉棚。

在我赞叹寺里的这些花时，一位僧人向我讲述了佛经中的故事。

喇嘛们修学清苦，向上师请教人生的要义。

上师微笑着说："禅花开满心房。"

众人不明白。上师又问："怎样除掉旷野里的杂草？"

有的说用铲子铲掉，有的说用火烧了，还有的说把草根挖掉。

"从明天起，你们就用各自的方法去除草，明年夏天我们再在这里相聚。"上师说。

第二年夏天，草地里的草除了又长，长了又除，喇嘛们总是清除不干净。相聚的时候，只有上师的草地开满了鲜花，长满了庄稼。

内心要想不被杂草湮没，就种满鲜花和庄稼！在荒芜丛生的心里，种植了花朵，"时时勤拂拭，莫使惹尘埃"，杂草怎么还能生长呢？！杂草不生，再清苦的生活也有淡淡的芬芳。

灿烂地开着。一切都不用追问，那些轻盈的花瓣使我的心软软的，慈悲心油然而生。当一个人深怀感恩的心生活，当一个人用洁净的心侍奉花儿和蔬菜，那么生活也会这样赐予你一院的花香与颗粒饱满的田园吧。我深信。

忽然觉得寺也如一朵莲花，静静地开在草原深处。穿着红衣的喇嘛们就是那佛前自然、纯净的花，他们心灵淡然如水，若白菊，在清寂的内心深处为自己保留一份超脱，年复一年在佛堂里悟着整个世界，在清贫的生活里种着满地的花儿。守着平静，守着淡然，守着花开的芳泽，孤单地开，孤单地落。

　　午后，空旷的松山滩草原被大风掀来掀去，飘动的经幡收敛着白塔上飘忽的光线，一些事物的梦已经在白塔的内部安睡，另一些事物却渐次被风喊醒。雨随着喊声，在屋檐上，在石头台阶上泼洒天籁之音，像岁月不停地诉说。寺里那丛白菊，在午后的雨声里依然开放得安之若素、无声无息。

　　让自己的心如那些花儿，把自己深锁进蕊，或者把花种满心房，就那样淡而悠长，小而永恒地绽放或者凋零。正所谓一花一世界，一生如花草，随匆匆时光度我花开有声的流年。

久违的赛马会

今年雨水好。干旱的松山草原终于又披上了久违的绿蓑衣。草儿花儿都长得茁壮，叶肥汁满的，草原显得那么富有。这样的好景象，甘肃省"敦煌行·丝绸之路旅游节暨天祝民俗风情旅游节"的赛马大会就选定在松山草原上举行。

与记忆中的赛马会场不同的是，到处没有云朵一样的白帆布帐篷了，代替它的是一辆辆家用小轿车，划定停车区域内停不下的只好沿路边一溜儿停下。

人群倒像是帐篷花，这儿一簇那儿几团，大多都撑了伞，坐在花花绿绿的伞下，煞是好看。有的人已经开始架锅造饭，人间烟火与欢笑声在草原上飘荡。

这片草原沉寂了多久？空荡荡的草原由于多年的干旱与大风沙，昔日"风吹草地见牛羊"的景象荡然无存，那是老辈人口中的传说了。昔日的草海退化成了一片干涸沙地，草原上生活过的匈奴、回鹘、鞑靼、羌、月氏……那么多的民族、部落像风一样消失，又像草籽一样坚韧地扎根在这片游牧文明与农耕文明并存的土地上。所有的人和事都是流动的和有限的，只有草原本身无限地存在，并以枯荣寂寂的苍茫与深邃记住所有的过往。

自魏晋时，松山作为官牧场，便有"凉州大马，横行天下"的说法，马匹的豢养与供给自是充实了军力，唐宋时期这里是一座有规模的官牧城，近代由于气候和自然条件的不断恶劣，加之从游牧向农耕文明过渡时期人为毁林与开荒严重，草原沙化，严重缺水。现在政府正在实行退牧还草，退耕还林，草原植被正在恢复，草原要雨喊水的声音多么迫切。

现在马匹已经很少很少了，这是时代的选择，军马已经退出了历史舞台，家家户户的摩托车、家用小轿车代替了马的脚力与驮运负重的作用，只有羊群依然游荡在云薄草稀的空茫深处，等待着丰盈绿色的来临。

自古以来松山赛马会就是为了庆祝草原的丰茂，庆祝庄稼的丰收才举行的一种民间娱乐活动。三十年等来润腊月，今年绿色丰盈的时节，草原需要一场马蹄扣响的欢声了，马蹄嗒嗒撞击时，草原被唤醒，山谷被唤醒，大地有了心跳的律动。

怀着敬畏、感恩与怀念的心情来看一场祖先留传在草原上的赛马会，人群的呼喊声穿透云霄，马匹的喘息声和奔跑声在原野里发出巨大的回响，没蹄的花草在这激荡的回声里自在摇曳。人们说现在养马已经成了生活富裕后的一种消遣了。草原上的人们习惯于某些事物的存在或者消失，正如季节的来去，他们习惯一场大雪后的辽阔与沉寂，如同习惯马匹渐行渐远的身影。因此，在现代文明高度发展的今天，赛马逐渐地成了人们记忆中久远的怀念，也因此成为藏族非物质文化遗产之一。

马群脖颈间的铜铃声穿越草原，洒落在油菜花和豌豆花的田地间，穿过人们等待太久太久的心灵。此时，草原就是一面战鼓，生活的激情不断地被马蹄擂响，苍苍的马铃声将跑过草原的风点燃，希望在风里燃烧，草原生活的艰难和隐忍悄悄地被一种奔跑的力量融化，马背上飞翔的梦在油菜花般轻盈的诗意中飘向远方。

有马没马，生活依旧要在苍茫草原上进行下去……

风声如涛芨芨滩

芨芨草在干燥寒冷的草原更富有生命力。松山草原长满了这样的芨芨草。

有一个村庄就叫芨芨滩。沿着一条乡村道路往草原深处走，路两边即是高高的芨芨草墩，它们在绿色的时光中倾听着大地的风声，那随风而舞的静美却是我心海翻腾的伤感浪花。这是午后，云层低低的，羊儿不再安分地吃草，开始乱窜扎堆，十个一群五个一伙，像一朵一朵的云在风中往一块儿集合，大大的芨芨草墩是它们头对头遮阴、避雨、打盹的好去处。偶尔一声"咩"叫，仿佛是遥远风声捎来的一声草原的叹息。

即使是夏日，大风依旧在身前身后追逐着、回旋着带走身体里的热，像一大群黄蜂嘤嘤嗡嗡飞过来的声音在半空中拥挤，不得不使我肌肤抖瑟，肩头紧锁。人是无法改变风的走向的，也是无法拒绝风的。曾听说芨芨滩刚搭建暖畜棚那会儿，由于牧人们经验不足，全部用政府支援的采光采暖的塑料棚膜，谁知道一夜大风竟然把塑料棚膜胀破刮碎，棚膜的张力又将钢筋、屋檐、房皮全部拉弯、掀翻、揭走，风声如涛，甚是可怖。行至不远处就看见了几顶帐篷，蓝色横幅上写着：风能开发项目调研部。但愿这里的风力能为亘古沉默的草原带来一点希望。

大片芨芨草遮护着草原和村庄。由于气候干燥寒冷，风又猛烈，这里的人们创造了一种拉沙压田的种植方法。沙石既可以保水分又可以抵御大风把籽种吹走。世世代代的人们将种子和汗水安放在这里培植，开垦出的平地上，长满了黄黄绿绿的低矮庄稼，油菜、土豆、燕麦、青稞、豌豆。白土夯实的墙体院落整齐排列，有的却已破烂不堪，院子里有花园，野花和萝卜一垅一畦却长势喜人。村落里没有碰见人，可能都去看赛马了吧，还有的人家移民外地，背井离乡，更多的年轻人都出外到城市找梦想去了，城市化抽空乡村的现象在草原上也一样存在，家园荒芜是多么让人揪心的场景。几声鸟叫是那样的自由与骄傲，留给我的却是一片惆怅，有些人终究是没有村庄了。

远处的赛马比赛已经开始了，我听到了奔跑的蹄声和马铃声。串串清脆，像极了曾经在这片草原上洒下的马帮铃声。这里曾有过头戴皮帽，身背土枪，走南闯北的藏家汉子，他们曾经克服千难万苦，用双脚翻山越河，把草原的羊毛、牛皮、山货、药材驮出去，把外地的盐巴、茶叶、银器、丝绸运回来，为人们带来家乡以外的清新空气。听到马铃声就听到了生活的新鲜与美好，盼望生活的心就有了欣喜与希望。

马帮的铃声已经尘封在草原的记忆深处了。现在的交通四通八达。

正是扬花抽穗时节，穿行在苾苾草丛里，绿色的花絮不时吹拂在脸庞。偶尔有野兔从脚下的草丛里窜出，随即又遁入不远处的燕麦地，留下一个瞬间的幻影。

洋芋花顶着一片一片高原清冷的阳光，铺展出大片活色生香的小平原。平原深处，守着草原和庄稼的老人还在寻觅着阳光的温暖，苾苾草遮挡的村庄隐得越来越深。

它在等待又一场大风。我只希望利用风能发的电首先照亮整个苾苾滩。

寻找黑马圈河

黑马没有了，圈窝没有了，曾经在草原上嘶鸣着的一条大河也没有了。只留下一个地名在无数人的心怀里湿润着、争鸣着、怀念着。

有一个与黑马圈河有关的传说：在松山草原上，由于长久干旱，致使牧草干枯、牲畜死亡，牧民们向阿米给念山神祈雨。由于阿米给念是从青藏须弥山犯了错，被发配至西域，飞来修行的山神，是外来神。他的坐骑是一匹黑马。他初来乍到，不喜欢原来华秀王子散落在这片草原上的白牦牛，不但不降雨，还派黑马降临草原，命它把草原上的草都啃食尽，让松山草原变成不毛之地，让白牦牛焦渴，变成黑牦牛。神马来到草原，得到了草原人们的欢呼和喜爱，即使再旱的天，人们每天也要在一块凹陷的石头上为黑马舀下一口水。黑马感激和同情人们，它忘记了山神的命令，从眼睛里喷出两股清泉，浇灌了干旱的草原。草原活了，白牦牛活了，黑马却被山神变成了黑石头。说来也怪，那石头上仿佛有两只眼睛，一直滴着水，周围慢慢就渗出了两眼泉水，人们说黑马懂得滴水之恩涌泉相报呢。为了怀念黑马的恩惠，人们在草原上用大大小小的石头祭起一尊峨博，形似马厩，意思这里永远是黑马的家园，并将这片草原叫黑马圈河。

如今，石头不知道隐在了哪片松林，哪片草地，但我想，那眼睛一定是永恒明亮的。它阅尽青草和牧人的悲欢，守护着这方用生命换来的润泽之地。

于是，一条河的嘶鸣就是要雨喊水的声音，这疼痛，这沧桑终是感

动了阿米给念山神的吧，从大山深处流淌而下的雪融水就是黑马河不竭
的水源。我想山神既然是带罪修行，定然也是有悲悯心的。传说，黑马不
在了，阿米给念没有了如意坐骑也就飞不回遥远的须弥山了，从此稳坐
松山，同黑马一同守护着这片草原的安宁。

阳光重叠，四季轮回。有水的草原成为历朝历代养马牧牛的好
去处。

秦汉明月，唐宋风，胡人来过，拓拔鲜卑来过，五凉的王们来过。
1949 年以前这里是马步芳的军马场。那时，这里的白牦牛依然是纯种的
白，这里牵出的马匹也曾是赛马大会上的一道闪电。据说骑马的人个个
都很威武，背上有权权枪，腰间有绿松石镶嵌的藏刀，毡靴毡衣，戴狐
皮帽子，像个出没松林的英雄。

这一切都成历史了，都在光阴里飘散了，像黑马圈河的水汽。

随着生态环境的恶化，黑马圈河幽幽地干涸了，再也听不到它神秘
的嘶鸣。

问太阳，阳光依旧亘古。

问雪山，雪线已经消失，只一座青山缄默着。

问牦牛，白牦牛越来越稀少，它眼里闪过惊恐。

问青稞，大地上的金黄已经不复存在。

问村庄，井水水位下降甚至枯竭，留守老人的村庄不再种庄稼。村
庄衰老，河流也会老去吗？

问老人，他说曾经雪山的银白冻疼过他年少的欢乐。他在夏季草原
的雪山下放马、拾葱花、编格桑的花环。严冬来临时就赶着马群踩着积
雪回到牧场冬窝子的家。来年冰雪消融时黑马河就像一匹真正的野马，
驰骋狂啸在草原上。

河去了哪里？是上天收回了撒落在人间的一条银丝带？还是黑马看
到了人们的不珍惜而心痛了，收回了它的眼泪？人类不珍惜水源，那么
最后的水就是自己的眼泪吧。

气候变暖就变暖吧，砍伐掉的松林再也不好培植，猛烈的风沙就侵
袭吧，这西凉大地原本就是很热的，只是没有了黑马的嘶鸣，谁的心里
没有过冰凉呢？！

　　我们还能做什么？怎么做才能唤回黑马的感激与同情？它还会让水不再隐没，重现草原吗？

　　如果我的眼里还有欣喜，那定然是与黑马圈河的青草、马兰花有关，它们正在恢复茂盛。人们采取了围栏育草、退牧还草、封山育林、禁牧减畜等一系列草原恢复工程。尊重自然，保护生态已经深入人心。

　　如果我还有梦，就让我梦见喷着清泉水的黑马，那是一条抵达自然之境的河流……

远逝的牧歌

许是我出生在草原，在沉甸甸的思乡情绪里，魂牵梦萦的竟是遮避风雨的帐篷，剪不断隔不开的竟是缭绕白云的牧歌。

记忆中草原上的黑帐篷、白帐篷也是点缀在草原上的花。祖母就坐在帐篷前的草地上，哼着民歌小调，抿着茶水为我梳辫子。我们的身旁蹲着小狗，时而伸长舌头舔一下红鼻子，时而舒展几下机警的尖耳朵。散漫的蕨麻花、狼毒花在宁静的时光里一点一点盛开，牛羊在不远的草地上或啃食、或静卧，周边的毛耳刺丛里无数鸟儿正在起起落落，忙碌地建造着鸟巢。母亲端坐在分奶机旁，一手用黄铜的勺舀奶，一手不停地转动分奶机手柄，奶油脂和奶子被分离，分两边流进大大的木盆子里。栓马桩上的马匹呋呋地喷着响鼻，又像是应和着祖母的歌声，时不时把鬃毛在栅栏上蹭一蹭……

时光是寂静的，帐篷里升起的袅袅蓝烟是寂静的，祖母的歌声是寂静的，一切安详宁静。这些场景定格在我的记忆中，每当我在喧嚣的生活中感到心浮气躁时就会想起那片草原，想起那些简单安稳的岁月。

深山区的牧民为了脱贫致富，更是为了石羊河流域的水源涵养和草原生态保护，要将那片草原上的牧民搬迁到黄羊川区，这项移民工程叫下山入川。我因为工作之便正好来到草原，时间正是盛夏，偌大的草原上牛羊不见，帐篷不见，悠扬的牧歌更是没有。忽然我的心中泛起了一种莫名的忧伤，脑海中闪过一张张牧民们淳朴的脸膛，他们要离开生活已久的草原，会是多么的依依不舍呢？

辽阔的草原上终于看见了一顶帐篷，十几只白牦牛静卧在帐篷周围。一位年老的阿妈弯腰从帐篷里走了出来。

奶茶端了上来，糌粑端了上来，一行人都说奶茶香甜，糌粑纯正。我问老阿妈怎么不到川区。她说，牛羊都卖了，儿女们都走了，只留下十几只白牦牛养活她。先前她也到山下住过一段时间，不习惯，那里再也没有纯正的奶子、酸奶和酥油、糌粑。她喜欢草原的清静和宽广，生活了一辈子，再也不想离开草原了。

我静静地听……

她说："草原上的帐篷也是遮风挡雨的帘子，路过的人都可以进入，肚子饿了可以自己生火做饭，可以熬茶拌酥油糌粑，累了可以在铺上歇息，不像山下每家每户两扇铁门关闭了人情礼义。"

是的，草原上的人们自古就有与人为善、助人为乐的传统美德，他们懂得有一种精神叫舍得。

"离开了草原，我的那些歌唱给谁听呀？赛马歌、唤牛歌、挤奶歌、劝奶歌、劝狼歌……"

一行人都笑了，还有劝狼歌？

"当然有啊，记得小时候跟阿妈出去收牛，天色渐渐黑了，可是有一头小牛犊失散了。我和阿妈在一人高的灌木丛中寻找，结果碰到了一只狼，它瞪着忽闪忽闪的绿眼睛，倒刺着脖颈里的毛，随时都要扑上来，只是在选择究竟先扑哪一个人。阿妈却唱起了曲调忧伤的歌，歌词大意是说，孩子没有了母亲她的天就塌了，母亲失去女儿她的心肝就被挖了，祈求狼主放过一对母女。结果狼真的被说动了。我哭了，阿妈哭了，最后狼也哭着跑远了。

"劝狼还有一种是咒骂歌。草原上有一只瘸狼，只喝羊血，不吃肉。如果羊圈里跳进这种狼，牧民损失就惨了，一次死伤七八只羊，甚至更多。这时候，牧人们互相传递信息，教一种咒骂歌，男女老少都要学唱。大概意思是，你要肚子饿就放宽心咬住一只大羯羊，吃饱喝足就要对得起放牧人的施舍，不能做赶尽杀绝的事，如果你不让牧人们有活路，你的狼崽狼窝也不保。这样做老天爷不喜欢，山神爷不高兴，劝你不要为难人……

　　"有一晚，那只瘸狼守在我家羊圈周围不走了，专等夜里偷袭。阿爸和阿妈煨燃一堆羊粪，狼怕烟火，我们一家人一边用铁锨扬起着火的羊粪，一边唱劝狼歌。夜风中扬起的尘灰冒着噼里啪啦的火星子，不知是烟和火吓走了狼，还是狼听了劝，长嚎几声跑远了，最后一声像是通知我们，它已经跑过饮马河了，真的是很远了。"

　　不知别人信不信，我是相信草原牧歌的力量的，不论奔放激情的欢歌还是倾诉忧伤的离歌都能穿透心灵。草原上有祖祖辈辈相传的呜咽琴声和颂经歌，我相信一匹狼听了忧伤哭诉的歌声也使它有了悲悯之心吧。都说音乐无国界，我相信音乐使人与动物也会有心灵的沟通。

　　老阿妈选择不离开是游牧民族烙在心灵深处的草原情怀。一个人在草原生活久了，即使草原干旱无常、风雪无情、狼虫出没，她的内心也深爱着草原的广阔和牛羊的自由。因为这是她的根脉。现在，帐篷已经成了城市边上的装饰，它没有了原生态的纯正品质，它真正的归宿应该属于草原，它是草原时间的一部分，也是空间的一部分，它的温暖品质是草原上的牛羊马匹和牧人赋予的。有它就有牧歌，有牧歌就有清新的空气，有散淡而宁静的日子，无大悲，无大喜，充满温情。

　　每一位有过草原生活的人，心灵深处都会有一方诗意的栖居地，那是一个人的精神家园。你在外面的世界里跑累了，家园会拥抱你，为你送上慈祥的劝说和微笑；你潦倒落魄时，家园会收留你，用温情的双手抚平你内心的伤口。可是从此，我的家园只在梦中了，人们都下山入川了，再也没有篝火旁的故事和歌声，再也没有酒歌和摔跤赛马的欢呼……

　　那原生态的俭朴生活也已远逝，就让帐篷留在童年的记忆里，就让牧歌藏在心灵深处。我用心祈祷，搬迁下山的牧民们能尽快适应新环境，适应新的生产生活方式。多希望在川区的田间地头也会飘荡悠扬的歌声，那时，我远逝的牧歌也会像恢复生态一样被热爱生活的人们再次唱起。

壁画，光泽不灭

　　阳光晴好的一日，我去天祝县赛什斯镇的东大寺看壁画，壁画画的是《西游记》。那可是有 170 多年历史的画作哦，由于使用天然矿物质颜料，至今仍然色泽明艳，光华不灭。

　　一路看山看水，看沿途起起落落的七彩山鸡，看一条河里的石头，散乱而拥挤，形状各异，像生活中的人们，各有各的性情和脾气。

　　山环水绕，快到东大寺时，看见延伸进河湾的一座山峰，半山腰一个大洞，明亮着，光透两面。我很好奇，在藏区，许多不可解释的自然现象，传说都是格萨尔王的杰作，姑且就算是他试臂力一箭射穿山体，留下的神迹吧。

　　出现奇石异象，东大寺就不远了。果然，在河弯环抱处，森林茂密，山形奇异，一座寺静静地晒着暖阳。

　　山门大开着，只有暖阳和风在寂静穿行，有空门不关、净地无槛的禅意。寺很普通，一进门，眼前一面铁片拉拽的八卦图照壁，心下暗惊，佛与道共弘法，这座寺的大气象一下显现，不愧为 400 多年的古寺，真是无所不包，无所不容。

　　大殿建筑藏汉结合，分两层楼，正殿一层东西两面墙上绘有《西游记》壁画。初见即被震撼。佛、道、人、魔、妖、怪，身形多变，惟妙惟肖，建筑层叠，楼台亭榭浮上青云。

　　画面呈横平式，绘有孙悟空出世、森罗殿勾画生死薄、大闹天宫、水帘洞、齐天大圣旗、悟空拜观音、五指山收悟空、高老庄收八戒、流沙河收沙和尚、红孩儿火烧悟空、大战牛魔王、借扇熄火焰、八戒子母河取水、观音洒净瓶水救活人参果树、真假美猴王、取经东归、老龟驮经、西方如来佛祖等。

仔细瞧，壁画间有许多的小字，且都是繁体：兜率天宫、龙宫、迎阳驿、剥皮亭、碧波潭、森罗殿、金灯桥、黑风山黑风洞、金銮宝殿、驿馆、三星洞、观音院。面对一百七十多年前色彩艳丽的壁画，我不敢大声呼气，怕浊气腐蚀了壁画的神圣，屏息敛气快速拍完了画面。壁画故事没有明显的联系，只有白描的亭台楼榭连起勾画的院落和布局，画中通过云、水、石、树木、建筑、人物自然相隔。画上的每一个字，都会让人产生无限联想。

最长的一句是楹联，写着"黄芽白雪神仙府，□草琪花羽士□"。下联的第一个字已经斑驳了，看不清楚，最后一个字让悟空的金箍棒遮挡了。驻寺的阿卡说，原句是"黄芽白雪神仙府，瑶草琪花羽士家"。顺便也知道了，黄芽白雪指的是道家的丹药，瑶草琪花指的是仙家种的奇花异草，道士有羽化登仙之境界，所以称羽士。

如此场面宏大、人物众多的壁画，需要坚韧的耐力和信仰才能完成。绘画，是需要清静心的。心静如墨，身静如佛。我想，作画者定怀揣一颗金刚佛心，入画坐定，笔下开出一朵朵莲花云，将取经故事描绘得这般栩栩如生。

冬日暖阳，照进大殿，缓慢地静铺在轩窗上。绿色的小格子，像一只只求佛悟道的眼睛，空而不空。

殿内众佛，慈眉眼眸，望空一切世间尘。案上佛灯不多，灯在殿外的燃灯房里，风不大，有的灯一直燃着，有的灯却灭了。

一位妇人，一直忙着点灯。点上，着了。放下，灭了。她急躁叹息，又不停地抱怨。

驻寺的阿卡走过来说，灭就灭了，灯终究是要灭的，灭了就不要再点了。你是带着虔心来的，你点的是心灯！

是啊，佛把一切都看开了，还在乎燃和灭的虚幻之影吗？

殿前有水缸，陶瓷的，缸中有假山石。冬天没有存水，石上植物干枯了，一簇荆芥草，像标本，根牢牢扎进石缝。我说，可以打茶喝。阿卡说，佛前修行的草吗？不可随意取了性命。

一句话，将我一颗俗世之心照见得无地自容。

我要毁灭其身形，满足小我的口腹之欲，而阿卡想到的是万物的生命和存在意义。悲悯之心闪着光，如冬日暖阳。

院子两侧是旧墙旧房，青瓦铺顶，瓦当、瓦脊在午后阳光下，泛着四百多年的风霜，尘容沧桑。廊柱已经有点塌陷弯曲了，支撑了四百多年，有些累了。

一面墙柱上，有手工打磨的砖雕图案。我认得经书图案，是一条丝绸缩着的两册书，有此物，应该还有琴、棋、画的墙柱，组成"琴棋书画"的美好寓意，但是没有找见其他三样，有点失落和惋惜。

也能想到，寺在几百年风吹雨打的历史长河中，毁损、流逝、离散、寂灭一样一样经历着，时间的创伤和疼痛，也如人生的经历一样，岁月何曾一直安顺过。

听阿卡讲，这两面壁画，是村庄里的老百姓抹了泥浆草皮保存下来的，我们今天才有幸大饱眼福，来拜谒一座寺的深幽、厚重和高贵，来沾染一点艺术灵气。

墙裙是等间距划分的长方形框，四角的砖雕花纹灵活多变，有缠枝莲、蝙蝠、菊、如意拐等，这些花纹泛着古老的朴素之光，呈现着佛道对世间草木生灵及至一切生命的热爱，寓意蕴含"福、禄、寿"。在我十五六岁时，家里修建过橱廊房子，见过木匠做这样的花草图案，都包含着人与自然的和谐关系。

阿卡说，村庄里就有会雕砖手艺的老人，只是现在不用雕砖做建筑装饰材料了，传承手艺也无大用场，也就不做了。

几百年前，在制作坊间，雕刻、磨制这些砖雕花纹的匠人，定然是磨花见性，图成见佛，内心一定是寂静、欢喜的。即使如今花纹古旧的有点笨拙，我还是愿意走近它，触摸远古风尘，甚至想摘一朵缠枝莲，开在我清浅的光阴里。

回廊走一圈，中门两侧的壁上绘有降龙、伏虎的画，阿卡说，寺院两侧的山形，一座似青龙，一座似白虎。寺在龙虎怀抱里。抱着的还有一条河，日夜流淌在寺前，浅吟低诵着祷词，一路吉祥，流进大通河。

出山门，右手边保留着几间古寺旧迹，也是两层木楼，雕花栏杆，青瓦屋顶，木头已被岁月熏染成了棕黑色。像老掉的牙齿，差参不齐。一棵旃檀树，举着干枯的穗壳，在风中飒啦飒啦地喧响。风越大，山谷越显寂静，细碎的声音越传得幽远。

它不怕岁月的动荡和风霜，汲取水分，吸收阳光，攒足了劲地生长。面对老去的房屋建筑，一棵树给了一座寺很大的安慰。几百年的光阴落满树身，它见证着寺与人的寂寥和清苦，见证着朝代更迭，它只管长出年轮，长出古意，让我一看见树的粗壮，就会对一座完好保留文化艺术的寺产生敬意。

松林围寺，杂草在野。茂盛的草，像一匹一匹布，披拂而散，没有人收割了去，枯着，就那样匍匐在寺前，成为一道风景，晒着日头听经度日月。

夕阳蹲在寺后的山尖上，山形似睡佛，正好脚踩落日光芒，仰对青天，营造出一种圣贤境界。阿卡说，东大寺的后山像须弥山，我看大山魁伟，似坐定青山的天王，肃穆、威严。

千人千眼，谁看出什么也是眼缘而已。万象随心智，你看出什么就是什么吧，大象是无形的。

水流，云在，夕照即落。我要回家给孩子们看今天拍到的《西游记》壁画，那画上的猪八戒身材苗条，嘴巴长长，像野猪，而且壁画上的八戒可是一直都挑着担呢，勤快着哩。

东大寺在等暮色来关闭山门。离寺不远，听见钟磬三声，真有"远寺钟声带夕阳"的意境。

钟声似妙音，触动人心，看三五人家的炊烟随着钟声，悠然缭绕在村庄上空，一切安详、平和。

我一下明白，壁画在东大寺村庄能保存完好是有机缘的。这里有靠雕砖手艺来丰沛岁月的人们，他们自古吸纳郁林清气，静听晨钟暮鼓，早将梵呗妙音渗入血脉。他们对艺术、对文化、对生活应该也是极其虔诚的。壁画故事，应该也是山民们喜闻乐见的，用来考量如何做人的标准。正义心、公德心让他们团结起来，为村庄保护了一件丰厚的、瑰丽的艺术瑰宝。

东大寺壁画能被保护和传承，也离不开怀有虔诚之心的民间艺人的守护，驻寺的阿卡，不为名，不为利，日日守着古老壁画，一生如一日。原来，守一种文化，就是守一颗虔诚之心。

任何时代，只有人们净心净性，社会才会享受升平安宁，世间才有精神瑰丽的存在，东大寺壁画也许正是在这种心境下被保护，时至今日，依旧艳丽如初，光泽不灭。

高原春韵

海拔 3000 多米的乌鞘岭还在雪里沉睡，但岭下的草莓红了，桃花开了。

你不信？那就跟我来赏花尝果吧。我也是在"摘草莓"的广告牌指引下才邂逅了高原的春天。

是的，这里是风冷雪频的天祝高原。真正花开盛世的春天还离这片土地很遥远，但是搭建在山岭下的设施农业日光温室棚里，高原春色关不住。那第一枝报春的油桃花，为坐在寒冷里的人投来清雅芬芳的暖；那一枚枚红红的草莓，似高原人的笑脸，纯真、朴实、灿烂。

几千年高原人习惯了丝绸古道的荒芜苍凉，看惯了冬天的乌鞘岭披上雪白的袍子，安静、沉郁，在艰难日子里打坐、修行、念佛。

是谁，触碰了高原的清寂？是谁，在大雪铺排的冬天，为静修的山神献上了鲜花，献上了新鲜的果实？

从山东济南远道而来的果农，刚来到这片土地，他们的心都寒了：风大、雪大、石头大，一片荒沙。他们说，暖心的是一张张笑脸，如高原上的紫外线，热烈、憨厚、醇浓。

那就试试呗，政府已经把设施暖棚搭建好了，我们只是带着技术和苗秧来探索性地做一次种植试验。

草莓的成熟期一般是 90 至 120 天。没承想，这高原上的阳光纯浓透彻、没有污染，日照时间长，昼夜温差大，再加上今年气候帮忙，草莓比预想的提前一个月成熟了。高原强烈的紫外线也成了帮手，光照强，杀菌，草莓不腐不烂，甜度比南方的更浓，皮质比南方的更紧致，禁碰禁倒腾。

再好的土地如果没有辛勤地伺弄也不会有喜人的收成。草莓虽然甜，可是得付出辛苦的劳作。高原温棚，充分利用阳光，建成高屋脊采光，厚墙体保暖的钢屋架结构，采光，采暖，空间大，便于管理和操作。冬天八九点钟就要打开棚顶通风换气，保持棚内温度在 15 摄氏度左右，下午五点左右就要用卷帘机放展保温棉被，为大棚夜间保暖做好准备。夜晚温度基本保持在 7—8 摄氏度，恒温。只有精心地管理，那些种子才开花、结果，才能品尝到果实的甜蜜。

在塑料棚的边缘，我看见一块一块小砖上有滴泪的蜡痕，经询问才知道，那是气温下降厉害时，技术人员在夜间为草莓们点的取暖灯，多么体贴，多么悲悯。试想，五步一灯，十步一盏，在下雪的夜晚，一座座塑料棚里有那么多的暖护佑着生长的植物。人心要是低到与草木一样匍匐人间，这世间该是充满了关爱，我的心突然间就被另一种美烫了一下。

一位山东口音的技术员说："人要不吃苦日子过不甜。"我想，这意味深长的话是说给那些守旧的、守着金土地还过苦日子的高原人的吧。

120 米长的第五代温棚里，种满绿油油的草莓，叶子低低地匍匐，花朵碎碎地开，开得小心、隐忍、柔美。是碎碎念，是含蓄，是低调，但它的蕊心又是多么强大，它为寒凉的高原结出一枚枚红艳和鲜亮的果实，星星点点的红果果就藏在秧子下，仔细一瞧，那粒红就惊艳了我的目光，让我惊心地看到世间的美好。

我不忍心掐摘草莓，怕拉断草莓的茎，怕拉出草莓的根或者拉断还没长成熟的青色的草莓粒。可技术员介绍，草莓秧子皮实着呢，他们已经向外打出广告，人们可以带着孩子来亲自摘草莓感受劳动乐趣。有自己动手丰衣足食的成就感，有亲近自然的亲切感。

草莓摘了就能吃，高原上紫外线这么好，根本就用不着打药。个个晒得胖大、鲜红、酸甜爽口，有着高原的味道，雪山的味道呢。

顺着垄沟走一遭，捕捉到许多细微的声音，"噗""啪"，原来棚内暖气流和外面的冷气流一经碰面就激动地落下泪了，有的水点子落在泥地里，有的落在草莓叶子上，棚内就有了此起彼伏的天籁之音。有的就滴在草莓上，最让果农心疼的就是这水滴会烫伤草莓，会影响草莓的品相。给我引路的赵磊先生不时地弯下腰，把露出叶外的草莓收进叶面下，那种疼爱的表情，像对待他心爱的孩子。

如果是坐在家里，我真不会知道种植草莓还有这么多辛劳付出。如果不邂逅这大片日光温室棚，我更不知草莓也有暗伤和疼痛。我们买水果的时候左挑右捡，从没有考虑过果实也和我们每个人一样，在成长的过程中有那么多的不容易。

一粒草莓，红艳、鲜亮、润眼。掐断叶柄，一股草本的清香弥漫在周围，放进嘴巴，柔软多汁，润了心肺，降了浊气，提了神清。

书上说草莓维生素含量高，营养丰富，有明目养肝、滋阴补血的功效。面对一簇簇草莓，我甚至心怀感恩，感谢山东来的技术员和投资者，感恩这一株株成活在高原的秧苗，感恩他们带来栽培技术和新鲜事物，风雪高原因有了他们才有了春天般的温暖与美好。

有了他们，久居高原的人们在寒冷的日子里有地儿找寻春天般的温暖了，有地儿去踏青了。摘草莓，看桃花是多么兴高彩烈的事情呀！多么开心美好呀！因为这是一种心境，一种情怀，一种热爱土地亲近泥土的纯真。

当我走进另一个棚，眼前的桃花不像《诗经》里那么灼灼，而是粉红轻薄，每一枝都繁密、柔和，花开的声音静静传递一种讯息：雪山下，盛开的油桃花依然是轰轰烈烈燃烧的火种。

面对雪山，面对桃花，惊喜、无言、惊叹、静默。因为一种清冽之美，因为这种美温暖我苍凉的高原。

走出大棚，眼前是头顶白雪的马牙雪山，身后是苍苍雪白的乌鞘岭，举一举篮子里鲜红的草莓，红白相映，也是一派风情。也许两座山的山神会惊叹，反了，反了，反时间，反季节了。

反季的草莓，一枚就让雪白的高原心动。反季的桃花，一朵就让春天永驻高原。千枚万朵，就会引来融化的雪水，让日光温室的种植在高原生机勃勃、花样无限、果实累累。

心若无尘也春天

　　整个河西走廊充满了风声，如果不在沙尘里感受一下被风裹挟与肆虐，你不会明白朔风卷地百草折的塞外古韵。风沙在大街小巷、在鳞次栉比的高楼间制造着各种声响，路灯在风沙的笼罩下仿佛小时候提着的马灯，摇晃着昏黄暗淡的光晕。真担心那越来越小的亮点被忽忽悠悠的风熄灭了去。

　　这时候的灯不是黑夜里的，是因了沙尘暴的来袭开在白天的光明。我因此为这点小小的人道感到欣慰和感动，凉州因"4·24"黑色风暴的袭击，连续好几天一直都沉浸于黄色浮尘中。人们的心情也和却步了的春天一样有些沉闷，不得欢颜，都在抱怨前两天刚刚热起来的春天又被沙尘暴搅黄了。女同事一直诅咒着"该死的沙尘暴，我们没有春天了"。

　　站在办公楼的窗前，紧盯着街道上那一盏盏路灯，看着光晕中飞扬的浮尘，猜想着风的速度，街面上许多薄浮的东西被风沙搬运着，我甚至也对这种推动万物的风力产生了无比的敬畏。当我的目力快要被巨大的风声割断时，看见一位妇女抱着孩子，吃力地倒退着向医院的方向走。一定是小孩子生病了吧，我这样想着，于是喊同事小顾："快来看那位母亲！"其实我不知道那位妇女是不是那个孩子的母亲，感觉只有母亲才会那样疼爱自己的孩子，把狂风挡在自己身外。

　　由于风沙的猖狂，许多出租车都不出行。同事小顾一溜烟跑出了办公室，不一会儿我看见了那位母亲和孩子上了他的车子。等他回来才知道是小孩子嗓子有炎症一直发高烧，母亲不得不在沙尘弥漫的风里抱着孩子去医院打点滴。我对同事点点头说声谢谢，我相信那位母亲一定在心里和我一样，有着春天般的温暖。

爱人在家休假，我尽量悄悄地收拾着起居，就要出门上班的时候，爱人迷迷糊糊地喊："朵儿，戴上风镜，别让沙尘迷了眼啊。"一股暖流如春天的溪水浸润心肺。谁说沙尘里没有春天呢，它在我们爱的心间。

因着感受到的温暖，我对沙尘暴有了一种新的认识。在这种尴尬的天气里，我们不能总是沉浸在它的阴影里，更应该看到天意无情人间有爱的清明与和畅。换个角度想问题，看到想到的是另一种景象，不再是抱怨与诅咒，更多的是感动。

我的眼里不再只有沙尘暴，在大大小小的灾难来临时我们更能看清楚谁才是百姓心目中最可爱的人。是那些在沙尘暴中奋力抢救燃烧的村民财产的武警消防官兵、公安干警以及许多素不相识的人们，是从各个村庄赶来救火的外村人，是大风过后帮助清理地膜树挂以及厚重垃圾的中学生。清理那些挂在树上屋檐上的地膜塑料不只是城市环卫工人们的事，是需要我们大家一起动手，还生存家园干净与整洁。风沙撕毁了往日的安宁与尊严，人的生命还要继续，生活还要往前走。每一次沙尘暴过去，城市、乡村、草原都惊魂不安，对于自然风沙只是一次急促的喘息，对于被沙尘袭击的人们要懂得互相支持与协作才能抵御灾害，将损失和心理恐惧降到最低，只有在这迷蒙的风中找到互相依靠的人性光明来支撑才是生存下去的意义。

有专家说，人与沙尘的拉锯战中，削弱我们力量的不是什么外来事物，而正是人类自己。除了干燥少雨的自然天气，更多的是人类自己的过度开采探矿和破坏原始植被，沙尘才来惩罚人们。值得欣慰的是许多的人已经觉醒。一位老人在固定着松树枝间的鸟巢，他给孩子们讲着，不要破坏了鸟儿的家，他每天都带着粮食、馍馍渣、玉米粒到靠近林子的路边为鸟放食，如果没有吃的东西，这样的大风沙是留不住鸟儿们的，好多鸟就不会在凉州安家落户了。心被触动，是这样默默无闻的付出为我们留住了春天欢快的鸟鸣。在心灵的舞台上，风沙只是生活中的小插曲，更多更丰富的还是人与自然和谐共处，互相依存的保护与维系，善念如春，如柳丝努力地发着芽，一些草长莺飞，茂林修竹般明媚的景色始终坚守在内心，如春天般纯净与圣明。

经过沙尘洗礼的人生是丰盈的。许多的爱、许多的坚强、许多的关爱与扶持都是从风沙的严酷中漫溢出来的。美好的情感在风沙中留了下来，人性中掠夺自然的贪婪行为也在强烈的风沙中引起人们自觉地反省，环境保护与生态文明的理念已经回归理性。人们无法拒绝自然的强大，但可以用细微入情的关爱和胸怀广博的真诚互相支持活得有些尊严和自信，以示对沙尘的对抗与适应。以示人活着也有高处风沙的凛冽所不能轻视的动摇不了的低处的欢乐和温暖。

在猛烈的沙尘暴中，人们也许有一瞬间看不见眼前的世界，但人性真善美那盏高贵的灯是不会熄灭，一如在今天的风中亮起的街灯。

沙尘来时让我们无奈地失语，那些在对抗沙尘中感动人心的温暖被留存在记忆深处，让我们还能咀嚼一些幸福的滋味。

每年的春天也许沙尘还要来，那么在治理沙尘中，请我们慢慢学会适应和长大乃至变强大，对抗不了自然的恶劣可以学会不强势地破坏和戕害自然。心若无尘，温暖温馨的春天会永驻人们心间。

凉州，驿路梨花开暖你的名字

凉州的四月是梨花开出来的。

金色大道旁，一大片，一大片，开得清透明亮，似雪，如云。仿佛塞外的阳光、祁连的雪，都住在了花瓣里。蛰伏了一冬的人们都来踏春、踩青，一时春风十里，花香浩荡，凉州四月，鸟语清浅，人声热烈。此时梨花节也赶着趟儿来了。

花田百亩，我数不清它们的繁华与热烈。一路走，一路数，只数到八九十枝花就走进了书画摄影里。

书中有大雪压枝的红尘。

你看，城里城外梨花白，梨花素，人也染上了花儿的雅致，话语轻柔了，笑也甜软了。你敬我一尺我敬你一丈，相扶相携踏青、郊游，把熬了一冬的寒凉用浓浓的春意翻过去，这尘世的日月需要一场盛大、洁净的花事来安抚人心。

日子需要温暖，需要花开，梨花带着暖暖的气息入住凉州。

书中有花间过往。梨花还没有褪尽冬的颜色，冷里淬过火的花瓣，用一尘不染的素心，喊醒一季春天。凉州抖落一身雪，伸伸柳腰，坐在光阴的清欢里，任时光越来越暖，越来越深，深到牡丹樱桃红破。

书中还应有千里斜阳，荷锄而归的人。走出花田，相逢小径，两颗深情的心相视一笑，你赠我洁白，我送你红颜低眉的春色，所有草木花事都在向晚的黄昏里摇曳多姿起来。

画中有书生铺开的宣纸，白梨花总不能把白渲染成白吧，那就用淡墨画意境，就像网络红人树才，他的画，梨树下一定会有一香案，一张琴，一壶酒，一溪云，青衫书生手握一本诗卷陶醉在花树下。

摄影是见过图片的，去年举办过"凉州皇冠梨"摄影大赛，我喜欢那幅《缥缈梨花入梦云》（作者：刘万久）的图片。梨花烟阵，云水微茫，独自徜徉的女子在梨林的烟雨深处，似疏远了尘嚣，一条飘动的红丝巾点破素色，在我眼里这幅图片呈现的凉州春天正如沾了杏花烟雨的江南。

更有一种细雨霏霏的忧伤诗情弥漫在画面中。孤独、寂寞、凄清的女子，那绰绰人影衣香在为谁等待？还是暗自垂泪？一颗相思的心相映如雪，你来或者你去，一地的碎就是雨淋风落的花瓣，谁替她捡拾起凋零的青春？

徘徊的人，只是这烟雨红尘千万不要绝了心期啊，一季梨花不是又开了吗？

不说诗书画，凉州诗词画才层出不穷，多如梨花。吟诵风雅之事就留给他们吧，走进梨园，我就应该去看看俗世百姓的庸常生活。

花树下自是凉州人的好去处，摆几餐桌，三五意气中人，行拳猜令，对酒当歌，一时江湖风起云涌，那皇台酒业的"梅、兰、竹、菊"四君子不一会儿就卧在花荫下。

我在想，某些梨花就是被划拳猜令声喊醒的吧，它一醒来就撩拨着凉州城的暖烈。

不喝酒也可小酌。译经弘法的鸠摩罗什就以酌水、酌茶、酌自然、酌禅意闻名凉州十六七年。你看，伺弄梨树的老人，荷锄一歇，摘草帽，倚树根，畅饮一碗水，自无豪迈，也无悲喜，光阴只留平静，正如花开花落。

天朗气清，为观赏梨花而来的人们，在梨树行道间或坐或躺，闲谈桑麻，酌茗小叙，花落杯间，也不急饮，与众分享落花惠顾的自豪，然后花与茶一起品尝，喜上眉梢。自有人总结：对花弄影，小酌清欢。

花与人陶然共饮，花印人心，凉州真不凉也。

最美要数梨花落。碎花片打着旋儿，徐徐而落，每一瓣落下都是一阕凉州词。落在游人发上是催雪，落在唇上是点绛唇，落在眼眸是相见欢，落在身上就是暗香，在词人笔下，她们有着落花无言化春泥的寂然之美。

悄然隐去，寂寂无痕，似你喜爱的花仙女子翩然而逝，往事清凉去，化作泥尘暖了凉州大地。

绕在核桃园的花树丛中，几分惬意，几分微醺，几分悠然散淡。看丽人如花，在一排排的花树下赏花留影，醉了花一样的流年。深树中传来数声鸟鸣，凉州的春天被叫喊得越来越暖，越来越明朗。

缥缈空山雪

冬天，去马牙雪山看雪。

雪花纷飞时节，兰州"金色大漠旅行社"的朋友组织了一次雪中攀登马牙雪山的活动，应者众多，大多为年轻人。我告知他们，雪山很高，很遥远，登山需要跋涉山重水复的路，需要攀登青云天梯，来了不一定看见雪山真面目。有一年轻人回复我：年轻的心只为看雪而来，爬雪山只是一种情怀和心结，不一定就登雪山，来看看高原的雪就足够。

我的心一下被触动，我生活在雪山下，却从未在冬天去看过马牙雪山，那些夏日里盛开在雪山上生机盎然的雪莲花、矢车菊、雪鸡草、红景天、龙胆花在落雪中凋零成什么样子了？冬天的大山中还有什么秘密？半山腰修行洞里青海佑宁寺修行的喇嘛们冬天还在坚持吗？长着红鸡冠的雪鸡在山上怎么过冬？山上的古古拉海子冬天还那样蓝那样沉静吗？

想一想，许多的疑问萦绕脑际，想一想，千山空皓雪，这是一次唯美的探寻。

山里的雪不怎么厚，灌木、乔木、枯萎的藤条都还裸露着，不厚的雪围在植物根部，显现水墨画意：白雪、石头、褐色扁玛、淡青枇杷、赭色石峰，还有红色屋顶的牧人房屋和黑色梳齿形的刺篱笆，一切似静物，在深冬的大雪里慵懒地静修着光阴。

沿着"天梯"的石头台阶，一步一步开始登山，雪花已经稀稀疏疏飘落了。

想不到落雪的时候却不冷，但有雪雾，像夏日里的云絮，围绕在山峰的腰际，神秘、高古、空灵、似太虚幻境，心也跟着飘逸，缠绵而悠远起来。

一座座山峰在雾中更显山神的气魄。那是传说中的十三战神，为了守护家园，一个个骁勇善战，最后化作了永恒的山脉护围在百姓的村庄、良田和牧场周围。他们沾了神话和历史的光，就那样层层叠叠地把金戈铁马的历史荣光和藏族神话中战神与骏马的铠甲披了一年又一年，落雪增加了他们的历史厚重感和形象感，马牙雪山就这样仪表堂堂地俯视和守护着整个苍茫草原。

空山雪落，一切那样静，那样澄明，如果不身临其境遇上这温情暖和的落雪，我会有思维定式，总以为冬天的雪山一定很冷，下雪肯定更冷，说不定还会要人命。就连"金色大漠旅行社"在网上一发招募贴子，县旅游局和三峡管委会的公务人员都跟贴阻止，他们说山里很冷，曾有登山爱好者被冻迷糊了坠入雪洞，也有旅游者在夏天时节被大雾冻迷了路。政府出动人马组织医疗卫生人员、武警官兵全力施救，中央电视台的信号车也开来了，时刻关注着搜救信息。

不管这些是传说也好事实也罢，对于好奇心强烈的年轻人，这倒成了他们追寻雪山的更大动力。我们来时不承想天气一时晴一时阴丝毫不冷，我们攀爬的道路正好在山坳中，四周是雄峻、伟岸的马牙雪山的缘故，把凛冽的山风挡住了。

顶着一片一片温柔的雪，我想如果配以《雪千寻》的曲子，才更显空山落雪的清寂禅意来，琴弦一拨一挑的音韵间，雪，一片一片从长空疏落而下……

我俯身躬爬，面对这雪擎穿宇、云幻古今的众山神，领略着空际琼瑶的素影飞蝶，顿觉情愫高洁，使人内心境界趋于宁静、明朗，天地净化，不虚此行。

草木植物，顶着绒雪。它们经历了一个夏天，一个秋天，一阵风吹过，有的已经了无痕迹，有的却也倔强地挺立着，只是没有了夏日的颜色，剩下干枯的躯壳，遗世独立的样子。

长驻高原，已经深谙诸多生命的无常与有常，那些红景天、矢车菊、灯绒草同样接受季节和时光的冷暖，它们那样卑微，又那样的骄傲，晃动着孤独和寂寥，成为雪山上一种地老天荒的神秘谶语。

你猜不透，识不破。坐在干枯的花草身旁，替它们寂静，替它们欢喜。

雪落山上，石褶皱里，我与一朵雪莲花久久凝视，雪一点一点拥抱住了枯萎的枝，整个冬天，一朵雪莲终究会被雪葬，淡然归尘，生命的意义却是那样的风姿绰约。冻干的花朵，它拥有整个季节的秘密，花叶上的风霜和白露，在面对大雪时，也成了云淡风轻的往事，一切终究会成为那片雪。

石上苔藓，冻结成了石头上的另一种花，斑驳如豹皮的花纹，有黄有黑，在时间中沉默。一种美深陷在静默的事物中，却更显其形，正是由于白雪才使黄色更黄，黑色更黑，才在雪中显现出各种花形，任你想象。

我的呼吸和脉搏与石上花轻轻唱和。我说不出更多花形的名字，但心是柔软的。我不说生命，不说死亡，我想有些东西，不可说，三千大千世界，有些美丽是天机，它不可泄露。

山中阳光也很神奇，一会儿乍现，一会儿隐没。当太阳从云中射出千万道光，雪屑闪着明亮亮的光泽，像金子像银片。有同行的小孩子发现，躺在雪地上，挥动丝巾，眼前出现一条条彩虹的光芒，于是我也躺在雪地上做试验，引得几只飞过头顶的红嘴鸦"嘎嘎"笑个不停，叫声把空山衬得更空。

几头牦牛在山腰游弋，我是爬不到那个高度的，真是羡慕雪山的精灵，它们更像是雪山上的大神，仙居高处，泰然云游，在海拔 4000 多米处，牦牛走动，高原就活着，生命的存在不悲不喜，感动人心。

走完了石头的云梯就不能再行进，山垭口有大风吹刮瓷实的积雪，能没膝，每走一步都很艰难了。离古古拉海子还有 2.5 公里的路程，修行洞也是远远的，只能遥遥而望，时隐时现。生命中有些机缘是需要预留的，留下再来一次的理由，相识相见。

雪花不停地飘落在每一个人身上，细碎的雪片轻拂脸颊，爬山时热汗沥沥，这丝丝清凉也觉适意温柔。置身白茫茫的天地旷野，眼中所见皆为素洁，没有尘世间的大红大紫和大富大贵，面对这雪白世界，一切可以放下，可以不受干扰，使人顿觉神清气爽，心胸豁达，倍感天地无私，大爱无疆。隐藏在心中的烦恼、忧伤和种种不平都被白雪世界消解到了九霄云外。

人生在世，日食三餐，夜宿七尺，何必汲汲于金钱、权力、名利和欲望的满足呢？让心灵永驻在白雪的世界，从世间"有相"的空间超脱出来，一切都会似白茫茫般干净。

回首瞩目，自己走过雪地的清晰足迹，是否还是印上了行色匆匆呢？两行深深的脚印，一种心灵回望，一种出尘入世的激情涌动心中。尘世，我走过，雪山，我来过，也曾留下洁白的足印，不玷污自己的灵魂。

四野静寂，远山起伏，那些明亮的雪片跟着我一直在风里走，其实，来雪山看雪，让我知道自己就是故乡的一片雪，无论远行在哪里，雪山以及雪山上的一草一木都深深在心里打上烙印。

第二辑 人境

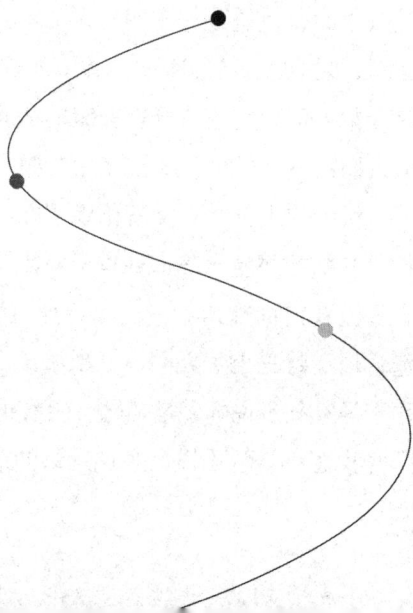

远山

又是一年秋草黄。这个季节我的心总是被怀念与回忆的痛楚牵绊着，在月冷霜寒时节父亲随那轻寒从人间隐去了。

父亲是公家人，母亲这样说。但那时每年快到中秋节前城里的干部们都有"农忙假"。父亲就带好多城里的苹果、梨子、洋糖回到牧场的家里，此时学校也放了秋收假，由小孩子们陪着他，休完他的假期。

牧场，属半农半牧区。在海拔3500米的冬青顶上。有山林有草原，人们习惯称是噶玛岗，藏语称噶玛日朝，汉语意思是百灵寺，因寺院有萨班大师的舍利灵塔而有名。这里苍山松海，兽类穿越林间，秋天，满山野果飘香，杂木纷呈，一派妖娆景象。

父亲是个书生，干不了粗笨的农活儿，但做得一手好木活儿，是跟爷爷学的，也是跟一本叫《天工开物》的书学的。那书上有各类农具的图形，经他手加工的楼、木锨、木杈据说是挑捆、打碾扬场的得力用具。每天帮人们做完这些修杈补锨的活儿后，父亲就喜欢带我们这帮农忙时大人们顾不上管的小孩子闯山林进草原。

秋天的山林，弥漫着花事荼蘼后的潮气，加入一行人的搅扰，那些蛰伏在枯叶腐枝上陈旧的香一点点从山风中扩散开来。在微醺的香里父亲一边在前面开道，一边指着身边经过的一些植物对我们说，灯笼草、追骨风、野三七、光明草、独活、山芹菜、鬼见愁……我说认识那么多草干吗？父亲说好多是药材，能治病救人哩，人是要有一颗草木之心的。那时我还小，听不懂父亲说这话的道理。因了父亲的介绍，我从小就叫得出很多山野里花花草草的名字，在小伙伴面前总是很骄傲、很神秘。

当我问父亲你怎么知道的东西那么多？他指着一本叫《本草纲目》的书，那上面有各类草木的图示。然后父亲用柔软温厚的手掌揉揉我的脑袋说，长大好好读书。

有时进入山林里太深了，阳光也漏不下来，父亲怕跟随的孩子们迷路，就教给我们这样唱："一去二三里，烟村四五家。亭台六七座，八九十枝花。两三点雨山前，七八颗星天外……"只要大声地唱互相就知道方向，就能一路探寻着走出深林。那时我们不知道这是——诗。

有时父亲带我们去摘野果子吃。黄刺，霜一打，叶子红不说果子也一嘟噜一嘟噜红透了，满山坡就多出些温情来。清晨，紫红的、鲜红的果果上还沾着霜，小心地摘一颗放进嘴巴，甜滋滋、凉润润的，那种山野的味道我无法形容，就豁着掉了牙的嘴巴笑。长大后我闻过许许多多的花香果味，可山间野果子微凉微酸的那种浓烈再也没有尝到过，也许那是故乡的味道，那是父亲的味道，总是在心间温馨地缭绕。

当我们摘着野果果的时候，父亲把盘在灌木丛上的铁丝扣全部拿掉，那是山里人给来吃野果子的鹿下的套扣子。他告诉我们这样下扣儿的猎人不是好猎人，那样会把小鹿也套进去的。我总是问，为什么不能杀小鹿？父亲瞪我一眼说："做事不能做绝，不能赶尽杀绝呀，留下小鹿还要繁殖后代，靠山吃山的人才有取之不尽的依靠。"现在想来，那时候可能还没有颁布动物保护法吧。现在父亲在地下应该感到欣慰，有了动物保护法的保护，那些同人一样的生命是自由奔放的。前几天听故乡的来人还说，现在大鹿多得都跑来庄稼地里糟蹋田地了。

高原长不了许多新鲜蔬菜。在摘野果子的时候我们顺便拾一些野菜回家。长在猫耳刺上的黑色花瓣，肉茸茸的，像耳朵，带回家母亲拿开水焯了再炝点葱花，就是一家人农忙时节的美味。从山中回来，我们兄妹的篮子总是采摘不满，而邻家姐妹总是提了满篮子的野果野菜。父亲总是笑笑，他教给我们：只取自己所需的，转山回来芬芳满心足已。可那时我们兄妹总有怨言，父亲总是催逼着我们快走，快走，够了，够了。小孩子谁理解不贪不痴、取之有节的豁达和仁慈呢？我甚至在母亲面前偷偷说父亲坏话，说他是个愚人，说他是个书呆子。母亲却常常护着他，不许我们诋毁，并严厉要求我们一定听父亲的话，在家里绝对顺从着父亲。父亲不能替换母亲去割麦、打场，只有偷偷从黄刺上抖落些麻雀粪便，带回家用温水浸泡了再砸一些夏天存放的苦杏仁进去，搅拌均匀了，发酵。每晚，母亲都用那膏子敷手，也怪，母亲那样辛劳，她的手却总是那样绵软，手背手指上也没有农家妇人常见的皴裂，想来是父亲自制的民间护肤品的妙处吧。

等野果子摘腻了时，父亲会带我们爬上冬青顶，走进空旷的草原。

寒露过后，草色一夜间泛黄，秋草摇曳，草浪涌动着凄厉的风声，为远去的大雁送行。我们在草原上，在秋空的高远里看雁阵飞翔的姿势，听大雁咕嘎、嘎咕地鸣叫，直到远天的叫声与近旁的风声像最后一枚音符消失在内心深处。父亲茫然地说，秋，远去了。

那时的我仿佛会听到自己的心跳与颤抖，也许是一种忧伤，就那样看变幻无穷的白云，看远山，看秋草茫茫，现在回想起来，秋在草原，那样深刻而简单。幼小的心灵里秋就那样忧伤，那样辽远、开阔着，抑或无限着。

秋天，牧场上的牛羊要开始转场了。在严寒逼近时慢慢地转移到农区冬窝子的家。在雾霭轻笼的日子，转场的牛羊群在荡起的潮湿里悠缓地走向水草丰茂处，胜似闲庭信步。父亲在此时就会召唤我们采摘一些开着细碎黄花的草，他说叫香草。花朵像蜂蜜一样黏，一指轻拈，香气四溢，父亲就闭了眼，痴醉地闻。等我拿了大把的香草挠他的脸颊，父亲好像才猛醒过来。我们把香草扎成捆拿回家挂在廊檐下，满院清香，等来年的五月端午，母亲用这香草给我们兄妹填充荷包、香囊。

这里半坡草原半坡松林，半坡悬崖峭壁，吹落的松针覆盖了山路，踩上去软绵绵的。我们一边走，一边抛撒着印好图案的纸飞马，那是一种图腾，一种祈祷。父亲说祈祷要从"大我"出发，不能只为私利。那时候小孩子们只顾自己玩，玩松塔、掰松子，看那长着翅膀的松子种子回旋着从风中飘走……谁也不理睬他的说教。松树林中偶尔夹杂着几棵桦树，金黄色的桦树叶子在秋风中划出美丽的弧线，落在路上，落在我们肩上，父亲捡拾几片叶子，说回去当书签，并说："你们好好看看叶子，每个人的一生不也像一片叶子吗？"他那样多愁善感，小孩子们是理解不了的，每每回忆起，那些飘落的叶子，经受时间的洗礼，在生命终结的历程中充满了飘逸的诗意之美。叶子落下来也是为了感恩大地，给大地一个金色的拥吻，与季节来一次华丽转身的交接仪式。现在才知道感恩父亲，他让我们从小就要懂得感知自然，感悟人生。

现在父亲也如一朵花、一片叶、一粒种子，在我们兄妹眼前飘远了。今秋，远山已是一片秋色了。那满山的野果子依然悄悄地挂在枝头，在秋风中掠来掠去，摇荡出浓酽的秋意。可我再也不敢摘下它们了，我怕，怕它们把积累了一世的思念与寂寞传递给我；也怕将我的心事染红，红到心酸，红到一触即碎，滴出泪……

转世的草

来世，也想做一棵草陪母亲。

在母亲眼里、心里，草是世界上最好的东西。她总是说："我想转世成一棵草。"说这话的母亲那时在草原上忙碌着，支撑着一家人的生活。

母亲总是跟着一群羊，我总是跟着母亲，我们走走停停，停停走走。草原广阔得有点让人感伤，日子缓慢得有点惆怅，时光依旧马不停蹄地一路前行着。

春天，"遥看草色近却无"的时节，羊儿闻到了青草的气息，不停地奔跑着，直到把自己奔跑成追草的乏羊，要小心地度过春乏关。积雪开始融化，细弱的草芽从枯黄的泥土中探出头来，渐渐连成片。地气返热，一缕缕蒸腾的热气与黎明在草叶儿上相撞，凝成一颗颗晶莹剔透的晨露，潜行在草叶间的青草气息游蕴在广阔的山峦里。这时母亲就会兴高采烈地喊，朵儿，快闻闻这重返人间的草腥味！高原风冷。草，还是在一场接一场的春雪后如约而生，草是有生命的，它生长着生命的奇迹。

草开始疯长了，羊儿撒着欢儿，母亲的笑脸像花儿一样绽放在草原上。快乐的日子就像弥漫在草原上浓艳的朝霞，我们从冬窝子出发，要把家搬到草原上，帐篷搭在选定的背风处，安顿好家，也就着手接羔了。母亲从遥远的商店买来奶粉、盐巴和砖茶，驮来青稞炒面，这些生活用品一部分我们享用，另一部分为下了羔的虚弱的母羊备着。母亲很疼爱那些下羔的母羊，有些母羊下完羔虚弱得出不了圈，走不动路，母亲说它们就像女人生孩子坐月子，得好生照顾。下羔时节，母亲累得直不起腰，羔羊多数在夜里生产，那几天母亲整夜整夜地守候着那些被疼痛折磨着的母羊，有些母羊疼得浑身颤抖，咩叫着凄凄惨惨，肚子下面被血水浸染得红红的，屁股后面还掉着一些水泡泡的东西，母亲说那是羊的胎衣，小羊羔就从胎衣里剥离出来，有些羊疼得厉害还流眼泪，母亲就会帮它们揉搓一阵肚子，母羊生的时间长了胎衣下不来，母亲用手帮它们拽出来，以缓解母羊的疼痛。母亲像安慰着自己的孩子，一遍一遍不停地和羊儿说着话，轻声细语的，脸上尽是慈祥和温暖。那时母亲就会说，这羊羔和草一样，受孕的草籽不管到了哪里，只要有点儿土壤，它就会生根发芽，开花结果。只要有草，羊在任何时候都活得滋润。

在我的记忆里，春天接羔羊的母亲缓解着一只只母羊的疼痛，挽救着小羔羊的生命。她就是一株饱满的草，透露着不被人觉察的芬芳。

夏天来了。各种牧草同生共长，莽莽苍苍覆盖草原，就像一张绵密的网，网络着世间所有美丽的情愫。羊群成了绿草间的点缀，我和母亲围着红头巾、穿着花衣裳也像是草地上的花朵。当一场雨停息后，大朵的云立刻开始撤退，像一群一群的羊顺风奔跑似的，还时不时打着滚儿。极目远望，分不清羊在天空还是云在草地上。母亲的歌声就从山那边响起，流畅、高亢、婉转，将天空的开阔打得更开，将草尖上的露珠震颤给灿烂的阳光，将细润的绿意铺展给广袤的草地。这个季节草叶儿也是有歌声的，那些蜜蜂、蚂蚱、小昆虫的低鸣，一唱一和，高低起伏，鸣叫着时光的安详。母亲就在这安详里一边唱歌，一边撕着羊毛，一边转动纺锤捻着毛线。阳光暖暖，羊儿安静地在草地上啃啮着青草，我仰身躺在花丛中，有时看远处的雪山、流云，偶尔生出莫名的忧伤，有时阅读着父亲从很远的城里带回来的故事书。

夏季，大多时候母亲要捡拾草地上的牛粪，那是我们生活的光明和温暖，得靠牛粪生火做饭和取暖。我和哥哥帮着母亲，比赛着拾干牛粪，看谁拾得多。母亲低着头走着，似乎不怎么着急，她把发现的每一块牛粪翻个身儿，没晒干的牛粪湿乎乎的，我嫌恶心，可母亲对我们说，湿牛粪是牛吃了草原上干净的草变成的，是热性的，压在牛粪下面的草儿会被焐烂的，如果不翻开，如果蛆虫不来帮忙把牛粪块蚀空，草根也会腐烂，草原其实是一层薄薄的草皮子，它禁得起风霜雨雪，却禁不起根的腐烂和深翻，草根一死沙砾就出来了。母亲爱惜着每一棵草！母亲在我们幼小的心灵里种下了善念的种子，在高原，每一株草、每一朵花、每一个生灵都值得爱惜和敬重。

母亲放眼一望无垠的草地，轻轻地说："我想来世转成一棵草！"我和哥哥你望我，我望你，笑了。

哥哥看着母亲大声喊："草。"

母亲笑了说，我的勺娃子。

我抱住母亲的腰，轻声喊："草。"

母亲捋着我的头发又说，我的傻丫头。

母亲是草，我们是母亲的草儿花儿，母亲笑了，草原笑了。我们抱在一起滚在羊群中，滚在草丛里。我看见成片成片的紫穗草在风中笑得前仰后合，还看见母亲眼中有晶莹的东西闪闪烁烁。原来做一棵草是这样幸福温馨，无拘无束地生活在天地间，成为一棵草的日子虽然微小卑贱但一样充满欢喜浓情。

秋天，各类草都结了籽，雨也来得频繁，秋雨洗过的天空那么洁净，天蓝得令人心悸，甚至让人生出一种无可名状的似浓似淡的伤感。母亲就坐在那样的蓝里，开始用成熟结籽的香草为我们兄妹填充荷包。七色的丝线，五彩的穗子，装了香草的绸缎荷包让我们无比欣喜。母亲说这些绸缎和彩色丝线是父亲出差学习时从上海带回来的，于是我们除了喜欢母亲的草原也一并对遥远的上海有了热爱和憧憬。对父亲也有了想念，他能带给我们新奇的好东西。羊群在这个季节都带着香，没有了平时的骚膻味儿。羊儿吃着香草，全身沾染了香草的芬芳，走一路香一路，像一个巨大的装满了香草的荷包。可我那时觉得最香的还是母亲说起父亲时的口气，她若有所思地望着天边的流云，说父亲是她放牧到天边的一只小羊，羊儿是离不开草的！草原之广，天地之大任由父亲闯荡，总有一天，太阳落山时羊儿就会来找草妈妈。

那时的我还小，不懂母亲话里的意思，但知道日落西山孩子找妈妈是多么温暖的期盼与依恋。母亲说话的口气是自豪的、微笑的，我觉得也应该是香的，母亲就是父亲的丝线装扮起来的一株香香草。

冬天，雪来了。我们回到冬窝子的家里，不能再跟着母亲搭羊梢子了，太冷的天母亲怕冻坏了我们兄妹。每天出圈前都要先安顿好我们她才能跟着羊群出发。

冬天的清晨，每天吵醒我的是母亲背水回来往水桶里倒水的声音，清冷冷的温暖。我们兄妹捂在羊毛被子里，非常暖和，只有露在外面的脸庞冰凉。一听到水声我们就要吵着母亲给我们烤擩了一夜的冻棉衣。等母亲把棉衣撑在火上烤暖和了，我们才快速地穿起来，然后开心地笑。母亲疼爱地帮我们系扣子。由于长时间跪着烤衣服，当我们穿上暖和的衣服蹦蹦跳跳时，母亲站起来时腰身总是有些吃力。有时候，她得撑着地捶着背站起来，却摇摇晃晃的，像极了在风雪中摇曳的枯草，风一吹就斜倒下身子，过一阵子又坚韧地弹起来，站直了。

有雪的日子，我不知道母亲与她的羊群在草原上经历着怎样的严寒。

太阳一落山，我们就生好牛粪火等母亲和羊群归来。

每一个牛粪火照亮的夜晚，我看着火焰跳动的光亮，看着母亲手上不停捻动的线轴，心里觉得非常寂静。当我们兄妹手中的书页哗啦啦翻动时，我又觉得自己会失去这样美好的时刻，幼小的心里已经有了小小惆怅，因为母亲坚持要送我们到很远的县城里去读书。她说你们要像草一样！那时我也真想做一棵草了，也想将来结许多的籽，像草籽一样撒满草原，覆盖草原的辽阔和贫瘠。

有一天，雪下得好大。我倚着栅栏的柴门等母亲，却不见她的影子。我迎着山风跑过一道又一道山梁，大声呼喊着母亲，母亲没有回应。我流着泪喊："草！"倾斜的旷野一片哗啦啦的回响。

火焗煨亮的夜

奶奶家的炕上有一个大铁锅似的圆火盆，中间凹陷的地方可以放煨火的铁皮火焗子。母亲给我交代了一项任务，不能让奶奶的火焗子灭了火。

为了不让火焗子里的火灭掉，我白天就有理由去山坡上或者山那边捡拾干牛粪和柴禾。这也是我离开奶奶出去玩一会儿的理由。不然我就要定定待在家里，陪着下不了炕的奶奶。

当然，我不捡拾柴禾奶奶的火焗子也是灭不掉的。我家房后头空出的草地上有一个又高又长码成梯形的牛粪垛，黑褐色的，它们经见过风霜雨雪，一年年风干成了上好的燃料，支撑着一家人的牧场生活。

牧场上有一种说法，谁家的牛粪垛又多又大，谁家就是勤谨人家。

暮色来临，母亲和村庄里的人还在打碾场上忙碌着。我把干牛粪放进小筐筐提到火盆旁边的木匣子里，便于奶奶添火。奶奶总是先在炕中间摆放的火焗子上手心手背翻转着烤一会儿手，再用烤热的手不停地搓着残疾的双腿。

我们默不作声，烤在火焗铁皮上的土豆片发出滋滋的声响。

烤煳的香味儿弥漫在小屋子里。

奶奶打发日子的活儿不光是烤手烤腿，墙角边堆着大堆的羊毛，有撕成云絮状白盈盈的，也有结成硬疙瘩的，这是奶奶闲下来时帮母亲做的手工活儿。撕好的羊毛，母亲用来为我们兄妹缝制越冬的衣裤和鞋子。

新添加的一项活儿是磨糌粑。母亲从打碾场上分回来新炒的青稞，奶奶说，吃炒青稞浪费了粮食，她要磨成糌粑粉让我们吃。

糌粑粉可以拌煮熟的洋芋吃，光吃洋芋胃酸得难受，加点糌粑粉既缓解胃酸，又是一种填饱肚子的美食。那个年岁的日月，牧场上谁家的日子都过得紧紧巴巴。

火盆旁边铺一张柔软的獐子皮，这是奶奶的父亲揉制的皮货，多少年了，我们用它包砖茶，包茯茶，包奶酪，皮质抓在手中像丝绸一样柔软顺滑。大多时候有客人来看望奶奶时我抱不动炕桌，奶奶就把獐子皮打开，糌粑盒、茶碗、放蒸馍和烙饼的景泰蓝碟子都放在獐子皮上，代替干净的桌子，使用起来称心称意。

獐子皮上放一盘手摇石磨。奶奶跪着，左手抓一把炒青稞徐徐漏入石磨嘴里，右手抓住石磨上安装的一截木头把，不停地拉拽旋转。石磨互相咬合，发出嗬隆嗬隆的摩擦声，糌粑粉雪花一样扑簌簌落在獐子皮上，青稞糌粑的芬芳小屋子装不下，香味儿满村庄地飘荡去了。

第一位闻香而来的是杨勒奔的奶奶班玛草。她花白的头发，伛偻的腰身，及膝的长衫，腰里系了一条绣着彩线的红丝带子，宽宽的青布裤子膝盖上打了补丁。

我一眼看见那条彩色带子，好喜欢，跑过去想摸摸。班玛草奶奶拿拐杖颤巍巍地挡着，奶奶也喝斥——烤了土豆片的小黑手会把丝带弄脏的。

奶奶停下手中的磨盘，在火焗上搭了茶壶，抓一撮晾干的满山红草叶茶放进壶中。

奶奶让我取来藏式八宝碗，她往碗中抓两把糌粑粉，圈起手骨节，把碗中的糌粑粉上压了压，几个骨节印子显在碗底。等茶水开了，在茶壶嘴上插了一节筷子，滗出清茶倒进碗中。班玛草奶奶嘘嘘地喝着茶水，不时地有糌粑粉冒起小泡泡，倏忽间又散开了漂在茶水面上，像碎碎的米粒儿一会儿就溶解在茶水中。

"只有你们家有火盆火焗子，有石磨。"

"嗯。这还是我让喜拉（大哥的名字）去老宅子的草丛里背回来的。"

"我们家分回来的炒青稞已经有满满一钵钵了。"

"你若信我，就把炒青稞拿来，我帮你们磨，不信就把石磨背回去，你们自己磨。"

"瓦玛尕白天黑夜地在农业社里忙碌，晚上回来月亮都偏西了，哪有时间磨炒面？我要晚上磨面，会吵得她睡不好觉的，她白天还要干活儿身体哪能吃得消？"

"⋯⋯⋯⋯⋯"

奶奶不说话，又抓着石磨把磨起糌粑粉，班玛草奶奶吸溜吸溜喝茶，等碗底的糌粑糊糊稠了，再添上新的茶水。

康队长像只棕熊，魁梧的身躯和胖影子塞进屋子。他披着到处漏毛的破棉褂子，穿着的夹袄用一根皮绳从腰里勒紧，下摆打着好多褶子，捞着的一根白蜡杆顺手立在了门背后。奶奶们腾挪出地方，让他落座。他对着火焗子烤双手，手心热了就抚在脸庞上搓一阵，接着又烤手心。他说，太阳一落山，秋风就硬了，地里的菜叶子上已经挂上露水了。

康队长是牧场上"看秋"的人，管着长沟垴地块上的萝卜、白菜和蔓菁。半农半牧的村庄，蔬菜可是稀罕又金贵的吃食呢。在他看管期间，萝卜白菜拔出后空出的坑很少很少，因他看管菜地有功，像生产队队长一样严厉，村民们封他外号：队长。

康队长看管生产队里的蔬菜地。那年月物资匮乏，小孩子们没有好吃的东西，嘴巴馋的时候都喜欢偷生产队里的萝卜和蔓菁吃。若被康队长发现，一声大喝，声音轰轰轰的，像野熊在吼叫。小孩子们都怕康队长。

康队长一落座就说，长沟垴里的萝卜、白菜、蔓菁长得真是好，就等打完场分给各家各户。

我从碗柜里取了八宝碗，学奶奶抓了新磨的糌粑粉放进碗中，压了压，小骨节印儿留在糌粑粉上。康队长看见了，望着我笑。火焗的火光照着他的脸颊，泛着的光像景泰蓝碟子上掐丝的古铜红色，我一下觉得康老伯其实不那么让人害怕了，那脸庞坚硬中透着慈祥。

奶奶让我涮了茶壶，把先前的旧茶叶倒掉，添了新水，重新放了满山红茶叶，只等水开才给康队长倒了茶水。

新茶沏进糌粑碗中，一股香气直冲我的鼻孔。

奶奶说全村庄的人都在抢时间，争取在落雪前把粮食收进仓里，家家顾不上做饭，只吃些炒粮食，你们就喝点我的糌粑糊糊吧。

康队长说还是你办法多，啥时候家里都有暖人心的东西，这糊糊就好喝得很，好喝得很。

康队长的女人在饥馑年月吃了三大碗新面粉擀的长面，胀死了，留下俩儿子，大康娃、小康娃。自从死了媳妇，康队长脾气变得乖张、狂躁，整天走着路就吼着骂老天爷，整个人好像被充了气饱胀着的气球，包括他的脸和脸上的疙疙瘩瘩，尤其鼻子，气哼哼地一声，爬进菜地偷萝卜的孩子们被吓得半死。我跟着吕灵儿和马生瓜去偷蔓菁，结果康队长哼哼两声，就把我们吓趴在壕沟的大白菜叶子底下，屏息敛声，没敢出来，怕挨了他的巴掌。等他咳嗽着走远了，我们爬出菜地，马生瓜的裤裆、裤腿子全湿了，我和灵儿互相捣一下胳膊肘，谁也不看马生瓜，风也似的往家跑。

不多时，屋子门边探进来一头刺蓬草，板结着，奶奶说，曹娃进来。

一个顶着刺蓬草的人出溜一下滑进屋子，满脸堆着可怜，皮笑肉不笑地献着殷勤，只是嘴唇上有两道刚刚擦过鼻涕留下的红印儿。他从穿着的大襟袄子里缓慢地掏出一个小布袋子，怯怯地递给奶奶。

"唉，难得这个勺娃子还记得病在炕上的老娘呀，曹娃最近连羊梢子也不跟了，就看护着他的妈妈，曹奶奶可能快不行了。"

康队长悠悠地说着，用食指抿着吃掉碗里的糌粑糊糊，摇摆着身子，把露着毛絮的破棉袄子在两个肩膀上抖周正，起身要走。

"改天你闲了来，我帮你把袄子上的破絮缝好。"奶奶说。

康队长走了，他的背影极像淋了雨而抿着翅膀的高山秃鹫。

我记得曹奶奶，包着咖啡色的头巾，穿着左襟压右襟的短袄子，扎着小脚裤，像细丁圆规，走路总是向前疾奔的样子。我怀疑是她的小脚在大地上站不稳，才必须快跑的。

奶奶扎紧小布袋，说，快去烧些开水，冲炒面糊糊给你妈妈吃。

曹娃绽放出满脸的笑，牙齿白花花的，眼睛几乎眯成一条线隐在刺蓬草丛里，他抢了布袋子蹦出门去。

夜深了，一轮月亮穿行云间。嗬隆嗬隆的磨面声还在响着，母亲和村人们在月亮下面拉着马拉着石碌碡打碾的声音也还在继续。

班玛草奶奶带着炒青稞来了，还带着她的孙子杨勒奔。杨勒奔眼神明亮，头发卷得像刚出生的小羊羔毛，一进屋子就捏起一撮糌粑粉，仰着脖子放进嘴巴里，蠕动着腮帮子，好像这屋子是他们家一样随意。

土族阿姑的炒青稞拿来了，蒙古族李阿卡家的炒青稞也放下了。

"其实我们都知道，前些年你这个当家的，从来做事都公平、公正，不贪占我们一分一厘的。"阿姑和奶奶说着话。

"不提当年了，以前把你们收留在村庄里，也是想让你们吃饱穿暖过上好日子。现在家家都抢着收粮进仓，我们帮着大家把炒面磨了。"

三个老奶奶不睡觉，轮换着推石磨，火焗里的牛粪火跳跃着，明亮着她们的眼睛。她们的影子印在墙壁上，摇晃着，像村庄里许许多多的人在忙碌着。

土族阿姑一边拉着石磨，一边轻声唱着土族民歌："天上圆来什么圆？天上圆来月亮圆。梭罗罗树儿当中显，满天的星星扎一圈。地上圆来什么圆？地上圆来场院圆。又把扫帚儿扎一圈，怠怠赛罗赛拉尚……"

我添了牛粪块在火焗里，茶水在火上沸腾的热气又开始弥漫在小屋。

月上高天，殷实的磨面声仿佛是一首小夜曲，在为我催眠，我睡得香甜又沉实，连母亲什么时候回家休息也不知道。

年的路上撒满光

腊月初八的朋友圈里铺天盖地发的都是"八宝粥"，我想起了还在牧场上生活时母亲做的"麦仁儿饭"。牧场没有米，只有青稞，把青稞褪了皮才叫麦仁儿，我们只能吃青稞麦仁。但我们有牛羊肉，煮了鲜美的肉汤，把褪了皮的麦仁儿放进肉汤里慢火熬炖，半天冒个泡，咕嘟一声，噗——肉香和麦香气就在空气中散发一下，把人馋虫都勾引出来了。

准备青稞麦仁却很是辛苦的活儿。通常这个活儿就是大哥做，他是老大嘛，母亲的活儿多的是安排给他。大哥先要带我们兄妹去山梁梁上"剁冰"。我生活的西顶牧场云多、雪多，就是没有河，缺水。你听听，西顶，是住在山顶上的，是住在云上的地方。雪融水都顺山势流进峡谷，一条叫杂木的大河日夜喧响。山下还有一个聚集雪水的水库，叫天梯山水库。你想啊，顺着天梯才能登上西山顶，够高够顶的吧。

西顶牧场上下大雪的时候也刮白毛大风，雪被聚集在背风的山梁上。雪一场一场下，阳光暖晴的日子，雪又被一次一次暖化。凛冽的山风一直吹呀吹，一层一层冰壳子就形成了。

大哥拿斧头剁冰，他不让我这个小尾巴近前，一斧头下去，冰碴子迸溅，不小心溅到脸上、眼睛上会划下伤口，像快刀子划拉的。

大哥说，丫头子嘛，不能把心疼的脸蛋儿伤着。

我就躲远点，看。阳光下，冰碴子溅起，有些还闪着七彩光呢。

一般剁冰是在"腊八"前一天下午，大哥精心剁几块又厚又通透的冰块，放背篼背回家交给母亲。母亲抱了冰块要去她的经堂献一下，还要放几块在庄门、书房门和厨房门头顶上，这叫"献冰"。母亲说，冰是镜子，冰是光，照见来年的光明和鲜亮。因为人们总是说，过了腊八就是年，从腊八开始年的路上就要洒满光。

献冰的时候，孩子们抢着吃碎冰块，腊八的冰吃了不闹肚子。找许多晶晶亮的碎冰含进嘴巴，太冰了，赶紧从左腮倒腾到右腮，冰块滑过牙齿间，有哗啦哗啦的响声，真的跟吃洋糖一样享受，只是不多会儿，嘴巴就冻得红嘟嘟的，缩成一撮褶子，像大公鸡的屁股。即使这样，我们依然嘎嘣脆地，乐此不疲地吃着冰块。

献完冰就开始凿冰为臼。在冰臼里反复砸糅青稞麦粒，凿去外皮，用簸箕把粗皮簸了去，麦仁儿就比先前白净一些，确切地说，是更显得黄一些。

青稞脱了皮后，没有了长而尖的锐角，显得圆润、光滑、透亮了些。

晚上，母亲才将麦仁与牛肉或者羊肉一起煮。盐、姜皮子、花椒、草果、茴香是不能少的调料，因为驱寒。西顶牧场地处凉州以西，海拔比较高，能看见凉州城的冬青顶沿子海拔近 3500 米，日夜温差特别大，需要有香料这种驱寒之物。火是牛粪火，不能大，三两块干牛粪煨在一起，慢慢熬煮一夜。

夜里添火，看锅的事就是母亲在辛劳了。她用一双熬累的眼睛，为我们兄妹炖出了一锅美味；她用爱和温情陪我们兄妹在寒冷草原上熬过一段艰难岁月。

第二天早晨，麦仁香味儿早早唤醒我们兄妹，平时爱睡懒觉的二哥起得最早。他等不急母亲加工麦仁饭的最后一道工序，自己先挖了肉和麦仁儿吃起来。母亲这时候也很宽容，对我们说，你们等一会儿再吃，他长得像罗汉，由着他吃吧，这麦仁饭本身也是献给十八罗汉的。于是我们就笑，说二哥是罗汉转世。照现在的说法，二哥就是妥妥的"吃货"。

母亲的麦仁饭还有一道特别的工序，她将麦仁和煮烂的碎肉块舀出，在另一个锅中调匀至不稠不稀，用大铁勺子在火上烧了菜籽油，抓一把从高山采摘来的黄葱花撒在麦仁饭上，滋啦——滋啦——，母亲把烧热的油浇到黄葱花上，炝出的葱香味弥漫在家里，甚至满村庄都弥漫开去，腊八的美食就这样做好了。

可是我们还是不能端第一碗，母亲舀了第一碗麦仁饭要去敬献在她的经堂里。母亲说，腊八节就是佛祖成道之日，那天，草原上的一位牧女为佛祖献上肉糜麦仁饭助其成道。麦仁，音同牧人，喻意吃了麦仁饭要活出个人样儿，要有志气，等同新生。

熬好的青稞麦仁粒粒晶莹剔透、白生生的，看上去像煮熟的薏米，洁白净亮，圆圆的裂开口，像开口笑的花。咀嚼起来挺有韧劲，耳根处能听到轻轻的脆响，有着特别的质感和韧力。

离开草原这么多年了，麦仁饭依然占据着我童年的味蕾，美食记忆中麦仁饭依旧是草原的味道，家的味道，也是母亲的味道。

那时候母亲总说，恁穷一年也不能穷一节。每过一个节日，我们都按传统方式认真地过。现如今，一个让神仙也吃惊的时代，人们已经享受不到那种缓慢节奏下反复砸揉麦粒脱皮的宁静时光了，什么事儿都是急匆匆的，粥是速成的，节日也是潦草地过。对五谷杂粮的耐心制作和敬畏都交给了快餐和外卖。我们忘不了一种饮食，是真的怀念一种慢下来的生活，怀念那种咕嘟咕嘟冒着泡泡的飘散着悠然味儿的生活。

我们忘不了一种饮食，其实，都是忘不了与这种美食有关的亲人和故乡。

怀念花一样的笑容

在泪水里回忆一个词：母亲。所有的记忆都在眼里结晶。

现在知道有个节日是母亲节，我再也听不到您温暖的话语，母亲，我哭了。

其实，您不怕狂风暴雨，不怕艰难岁月，不怕天崩地裂，就怕您的儿女哭。记忆中，您的脸上永远挂着花一样的笑容。

记得母亲最喜欢草原上村庄里随处盛开的马兰花。花开的日子里，母亲总是熬了上好的白沙溪砖茶，用精致的桃木梳子醮着茶水给我梳头，将头发梳得又黑又亮，然后编满头细致的碎辫子。这是藏家姑娘最可爱的妆梳，梳好了再采几朵马兰花戴在我的发辫上，母亲也给自己插一朵，两张戴花容颜在镜子里出现，然后我们都笑成更灿烂的花。

记得母亲的身影总是忙碌在油灯下。半夜经常被刺啦刺啦的声音吵醒，那是母亲在给我们兄妹纳千层鞋底。她总是用食指抵住锥尖在头发里蹭几下，我觉得好奇问："阿妈，不疼吗？"

"有时候不小心也疼，让针尖沾点脑油子会很滑，锥起来轻松！"当我们穿上满意舒适的新鞋子时，笑得最开心的却是母亲。

白天劳作，只有夜里的油灯下母亲才有时间给我们缝补浆洗衣服，从哥哥们的衣兜里翻出石子呀、弹棍呀，从我的口袋里翻出羊骨拐呀、沙包呀，母亲从来不生气，只是摇摇头笑笑，转身在桌子上小心地放好了，早晨记得提醒我们拿了去玩。不像脑乳的阿妈、仁谦的阿妈全给他们扔掉。我们的衣服口袋也总是比别的小孩子的破得快，母亲也因此更多地在油灯下熬夜。

母亲一定要送两位兄长到远离草原的更好的学校去读书。三哥回家背些馍馍、糌粑，山路很远，竟然将脚掌磨起水泡，脚腕也肿得厉害。母亲心疼，从山里采来柳条在火上烤热了烫那水泡，很仔细，并用嘴巴轻轻吹着，从此不让哥哥们再跑那么远的路。她觉得哥哥们背去的吃的快吃完了，就开始忙活，白天劳动回来就在油灯下做好吃的东西，然后天不亮她就背着东西出发。有一次天实在黑得出不了门，风又刮得紧，她才叫起了我，陪她走一段路，等天亮了让我再返回家。我们提了罩着玻璃灯罩的灯，借着一点油灯的光亮走在崎岖的山路上，她紧紧拉着我的手，怕我害怕给我唱歌，讲她在劳动中的趣事来安慰我，给我说鼓励的话。我其实知道那时她也在自己鼓励自己的心。即使夜很黑，但她津津有味地讲着劳动中的趣事，我依然能感觉到她花一样的笑容温暖我也温暖她自己。

油灯总是在记忆里延长着母亲的白天。油灯也在那艰苦的岁月里熬干了母亲的生命。想起母亲就想起油灯下母亲的期盼与期待。

在虔诚的怀念和祈祷中为母亲点一盏吉祥的酥油灯。在天涯的两端我仿佛看到母亲在对镜梳妆，仿佛看到母亲轻盈低头的温柔和微笑。今天我特意跑到山林采一束母亲喜欢的马兰花，用自己的手拂过母亲戴过花的长发，对镜插花，心海却汹涌，唯有泪千行……

在酥油灯的光芒里，默默思念，祈祷来世让我还做母亲的女儿，让我还生活在永远的笑容里，让我偿还一世的孝道，让母亲的笑容更慈祥更舒心。今生努力学做一个母亲一样的母亲，笑对生活，让母亲生命的花朵继续盛开。我要用想象让自己身上出现所有的春天，在心间盛开所有的花朵，那温情温暖是我怀念的花一样的笑容。

风吹西顶

1

那年，奶奶看母亲怀孕的身子，就判定这次肯定会生个丫头。

奶奶请了毡匠，擀洗了几条毡。她要擀几条丫头用的毡，两个擀毡匠笑死了，毡还分个啥子丫头和男娃子用？

还是奶奶聪明，她想到了用胭脂染色，翻箱倒柜找出一包玫红色的胭脂水粉。毡匠擀洗出了有别于白条毡的一条水红色毡，比粉色深，比大红色浅，惊艳了全村人。

全村的人都知道了，那是给丫头用的毡。

正月里，凉州大地上有摊煎饼的说法。说是民间为纪念女娲娘娘补天的日子，我出生了。奶奶为我取名：周毛。藏语意思是小龙女。青藏高原是古海里生长出的，藏族人崇尚海，就连草原上小小的水滩也要称其为海子。我出生在草海里，自然也是海的女儿。

村庄叫西顶，在凉州城西面，西山顶上住着蒙古族人、土族人、汉族人，他们都不知道我名字的意思，大家都笑一笑，就接受了。

我出生三个月以后，母亲就要跟着生产队的人一起劳动挣工分。有时出工的地方远，她不能回来给我喂奶。母亲劳作辛苦，奶水也不足。大哥总取笑我，说我像蹴在石崖下的嘎啦鸡，整天嘎啦——嘎啦——哭个不休。

也算我命好，父亲从遥远县城带回来一些葡萄糖粉。奶奶焙上炒熟的青稞面掺一些葡萄糖粉，接济着喂我。

孩提时代，我就爱上草原上的海子和雨水集流的涝坝。一有机会我就跟着大哥跑到草原上去看小小的海子，那绸缎般的，闪着光芒的水。我的村庄缺水，人们吃水要到几十里外的山下，赶着毛驴去泉上驮水。奶奶说，在 1927 年的大地震之前，村庄是不缺水的，那时大河汤汤，穿行门前，可一场大地震把河水摇干了。

我八岁那年，县上打井队的人在大山里找过水源，无奈山高峡深，无法打井吃水，只好作罢。从此，再也没有人来西顶找过水。

我腼腆而孱弱，照大哥的说法我就是柴火棍儿。一见人，我就赶快躲藏在奶奶身后，却总喜欢一个人翻山越岭，跑去大山里看山花，看草原。

草原上有旱獭、野狐子、野兔子、斑鸠、野鸡……我心中总是萦绕着莫名其妙的对远方的向往。我曾经迷路，丢失过好几次，但命大，没有被狼吃掉，也没有被突然的风雪冻死，幸亏那时草原上也没有人贩子。草原上都是知根知底的人家，夏天出去游牧到夏营地的草原上，冬天回到冬窝子的家。

我喜欢看西顶的云。广阔草原的蓝天上，华美的云朵一朵跟着另一朵向神秘的远方飞驰。我为每一朵云命名，就依照我仅能识别的动物和家用工具。有太多的云不能被命名，于是我就有点小小的忧伤。我心里明白，肯定有比我更聪明的人能为它们安顿名字，但那人在我不知道的遥远的远方。

我喜欢跟着大哥去云上西顶住帐房。

说是房，其实就是牛毛织的褐子帐篷。当太阳暖晒时，褐子毛线缝隙松开，万千光点漏下来，帐篷里像洒下满地金光；当雨天阴雨密集时，褐子越湿越绷得紧，雨滴顺着紧绷的毛线绳滑落下去，帐篷里漏不进雨水，对游牧人来说已经是草原上很自在的一方家园了。

那是凉州城以西真正的西山顶，顶上草原无垠，森林广袤，石峡沟谷相连。所有过往均留下了神奇传说和历史故事。只是所有过往都被云上西顶的大风吹模糊了。一切从风中来，一切又从风中去。松风明月依旧，百草繁茂，万物竞长，只是不见月氏悲歌，不见单于阏氏，不见逐鹿豪杰，留在草原上的只是一些大风洗礼过的松林灌木和芨芨草。

大哥带着我在元代时期就已形成的跑马趟子里试着骑马，一匹黑骏马，奔驰在草原上，像一道绿波里闪现的电光；我们在森林里找干枯的松毛枝，用来生火做饭，去峡谷里找泉水，然后在马匹或毛驴的脊背上备上能驮桶的水鞍子，搭上驮桶去沟谷里驮水。

有泉水的地方总是山花烂漫，生长着许多灌木和草药。爬在地上矮小的，开白色花，结红色果子的，大哥叫它地標儿（草莓）；茎上生着刺的红色野果子，大哥叫它锅盘儿（覆盆子）；长成大伞盖的，枝叶间挂着翠绿透亮野果子的，大哥叫它酸酒瓶儿（野葡萄）、牛蒡果儿。许多叫不上名字的野果子熟透了，掉在一些小泉水里浸泡着，大哥拿舀水的铜勺舀了让我尝，清凉甘甜，味美无比。大哥说那是"山酒"，是天赐的好东西，不能多喝，喝多了会说出平时不敢在人面前说的话，喝了会醉人，喝了肚子里潜藏的秘密会被酒神宣扬在风中。

但是整个夏日，大哥和他的朋友们都用羊肚子揉制的皮袋和牛皮袋装了山酒，喝个不停。高兴了喝，伤心了喝，生了小牛犊喝，丢失了牛羊照样喝。

和人一样，天天跑到泉边喝酒的大多是麝、旱獭、狐狸和山鸡。它们甚至比人更懂得享受美味。有时候去驮水，会看见成群结队的马鹿、山鸡和旱獭嬉戏在野果浸泡的泉水边。

旱獭是草原上的一大祸害。母旱獭的繁殖能力很强，一窝生下五六个崽儿，它们带领着孩子大摇大摆地来品尝美酒的滋味，喝足了才去山坡上晒太阳、打滚儿，嬉闹玩耍。喝醉山酒的旱獭会尖厉地扯着嗓子唱山歌：咕啾——咕啾——

奶奶和母亲们喜欢唱山歌的旱獭，它们坦着肚腹，胖乎乎地躺在阳光暖照的山坡，短小的四肢和尾巴对着天空的白云，拨弄、弹奏着山野清风及鲜花。草原上总是流传着旱獭通佛性的故事。奶奶给我们讲过，草原上的旱獭是僧人转世的，它的右臂腋窝下有一片连着的皮肉，像僧人的袈裟，遇到危险时，旱獭会双爪合十，会念阿弥陀佛求救。遇到人们给它吃的东西时，又会拱手作揖，表示感谢。

但放牧的人们也咒骂它们：狼吃的！

旱獭是食草动物，专吃草芽和草根。旱獭多的一年，草原荒漠化就严重，像人的头顶褪光了头发。旱獭洞穴多的地方，草原就像被"鬼剃头"，这里一块那里一块的有了秃疤。牛羊马匹的青草美食被旱獭破坏得一塌糊涂。一只成年旱獭要吃掉七八十公斤草根，十几只旱獭就吃掉两只羊一年的食草。当大哥想要抓旱獭时，才发现，旱獭到处掏了洞穴。有的洞弯曲，是临时藏匿的；有的洞深入地下几十米，是长时间栖息的；有的洞是夏天临时纳凉休息的；有的洞是冬天安眠的。稍有风吹草动，旱獭便会抱着长得跟人手指一样的胖爪爪溜进洞口，想要抓住它们也不是轻而易举的事。

有一次大哥配合牧羊犬挖深洞口，逮着了一窝。可是旱獭齐齐地排成队儿竖起两只前爪爪求饶，嘴巴不停地叫唤，仿佛在喊："饶命！饶命！"

大哥治不了它们，只好作罢。我知道大哥肯定是受了奶奶讲的故事的影响，实在下不了手。

2

奶奶讲过，曾经一位草原上的猎人，专门捕捉旱獭。有一次他抓到一只母旱獭就地剥了皮——因为旱獭毛皮是做护膝和帽子的好材料，能卖个好价钱。他把尚未断气的旱獭丢在草丛里，又去巡山找猎物去了。等他巡山回来草丛里却不见剥掉皮的旱獭，仔细察看才发现一条血路一直延伸到旱獭洞口，在不太深的洞里两只还未睁眼的小旱獭趴在剥掉皮的死旱獭干瘪的乳头上吸吮着。看到这一幕，猎人身心受到极大的震撼，他没想到动物会有比人更长情的母子人伦之情，不由得心生悲泣，惭愧得无地自容。从此猎人放下屠刀，不再当猎户，出家当了僧人，修行为善，慈悲处世。

奶奶讲故事只是教育我们不要乱杀生，但旱獭狡猾、机敏、警醒得很，很会保护自己，也不是任人宰割的主。

这时候我们就开始盼望草原狼和秃鹫的出现。它们吃旱獭，维护着草原的生态平衡。

秃鹫是草原上的猛禽，双翅展开可长达 3 米多。它的视觉和嗅觉极其灵敏，能远距离发现猎物，长空搏击，雄健有力，捕捉旱獭一扑一个准儿。在草原上，我时常看到秃鹫扑下来，大翅膀携带着大风，扇动草丛低伏下去，鼠兔、旱獭失去了隐身的草丛遮掩，无处躲藏，秃鹫捉一只肥胖的旱獭，拎着吱吱吱地鸣叫声，飞过山梁。

大多时候我的心间掠过惶恐，就因为旱獭和鼠兔们惊惧而凄惨的叫声，像低处的比我小的动物们对我叫喊求助，而我又小到和它们一样只能无能为力地哀伤。我的眼前久久摇晃着青草尖，很长时间草才恢复平静。

草丛里那些小甲虫、小蝴蝶和瘦老鼠们肯定吓坏了。

狼对付旱獭可有的是办法。有的直接追赶上就死死咬住它；有的守在洞口，出一只逮一只；有的佯装挖洞，吓唬旱獭，把旱獭从另一个出口撵出来，然后迅疾地扑上去摁住它滚圆的身子，作为美食。大多时候，狼带着自己的幼崽，围追堵截旱獭，练习捕食，等戏弄够了才咬死吃掉它们。

冬天的旱獭，再也不挖洞不吃草根了。它们集体冬眠，藏在几十米深的洞穴下，用一夏天养肥的厚脂肪度过寒冷的冬天。

吃不到旱獭肉和野兔肉的草原狼又成了草原的大害。

一场接一场凄厉的风伴着狼嚎吹过草原。住在帐篷里的我，有时候真分不清是风在啸还是狼在嚎。那是在夏末秋初，早来的霰雪粒不能完全盖住草场，草原枯黄和雪粒参杂着，像村庄里看豆子地的康老伯生病的脑袋瓜，一处有头发，一处被鬼剃了去，露出白生生的头皮。

大哥骑着马，在半枯半黄的草原上收赶着白牦牛。跟着的牧羊犬一边围追堵截着小牛犊，一边望着牛群后的尘土狂吠不止，大哥才从马上远远看见了尾随牛群的两只狼。牦牛的警觉性很高，它们自然地把小牛犊收集在牛群中间，形成一个保护圈，此时，公牛们勇敢地殿后，护着牛群回到圈窝里。

大哥说，狼一般不敢直接冲进牛群攻击，只能尾随其后。等有调皮捣蛋的小牛或者不守纪律的牛掉队了，狼才疯狂追上去把走散的牛追得远离牛群，才敢展开攻势，捕杀后享受美食。这也是那些不守纪律的牛付出的惨痛代价，同时也为不听话的小牛犊们上一堂弱肉强食的生命课。

如果是羊群那就有些遭殃了。狼才不管你成百上千呢，钻进羊群想逮哪只就逮哪只。更可气的是，狼不是逮一只羊就知足，而是冲击围攻，乱咬一气，一会儿工夫，就有七八只羊倒在血泊中。

狼是羊和旱獭的天敌。可怜的羊只要闻到狼腥味腿子就打摆摆走不动路了，合该是让狼吃的主。不像牦牛，抱团维护生命。狼胆敢闯进牛群，定然用尖锐的犄角牴死它，即使群狼攻击也轻易吃不到牛肉。

那天三哥来帐房里驮牛粪和烧柴。我们待在帐篷里，生好火，熬好茶，等大哥收牛回到帐房里，赶紧为他端上热茶和奶奶烙的青稞饼，并拿新鲜的糌粑让他闻香味儿。大哥脸笑成一朵花，夸我和三哥懂事，一边喝茶一边讲牛遇到狼的事，还答应第二天带我和三哥去更远的草原上看雪山和未融化的冰川。

晚上，他要在帐篷门旁生一堆大火，他说狼怕火。我害怕，不敢合眼。半夜里，听到狼长长的哀怨声：嗷——呜——，三哥数了数，高低起伏有九声，声音随着大风远去了，大哥在半梦半醒之间嘟囔着，狼走了，天也快亮了，赶紧睡吧。

可我的瞌睡也随帐篷外的大风被狼带走了，想象着没有吃到东西的狼也挺可怜，在苍茫草原上可怎么过活呢？我急急地摇醒大哥问："狼吃不吃馍馍？"

大哥想一想说："饿急了应该也吃馍吧。反正狼是喜欢吃牛奶的。"

"你怎么知道？"

"我背了牛奶喂过狼娃子。"大哥说得迷迷糊糊。

"谁？谁？是谁喂过狼娃子？"

我缠着大哥问东问西，大哥的瞌睡早让我搅扰了去。

大哥从香柴垛起的窝铺上钻出皮袍筒子，在地上的炉塘里添了几块牛粪和劈好的木柴棒子，火星立刻乱溅了起来，飘升得很高，有几粒调皮的差点落在大哥眉毛上。我看见大哥皱着眉侧了下身子和脖子，拿手扇扰了火星子，又赶忙把茶壶搭在了火炉口上，烟火笼罩了帐篷，不一会儿，茶壶里的茶水由冷到热发出了嗡嗡的响声，大哥说等茶水熬好了我们吃酥油糌粑。

　　一阵紧一阵缓的风，吹动着帐篷，褐子帐篷像游弋在草海深处的一条鱼，一张一翕，伴随着我们兄妹的呼吸颤动不止。

　　我喜欢这种原生态生活，痴笑着。

　　三哥骂我，瓜子。我笑得更开心。

　　我说，你们听呀，狼一走，就连茶水也高兴地叫唤了。

　　大哥坐在羊皮褥子上，一边忙着编马缰绳，一边开始讲喂狼的事。大哥说事情的语速太慢，反正放牧的人多的是消耗不完的光阴，他们的日月走在缓慢里。

　　大雪落了三天三夜，住在冬窝子生产队的人都知道，这样的大雪天草原上的牛羊是吃不到草的。生产队里派了马五子等几个年轻人，调度了草料送往草原上的圈窝。一行人行至半路，在雪原里看见一只狼叼着一堆黑东西，正深一脚浅一脚在厚厚的雪里艰难行进。人们见狼喊打仿佛过街老鼠，马五子骑马追了过去，狼终于扔下那堆黑东西逃跑了。

　　人们追到跟前，打开那堆黑包裹时个个惊掉了下巴。包裹是一个大大的羊肚子，倒尽肚粪后，里面装着三只尚未睁眼的狼崽子。原来那只母狼是在搬迁狼窝。人们把狼崽驮上马，带到了草原上大哥的帐房。

　　大哥说，他又害怕又生气，狼是会报复的，它会闻着狼崽的气味来牛圈里咬死小牛犊。

　　生产队里来的人一听也害怕，不敢把狼崽带到村庄里去。大哥没办法只好用牛奶先喂着三只小狼。奶奶告诉我们，头狼能打，狼崽不能害。不然牧场不宁，草原不安，村庄不太平。以前有人害死小狼崽，群狼就曾血洗羊群。

　　等了三天，终于听到帐房外母狼的嗥叫声。大哥赶紧把三只狼崽装进羊肚子里，让它们吃饱喝足，背到背风的山坡石隙间放下，远远看见那只又瘦又干瘪的母狼使劲用鼻子一只一只嗅着狼崽儿。

　　大雪封山，狼也活得艰难。大雪覆盖的原野捕捉不到什么可食的东西，母狼可能都没有充足的奶水喂养小狼。大哥跑回家取了一些喂狗的肉干、血块，放在脸盆里，端放在小狼崽的石头跟前。

　　果然，母狼吃得极快，像是饿极了。

隔三岔五，大哥去喂一次小狼崽和母狼。大哥说那几只小狼还是狼性不改，见了他一个个龇牙咧嘴吓唬人，真是狼子野心。

春风劲吹的时节，雪地也被风吹得白一块黄一块。春阳一暖，雪薄的地儿融化了。小狼也跟着母狼到处跑，它们在风雪中长大，某一天就不知跑哪片草原上找美食去了。

大哥也失去了一项很重要的工作：喂狼。但从此，大哥的羊群、牛群从来没被狼袭击过。

3

牧场生活虽然艰辛，却简单而快乐。

生活在牧场上，我干活儿不行，但态度端正呀，什么活儿都帮着大家干。大哥说，干活儿不怕慢，就怕站，只要我慢慢干就是勤快人儿。

拴牛、挤奶我肯定不行，我就去收拢牛。跑腿的事儿再容易不过了，就是不让挤奶的牛走远，也不能让小牛犊偷吃了牛妈妈的奶，那可是要挤了上缴生产队的，当然，我偷偷喝掉的不算。

可就是这样的活儿，刚开始跑还能跑得动，渐渐地，我左追右堵，牛们根本不听我的话，我的吆喝吓不住牛们，有的牛还喷着鼻息，瞪着牛眼，甩着牛尾巴向我示威。我也害怕，怕某一头牛真奔跑过来牴我。

我的语气就会柔和一些，有点和牛们商量着来的意思。不像大哥，一声喝斥，牛们乖乖听话地站在那里，不跑远。

夏天，我常常坐在花草地上发呆，探究草地上的蚂蚁、蚱蜢和不知名的虫子。它们建造自己的家园，在土里钻进钻出，不一会儿在草地上留下新鲜的洞穴；也有的在草甸上拱起松软的土堆，它们一会儿藏进土里，一会儿又爬出来，不知道往里面搬运着什么。

我并不了解上天和大地的种种秘密，不知道空空大大的草原上怎么就会有一汪蓝色的海子，但那水人不能吃，水面上漂浮着寄生虫，浮游的小生灵密集地蠕动着，只能用来饮牲口；不知道一觉醒来满山的枇杷花、香柴花怎么就呼啦啦地开了；也不知道骏马跑着跑着卧倒就要生出一匹小马驹，并且用嘴巴舔一舔小马驹就能站起来跟着骏马走远了。

天刚泛出白光我就起床。大哥说那叫鱼肚白，我一走出帐篷，百灵鸟啁啾、啁啾、啁啾的叫声响彻头顶。我终于明白，为什么云上西顶的这片草原叫百灵牧场了。百灵鸟悬停在空中，不停地鸣唱，大哥打着口哨学它们，而百灵鸟儿学大哥的口哨声学得更惟妙惟肖，惹得我们大笑不止。百灵鸟儿就越发叫得清脆悦耳。

我不应答它们的鸣唱，我的话全让百灵鸟儿说完了。我在百灵鸟儿起起落落的草丛里看见它们的窝，还有蓝盈盈的鸟蛋。刚走几步远，我回头想要喊大哥看，就再也找不到那鸟窝了，只看见草丛里飞起的鸟儿。

鸟窝和鸟儿都似幻影，像我童年里毫无头绪、解不了的数学题。

大哥要我早早起床拾牛粪，堆成牛粪垛，一部分用在我们的帐篷里烧火做饭，一部分要驮给山下的阿妈和三哥用。阿妈自然是给家里的灶火和炉子用，三哥到冬天上学时是要轮值日的，学校里生火打扫卫生的时候也是拿家里的柴禾。很多时候，不是三哥值日的时候他也偷偷拿家里的牛粪柴禾给学校用。

我发现了好几次，三哥威胁我，不许向母亲告状，如若不然，就不让我穿他那双毛窝毡靴。高腰的，肥胖的毡靴，我穿上都能遮住膝盖了。冬天，我穿上毡靴站在三哥他们玩耍的阵营外，看一帮男孩子们"赶猪""跳方方""抗架架"。

他们不要丫头们参与游戏。我和马圆子的妹妹六米，邻居吕灵儿、吕囡囡、吴香香一帮女孩子，站在冷风里看他们玩。因为穿毡靴，冻不着腿和脚，一直能看游戏，替男孩子们揪着谁输谁赢的闲心。

即便要拾牛粪劳动，我也愿意待在大哥的草原上。

草原上没有小伙伴笑话我是"地主崽子""小地主"。草原上有风、有云、有鸟、有虫子、有花朵，还有大哥陪着我，已足够。

当然，草原上还有狼，有凛冽的风。

有一天，一位姓蔡的牧人来到了帐篷里，他是生产队派到夏营地帮助大哥放牛的。夏天拴牛挤奶比较忙碌，大哥一个人顾不过来。

晚上，蔡哥告诉我们，豁豁死了。自杀的。吃了乌药。

蔡哥神情暗淡地说："豁豁的老子不让她嫁人。"

我的内心浮起忧伤。不久前，我还在山下的家里见过杨姐姐一面的。

她拿两个鸡蛋来看望奶奶，来归还借我家楦鞋的木楦头。她说给她兄弟和妹子做了鞋，我奶奶还夸她手巧、能干，那个家多亏有她撑着。

临走时，奶奶要给她些绣花的花样儿，她摇摆着手说不用了。拿了也没有花红线绣花。姐姐一边说着一边用包着的蓝头巾一角儿擦拭着满眼的泪水。

我以为她是因为穷，买不起姑娘们喜爱的花红彩线而伤心呢。

村庄里的人都叫她杨豁豁，因为她说话口齿不太清楚。奶奶却不让我们兄妹那样叫。她生下来就唇裂，她有名字，叫杨存兄，是她妈盼儿子，给前面的孩子起个带兄、带弟的名字，希望引来弟弟的意思。杨姐姐长大了，却没人来上门提亲，都是嫌她有"豁豁"长得不好看。年岁渐渐大了，人们说，成老姑娘了。真有人来提亲时，杨姐姐的父亲又不同意给，理由找得很充足，说是她一个有残疾的人，嫁给人家也会挨打受气，还不如不嫁，至少不受欺负。一年一年，就耽误了杨姐姐的婚事。

杨姐姐的妈妈给她又生了一个叫领兄的妹妹和一个叫杨宝的弟弟就难产死了。是她驮水、拾牛粪、劳动挣工分照顾着弟弟妹妹和丧妻的爹爹。

大哥问蔡哥，她因为啥事儿想不开呢？

蔡哥拿个柴火棍使劲倒腾着炉火，像是很生气。半天才说，豁豁肚子里有"货"了，大月份了。

蔡哥拿眼瞅瞅我，很隐讳的样子。

我不了解一个姑娘肚子里有大月份的"货"和不了解大地、天空的秘密是一样的。但一个活生生的熟悉的姐姐死去了是多么悲伤的事，像风吹过石壁，吹过衰草，有点硬，有点冷，而后又呼啸着渐次没有了踪影。

为此我想起了杨姐姐满含眼泪的眼睛，我悄悄地擦去了我眼里的泪花，像是替杨姐姐擦的。

小小的心里忽然对死亡有了一种好奇和恐惧，姐姐怎么就要吃乌药死去呢？我问蔡哥，人死了是睁着眼睛还是闭着眼睛？

蔡哥说，大概杨豁豁是睁着眼睛死去的。

我想，她睁着的眼里肯定有泪。

那杨姐姐怎样才能闭上眼睛呢?

大哥说，丫头，你该去学堂学习了，学一些保护自己的本领。草原上像恶狼一样的人也是有的。你要好好读书，将来做草原上的好法官或者好医生，做个能挽救杨姐姐的人。

阵阵长风掠过草原，冷飕飕的，把帐篷吹得摇摇摆摆，起起伏伏。

秋天，我听大哥的话，真的去新建的村校里上学了。我要了解大地、天空和人们活着的秘密。

藏地青稞飘酒香

青稞，是独一无二的高原产物。

它的出现和生长代表着高海拔，代表着适应寒凉和干旱，代表着野性和炽热的火焰。

我的村庄在青藏高原边缘，与内蒙古高原、黄土高原相接。一条叫祁连的山脉延伸向西，在每一条山褶和平凸里，野性的青稞生长得最是茁壮。

风从西北来，青稞抖擞长长的麦芒，似一身铠甲，飒然而喧，小小的我跟着祖母站在青稞田野里，喜欢听那海啸一样的声音。

而祖母却说，那是青稞在吐醉。

一阵风来，青稞唱着歌谣，摇晃着，像喝醉酒的人摇摆不定。又一阵风掠过，青稞哗啦啦歌唱着，低俯下身躯，把吸收的阳光和月光倾吐于大地。

青稞陶醉在风来、云来、雨来的日子里，一波一波碧浪荡漾着清美，摇摆着醉意，像舞蹈的格桑，从不停息。直到灌浆、饱满、坚韧，籽实才开始慢慢变黄，变成熟，变得深邃无限。

再沧桑的风雪也灌不醉一株挺立的青稞时，由空虚到实存，青稞完成一段圆满的修行之道。大地上出现汗流浃背的收割人，他们的骨头由青稞撑起，依赖青稞生存的高原人，也成了一株一株原生态的青稞。

收割的青稞有白青稞，蓝青稞之分。白青稞磨面粉，用来做饭和蒸馍；蓝青稞花青素含量高，炒熟，再磨粉，香气扑鼻，人们叫它糌粑。牧场上的藏族人家熬制伏茶或者砖茶，融化酥油，加入青稞炒面，做一种美食叫酥油糌粑，汉族人直接叫拌炒面。

不管白青稞，蓝青稞都是养育人的粮食。粮食丰收的一年，村庄里就会飘出一种神奇的香味儿——酒香。

青稞可以酿酒。藏族人也要学青稞那样，歌唱，舞蹈。在寒凉驻地摇摆出光阴无限美好的样子。因此，藏族人一醉酒就会踢踏出一种叫锅庄的舞蹈，手臂高扬舒展时，像青稞摇摆扬穗，收敛手臂沉吟时，像青稞点头，向大地俯首。

村庄有酿酒的历史，这里是吐蕃军队留下的一支华锐部落，酿酒、制曲的技艺辈辈相传。记忆中祖母的酿酒过程甚是神秘，但必喊我在旁边悄悄地看。她说，藏族人家的女儿一定要会酿青稞酒。祖母做青稞酒时，必先净手上香，供上清水碗三盏，神情和动作无比虔诚恭敬，像敬神灵，庄严肃穆的样子，太有仪式感，使我也不敢淘气。我在火塘边，一边看着灶火，一边看祖母将晒蔫的青稞铺在蒸笼屉里，火候不紧不慢，等蒸个半熟，凉凉后再拌上温开水，放入酒曲，在笤篮里拌过来搅过去地和匀，倒进陶坛子里抹平，中间用手指旋出一个窝，扪上麻纸，压上石板，再把陶坛子放在装麦草的箩筐里，盖上皮袍子。

日子到了，拨开麦草，取掉石板，揭开麻纸，拿一根山枇杷削的筷子，在陶坛中蘸一下，抿一口，祖母的笑脸菊花样盛开。出酒的日子，我们家请牧场上的邻居和另一片草原上的舅舅们去云上西顶的大草原上品酒，大家围花而坐，拿出藏式酒壶，盛上酒，温在三叉石上。喝了热酒的孩子们傻笑着，在草地上打滚、摔跤、跳锅庄舞，变得无比勇敢和滑稽，也有的软得像面条，我就是这样，腿脚不是自己的，只好平躺在草地上，任天地空阔着，任蓝天上白云兀自飘过眼前，我试着要扯下一朵。

尝酒时定要唱祝酒辞。藏族人认为，酒是灵魂之水，唱酒曲之前，必须要用酒敬天、敬地、敬长者（人），取融会贯通天地人和之气才能开嗓。藏族人自古以来就认为音乐源于酒神，酒神驻守在雪山，用圣洁的雪融水酿出的酒就是清冽的乐之精灵，它渗进骨子流进血液，成为一个民族的性格，有酒的性格才有血性汉子的豪气干云，有酒的性格才有水做的女人柔情万缕。

祖母曾说，这种用土方法酿制的酒叫酩酼子，烧坊里酿制的那才叫美酒。

我居住的县城里就有酿造美酒的烧坊，明末清初，这里就建有著名的"华藏烧坊"，位于藏传佛教名刹华藏寺旁边，这儿有一眼传奇的药水神泉，人称"华藏神泉"，泉水与上游马牙雪山的药王泉相通，古老的烧坊里有土坯坊、泥窖池、酒海子和盛放原酒的陶坛子。

要酿出好酒，窖池是关键。酿造藏酒的窖池，内层用山泉深处的黄土、红土掺和筑成，外壁裹上一厚层用特殊混合土佐以特殊菌种和苹果等天然生香物和成的窖泥。在这样的窖池里，按特定比例投入产于本地的优质青稞、小麦、大麦、豌豆、玉麦和藏药材，加入特制的藏曲，长年累积，循环发酵，微生物越来越丰富，酒的香味纯正、浓郁。

土坯烧坊，冬暖夏凉，透气性好，对发酵极为有利。藏酒的发酵期，极为严格，哪怕提前一天，也绝不能出窖。酿出的原酒，用古老方法手工制作的特制藤条酒罐，在地窖中封存，经过长期的贮存、糅和、升华，才能开封出罐。

去藏酒厂酒库，你会被古老的工艺流程吸引，久久不愿出来。那是青稞醇香的天堂，那是一个个陶坛的世界。沉默的，寂冷的，桀骜又狂热的世界。

青稞在火的天堂里参禅悟道，我甚至怀疑陶坛是被炼狱般的黑暗和酒精的力量撑大的。包容和忍耐，在时间之外，不急不躁，平静地把时间之伤痛熬成岁月之佳酿，缓解匆忙，平息浮躁。在金强河畔，睡一年，醒一年，胸怀中分化的易挥发物质，透过陶坛浸润出来，悄悄从睡梦中被月光和花香掠走。

掠不走的是陶坛外散发出幽幽酒香的细微水分子。那是豪饮的酒神散发出的微汗吧，还可以想象，那是三十六罡，七十二煞水浒英雄，或者是金庸笔下的扬州八怪。他们各个身怀绝技，静默在岁月里，侠义男儿的铁血柔情让人深感敬畏。

　　唯其沉静，陈香浓郁方能沉淀岁月；唯其如如不动，澄澈绵厚方能显出酒神慈怀。

　　人间有青稞，有陶，有酒，就有了芳香岁月。能饮之人，当拼一醉，有了中华藏酒，不可辜负了诗酒年华。

藏酒七月酿事忙

盛夏七月，微醺的酒香弥漫在四野。人们很神往地感叹：藏酒厂又要出好酒喽。

走进藏酒厂，门楼高耸，雕花三叠，雄浑厚重，映入眼帘的是两樽酒具，一枚赑屃脊背上载着爵，一枚龙脊上驮着斝。这是一种酒器文化的展示，也说明酒文化从古代渊源流长至今，更说明大器稳而人至诚的文化理念。

闻着酒糟的香味儿，走进蒸料、发酵车间，见证了粮食按配方和料、加水、加稻糠、拌料、装锅、蒸料、出锅、扬料，直到冷却后拌曲，最后装进发酵池的全过程。

首先是搅拌机配料，由工人们配好青稞、大麦、玉麦、豌豆、稻壳等原料，以制好的酒曲调和，搅拌均匀，拌出来的是"生酒料"。

再由两名工人开始铺料——将酒料一层层铺进大口径的甑锅器皿里，压实，覆盖，外层拿皮管子淋以清水，防止酒气外泄。

然后，吊机吊起蒸馏锅盖，工人扣好环扣，接通电源蒸十几分钟，一阵雾化后，酒香四溢的"熟酒料"就蒸好了。

酒料蒸一次后还要轮回蒸，制酒师傅打开机关，蒸锅中的酒料移到凉床上，打开锅底，泄下来，工人们开始摊凉扬料的工序。这个环节看似随意，扬着木锨、铁锨，其实这活儿是最考验功夫的技术活儿哩。

有两名女工，在酒厂干了十几年，她们说，会扬料的一锨甩出去热酒料均匀地散开，这样酒料凉得快不说，酒曲与酒料间的微生物也掺合得更均匀，保证放进泥窖后的发酵质量。不会扬的甩出去一大块一大块的，有时候一不小心会将热料甩到自己身上或者同伴身上，那可是要烫熟皮肉的。

铺料装锅，扬料摊晾，虽说是出力气的苦活儿，但工人们男女搭配，说说笑笑的，互相提醒着，扬料很有节奏和分寸。我想起小时候故乡的大场院里人们在麦场上打碾、扬场的情景。有些记忆久远了，一旦唤醒，美好和亲切流淌在心间，对工人们暗生敬重之情。

劳作艰辛，工人们依然幽默逗趣，动作娴熟，流畅。我想，他们朴素的笑声和汗水也定然是融入酒水中的，不然，酒怎么喝起来那么火辣又热烈。

晾的酒料也不能晾过了头，大概七八十摄氏度再加适量水，把制好的藏酒酒曲加在酒料中拌均匀，用架子车一车一车拉进泥窖池，让粮食去微生物富集的窖池里发酵，参与由粮食变成酒的"经变"过程。

我数一数，古老的泥窖池有65个，每个窖池轮换着蒸酒。每次最少50天后再取料、蒸料、摘酒，要轮流五次，把摘取的半成品酒装入陶坛储存在地窖里，挂上酿酒储藏的年份牌，像酒的出生证。

酒在黑暗里开始坐禅悟道，像无明的人把自己身体里的暗和品质不纯的部分修炼成一种明亮和清澈。

很多劳动你不在场，根本不知道它们的奥秘。古窖池内层用山泉深处的黄泥、红土掺和筑成，池内培养了特殊菌种，放进苹果等天然生香物，酒料装进去，循环发酵，微生物越来越丰富。

窖池最上一层，工人们称"窖皮子"，最后用干净的白土密封窖口的叫"窖盖子"。

发酵之后，揭开窖盖子，再把酒料取出，搅拌上新的粮食，放在甑锅里再次蒸馏取酒。甑锅旁边有圆柱形的冷凝器，与锅之间有一根管道连接，气体经过管道进入冷凝器变成液体流出，这就是新酒。

劳动人民最是聪明、智慧，每道工序，每道技术流程都经过他们的劳作、总结和提升，才使藏酒工艺代代流传下来，成为今天非物质文化遗产。

一位健谈的女工告诉我，白土专门要到特别干净的高处崖畔上去取回来，和成泥浆一层一层抹严实，起到隔离空气的作用，让酒糟在暗里发热发酵。

每个泥窖池上插有独角测温器，一条长长的感应器撑一个圆圆的表盘，像古窖池打探人间的眼睛或脑袋瓜。窖池内部无数浓烈的微生物反应是一种秘语，大概辛苦劳作的人才能听得懂。

每5个窖池有一位"保养人"。我在墙上看见一张"酿酒车间窖温变化表"。一位保管员说每个窖池温度要达到二十五六摄氏度，起窖时最上面的"窖皮子"起出来可以喂猪、育肥牛羊，但千万不能拉去喂母牛母羊，会把孕中的牛犊、羊羔打掉，藏曲中有热性的药材。

经人介绍认识了酒厂两位老总——温德林和贺全。温总谦和朴诚，自二十世纪九十年代接手天祝酒厂开始，在藏酒酒业的路上酝酿了半生。他带我参观了藏酒陈列馆和三十几年奋斗的荣誉纪念馆。满墙的奖牌诉说着藏酒厂曾经风雨兼程经历过的艰难、困顿和机遇、挑战，一枚枚奖牌，闪耀着藏酒厂一班人守护古法精要、开创研新的精神风貌。几代人的艰辛和付出隐在那面墙上，荣光无声而胜有声。

我在众多奖牌中看见，大多是产品质量创优的、诚信单位的、科技进步的、华藏春著名商标的，更让我心生钦佩的有几块"金秋助学、爱心企业"的牌子，一个企业在艰难发展中尚未忘记它的社会责任。

心间一暖，心生感动。

一枚枚奖牌后面的苦和累，坚持和忍耐，辛酸和泪水，成功和喜悦都是后来者的激励和榜样，它们是鼓励后来人建新功创新业的基石、镜子和指挥棒。

温总说，贺全为古窖池焕发新的生命力付出了很多心血。他说，年轻人有股不服输的闯劲儿，一遍一遍试验，带领研发团队，经历了五六年才培养出了藏曲发酵酒醅最佳的微生物窖池，使藏香型白酒成为甘肃省技术监督局品质依据的地方标准。

贺全总经理，有条不紊地向我介绍了从粮食到酒的酿制过程。

古老的泥窖池已经有三百多年历史了，是清代乾隆年间遗留下来的，池内微生物群富集，天祝藏酒酒业发明"续糟混蒸"操作法，以窖养糟，以糟养窖循环生产，传统与现代工艺有机结合，高温润粮、续渣混蒸、晾堂堆积、窖泥封顶、发酵（60—90 天），出窖酒醅分层缓慢蒸馏、分段量质摘酒、分级酒海贮存、陶坛陈酿、精心勾调而成。

用百年发酵窖池之泥窖，神奇储酒容器之酒海，雪域高原藏酒发酵之母藏曲，酿造发明出藏香纯正、甘冽爽口、酒体协调、柔绵醇和、余味悠长、饮后神怡、隔日留香，酒品风格独一无二的藏香型白酒。

贺总主抓生产，是天祝酒厂一步步走到今天的见证者、持守者、参与技术研发和创新发展的带头人之一。他陪着那些古老的泥窖、陶坛、酒海子走过了近 30 个春秋。如果没有至诚敬业的心胸和情怀，藏酒厂没有今天的凝聚力和创造力。

贺总神秘地说带我去看酒厂的宝贝们。

那可真是好东西。顺着半明半暗的二层转梯，下到地下室的库房，蒙眬幽暗里一点暗红的光，一下吸引了我。我仿佛穿越到了奇门遁甲的奇幻世界，一排排覆着红绸排列整齐的陶坛像阵势雄列的兵马俑，庄重、气势、内涵、厚重，酒库顿时有了历史的深邃感。

也难怪，那些陶坛里装着几十年的酒，它们在幽暗里熬制光阴，一经遇见，芬芳尽情地向你扑怀而来，喜悦、惊艳、陶醉。这里装的都是调味酒，5 年、10 年、20 年的调味酒全部用红绸巾把坛口包扎起来，像一个个待字闺中的女儿红。挂上生产酒的年份牌子，像时光老人在审视岁月的沧桑和变迁。

藏酒酒业更好的宝贝是清朝年间留下来的酒海子和木酒柜。

木质酒柜是清代乾隆年间遗留下来的贮存容器。此容器贮存的原酒具有藏香纯正、甘冽爽口、柔绵醇和、余味悠长的独特风格。

酒海子是用高原柳条编制成的大笼，以动物血、石灰为涂料，采用桑树皮为原料的麻纸裱糊数层至百层以上，最后用三层白布裱糊，层层烘干后，再用纯天然食品级原料，如鸡蛋清、熟菜籽油和蜂蜡做表面处理，经特殊方法加工而成。

酒海子里放一年后，有害物质就会消除掉很多，再装入土陶坛贮存，有利于酒的氧化还原反应，增加酒的陈味和醇厚口感。

藏酒酒业经过近 30 年的发展，目前贮存的原酒已达 1000 多吨，现贮存的原酒最长时间的有 25 年陈酿。公司生产调兑采用的藏香型基酒酒龄不少于 5 年，调味酒酒龄不少于 10 年。

一排排酒海子，木质灰色，有点素雅，很有质感。三百多年来一直保持着本色，那种美，极简、极禅，无须用光鲜亮丽作为装饰，简单洗炼，岁月之美直抵人心。

酒经那么多道工序一路喧嚣后，回过头被装进这样简朴的容器中，终于由繁复恢复到简单，回到一粒粮食最初的本真，回归其五谷的寂静，回到云在青天水在瓶的安然。

关了幽暗的小灯盏，留下酒海子和木柜，让其酝酿一种静美。生活中，我们兜兜转转，何曾静下心来回头看看来路？遇见酒海子，让人心底暗生了安详，那种古老木纹和时光的痕迹让内心深处复归于最本真的宁静。

藏酒酒业所采用的工艺是自己创建的，已取得国家专利证书，被载入武威市非物质文化遗产保护名录。酿酒，不仅是技术和工艺流程，也是人事与事业的连接纽带，把诚信做人、做事融进商品生产，便有了人文和微醺的文化温度。

天祝这片土地因一直有酿酒的青稞和烧坊，酒事从未退出历史舞台。酒文化渊源不断，藏族人爱喝酒更是藏酒存续下去的热情。

一个烧坊，香满一座城。一杯酒，诠释一个城市的性格。一城的人也有了酒的品性：豪爽、大气、热烈、率真。

俗话说，国祚昌而酒业兴，仓廪实而酿事盛。如今，正是高原青稞成熟的季节，天祝藏酒酒业的人们纳天地之浩气，正忙着把一粒粒青稞酿成新酒。

百代醇酿，当金樽呈祥，举中华藏酒，日慷月慨，见证友谊，地久天长。

今年流行蓝坛子

端午节，去草原看花。香柴花、枇杷花开了，漫山遍野的紫，抚慰荒寒一冬的人心，间或从紫色里跳出的白色，是盛开的枇杷花，像星辰散落大地。

这里一群、那里一群的人们，身着各色的衣服，撑起各色的伞，也像是点缀在草地上的花。他们是移动的花，尤其小孩子们在风里跑来跑去的，我会把彩色的他们当成大蝴蝶。

在草原上，端午节那天，除了纪念屈原也过桑吉曼拉节和采花节。

桑吉曼拉，是药师佛，也就是医生，一生在民间为黎民百姓解除疾苦。他走到哪里，就会把治病救人的药草放进泉水里，百姓饮水，祛病，平安生活。

采花节，当然是年轻人的节日。端午这一天，草原上的各种草药鲜花都是可以采摘的。年轻人采了花，送给爱慕的人，表白情意，姑娘若有意，就会接受鲜花，带你走进草原更深处；若无意，她会把鲜花重新抛给你，笑声和歌声也抛过来，谁也不觉得尴尬。

如今保护祁连山，马牙雪山下 108 眼药水神泉也被保护了起来。喝不到神泉水喝什么？不要着急，你来看看草原上的人们，每一个摆开阵势的家庭圈子里，都放着蓝色酒坛子，人们喝藏酒。

一位在烧烤炉旁忙碌的年轻人说，今年流行蓝坛子。

蓝坛子是什么意思？

原来蓝坛子是天祝藏酒酒厂出的一种酒品。藏蓝色的瓷瓶，圆圆的腰身，有点大肚能容的禅意，3斤装，印着金色的"藏酒"两个字，有华藏春的商标，写着藏家秘制，藏香型。

去一个唱酒歌的圈子，歌声不断，酒不断，欢笑声洒满草原。他们说，藏酒好喝，头不疼。

藏酒好喝，主要是曲好，水好。

酒曲，是藏家秘制，我们肯定不了解，也许这是酒厂的商业秘密也说不定呢，据说藏酒酿造工艺还获得了国家发明专利。

更有了解藏酒的酒家说，藏酒酿制工艺将原先的单粮提升到了五粮酿造，已入选非物质文化遗产名录，天祝酿制的藏香型白酒已成为甘肃省技术监督局品质依据的地方标准。

仔细梳理一下，大概是说，藏酒把原来只以青稞和藏药为主要成分的制曲方法，创新技术，提升为以青稞做主料，加以小麦、大麦、玉麦、豌豆和藏曲的"藏香型"酿造工艺。

说到水好，人们都知道，酒厂院子里有一口泉叫华藏神泉，承马牙雪山药水神泉水脉，泉水富含偏硅酸、锶、钙、镁、硒等多种有益人体健康的微量矿物元素。

据《华藏寺志》记载，每逢农历五月初五的桑吉曼拉节，前来饮华藏神泉水者数以千计，络绎不绝。

人道是：饮神泉，祛百病。

如今藏酒厂人以此神泉水酿造出"藏香纯正、醇香清雅"的藏香型白酒——中华藏酒。

究其根源，我忽然明白，怪不得人们都要喝藏酒，原来是药水神泉的水酿造的。青藏水系九十九道弯，湾湾水相连，谁说水路不相通呢。

俗话说饮酒成仙，品茶成道。地处祁连山下的天祝人，既喝酒又饮茶，因为气候寒凉，喝酒以驱寒，饮茶以热血。喝酒就要酿酒，天祝自古以来就是酒的故乡。据可考历史资料和天祝县博物馆出土马厂文化时期的陶罐、陶瓮、陶壶告诉我们，居住在天祝的先民华锐哇，在空阔草原牧牛羊马匹，在河谷坡地耕田种青稞，在帐圈茅屋中，炊烟袅袅升起，那里一定有青稞酿制的酒香，暖着高原人家的生活。

马厂文化靠近青海，那里的土族回族自治县马厂塬遗址，离天祝县天堂寺镇一河之隔，离县城华藏寺很近，七八十公里。

有了陶器就会有粮瓮酒缸，当然就能酿造生活中的甜蜜。

祁连山下遍地的野青稞，是酿酒的最佳上品，加之天祝林海苍茫，药物资源种类繁多，虫草啦、灵芝啦、雪莲花啦都是制作藏酒曲的原料。记忆中，奶奶和大哥是牧场上制作青稞酒曲的能手。

做酒曲之前先要炒青稞。

炒熟的青稞在手摇石磨上磨碎，留下一些不太碎的渣粒儿，其余多次研磨成糌粑粉状，待拌酒曲用。

要想酿得好酒，必先制得好曲。制曲时，奶奶必取端午水，必采端午药。奶奶让大哥去森林中采摘许多草药，荆芥、紫苏、辣蓼草、青蒿、苍耳草、砂仁、半夏……应有尽有。那些草药，被高原阳光抚摸过，被纯净山雨浸润过，再经过奶奶指尖仔细捋摘一遍，它们仿佛更有了灵气。我为奶奶烧灶火，等水开了，先把草药放进锅里熬煮一阵。奶奶说，这是把草药中的各种菌类、药性煮沸才能释放出来。火烧得不紧不慢，阳光普照的院落里开始弥漫起草药的清香气。

煮草药的空闲时间里，奶奶拿出去年的老酒曲，放在石板上用斧头研碎，我看都是褐色的粉末，用来当新酒曲的酵头子。

在细碎的酵头子里掺进青稞渣，拌上糌粑粉，在展开的大帐篷单子上或者大箙篮里翻过来倒过去，翻腾好几遍，搅拌均匀，酒曲的配料就齐了。

通常这个出力气的活儿都是大哥和他的好朋友吕宝、张哑哑在做。

我和奶奶把煮好的药汁滗在陶瓷盆里、木桶里晾凉，搅拌进蜂蜜。药汁也是黑褐色的。

等大哥他们拌好酒曲，就抱着掺了蜂蜜的药汁倒进酒渣，像和面一样，再次翻腾搅拌，和成泥糊状。晾凉的温度以放进食指试温时，不烫手但有点热扎的感觉为好。这个温度最是考验做酒曲的人，许多人就是掌握不好这个度，做出的酒曲浓香度也是千差万别。特别像蒸馍的技艺，各家有各家的酵子味。

做青稞酒曲是村庄里的喜事，只要手头闲着的亲戚朋友都要来帮忙揉青稞团子。奶奶在大箙篮里盛放上磨细的糌粑粉，帮忙的人们把拌好的青稞泥糊糊一把一把揉成团子，丢在糌粑粉上，让团子沾裹一身白粉。

在空闲的堂屋地上铺几层长麦草秸，把白粉团子一个一个放在草秸子上，上面再盖几层麦草，青稞曲子就睡大觉了。过一段时间，把曲子穿起来，挂在屋檐下，沾染人间烟火气，它在日升月落里慢慢发酵、沉淀，着了时光的颜色，有了岁月的味道。

那时的村庄里，奶奶和村人对维生素、氨基酸、微量元素和生化反应无法圆满解释，对粮食变成美酒的过程充满了神奇和神秘的联想，认为是上天某种超自然的力量，做曲子必要干净、虔诚，与敬佛祖一样。

机缘巧合，有一天我走进了天祝藏酒酒厂，酿酒的师傅告诉我，藏曲是一种糖化、发酵和生香剂，含有多种微生物及其产生的酶，藏曲都是自然曲，藏曲中的酵母菌数量在百分之九十以上，霉菌和细菌占比很小，形成独特的微生物体系。因此天祝酒厂生产的"藏香型"白酒，能获得国家专利。

这和我奶奶做酒必取端午水、必采端午草药一个道理，奶奶说端午节是大地上特殊的节气，万物最有灵气。按科学的说法，端午节是所有微生物体系最独特最丰富的日子。

心下暗喜，藏地之大，有些传统手艺和文化还是一脉相承，永续流传下来了。

喝家乡酒是一种文化情怀。一个地方传统的技艺和文化是需要一代一代人的努力，需要发扬光大和创新提升的，这正应了新时代兴文化，文化兴的要求。

人生只是一个苍凉的手势

踏上故园的路，去为舅舅奔丧。

进山的路我已经有些模糊，随车的哥哥指一指山那边，哦，白云的深处是故乡。

一条盘山路，车子穿来穿去地绕，只有风声在耳边。一座座蜿蜒的山头在阳光下沉默，一如我陷入忧凄的回忆。

记得离开舅舅的村庄也是在秋天。坐着小毛驴驾着车子，鸡叫头遍时就出发了，躺在车子里，碎花被子盖着我，蹄声清脆地敲击着夜，舅舅坐在车辕上赶着驴车，不时地听到他默念经文的韵声。车子颠簸一下，我看见远山上挂着的星星仿佛少去一颗。

走了很久，舅舅说，"三星过了噶嘛岗"，我第一次认清楚了三星在一条直线上的明亮模样。又颠簸了很久，舅舅说，"启明星亮了"，我又在舅舅的指点下认识了黎明前那颗最亮的星星。

月亮是半个，我说。"初三三，月边边，三六九往前走，是出门的吉日"，舅舅这样告诉我。

当一颗一颗的星星远去了的时候，我要一个人走完余下的路程。从此我离开了奶奶离开了舅舅的村庄。依舅舅的话是要好好读书，将来奔个好前程。

走了很远，当我回头想看看时，舅舅和他的毛驴车还在山脊上。淡白淡白的那轮月牙挂在头顶，舅舅向我挥动的手仿佛就要够着月牙儿了。

向我告别的那个手势让我泪眼婆娑。离开车上的花被子，秋天的风也急急地从我身体里驰骋而过，牙齿打着寒战，使我幼小的心灵中记住了，原来离开亲人时有那么多无法言语的寒冷和生命中独自踏上一段路程的孤单。

在岁月中奔波，所谓一直追寻着自己活着的意义，却淡忘了遥远的噶嘛岗上还有那么多亲人需要我的关爱和照顾。一段一段的生活也将我埋没在红尘的小圈子里，我们离多聚少，分别已经很久很久，久到我在电话中的问候他们已经听不大懂，久到我丢失了乡音。久到舅舅在重病期间我顾不上去看望一眼，久到舅舅的去世让我失语、落泪、惭愧和自责。久到我从此永远失去舅舅的消息了。

记忆中向我挥动的手势成了我感念一生的冰凉，也是我那么真切的幸福回忆。

又是秋天，当我来到舅舅的村庄。那一排排白土夯实的墙体依然如故，烟火熏黑的屋檐默不作声。庄廓前面一片豆地，收割后的豆荚捆上起起落落着几只乌鸦，那曾经是舅舅带我摘过青豆角的地块。慢慢闭上眼，让我此时的回忆在时间里年轻起来。午后的阳光落在豆秧子上，笨笨的我看着满地绿秧找不到豆角子，舅舅提起一篷，教我怎么摘，那些青脆的鲜豆角一串串在风中晃，我双手摘得飞快，舅舅笑了，我笑了，村庄笑了。

蓦然回首，那些美好的时光走着走着就不见了，曾经陪着我们一起开心一起生活一起幸福的人，也像一只鸟儿飞越红尘，不见了影踪。许多的人和事成了岁月中凉下去的回忆。一切那么短暂，一截一截在我们的泪光中化为一缕风，一缕烟，飘散人间。人生何其短，回忆又有多长，当我们醒悟一些生活的要义与情感时，"人生只是一个苍凉的手势"了，未及落下，已成背影。

在忙忙碌碌的人世间，有多少爱和牵挂被我们忽略，有多少情义需要我们去补偿。时间如流水一去不复返，等到子欲养而亲不在，等到爱远去了时，痛苦、缺憾、自责都补不回来爱的表达、回报和行动。对自己的内心说，要爱，请深爱，及时爱我们一切所爱，不留遗憾。

牧场上的年

我自小生活的西顶牧场上，有藏族、蒙古族、土族、汉族人家。民族不同，过的节也不同，但有一个共同的节日——年，也就是春节。

年是要隆重过的。牧场人家对春天的到来是多么盼望和欣喜。又是一年春草绿，那些在冬天的草原里忍受饥饿的牛羊马匹，就要迎来活命的草木清香。六畜兴旺，是牧人的盼望，是牧人续命的根本。过年就显得意味深长，备年，就有了虔诚的意义。

记忆中年的节奏，是从家中男孩子们进山背柴开始。在房前屋后垒成柴山，供母亲们忙碌的灶火用，炸油果子、蒸馍馍、煮肉……还有一项重要用途是将柴烧成木炭，供藏式火锅用。现如今，生态移民搬迁，牧场人家都搬迁到黄羊川及松山滩的移民点，再也不用辛苦背柴，也不再砍伐林木，保护生态已成为共识。

腊月二十三，是祭灶日。祭灶前先要扫房子。在县城里工作的父亲已经放了年假，经过山下张义堡的堡子街和石头坝商店，买了年画、写春联的红纸和新鲜的年货回到牧场上的家。

扫完屋子，满墙贴上新的画张子，我们的家顿时蓬荜生辉，一派新气象。惹得乡邻都来看新奇。父亲没有多余的画张子给乡邻人家，只好研墨、铺纸、写春联，于是来我家拿春联的人络绎不绝。我和小伙伴们拾小石子儿，帮大人们压写好的春联，以防墨沾了去。

腊月二十八，是酥油茶飘香的日子。蒙古族、土族和藏族人家纷纷用酥油和面，要炸"卡赛"（果子）。家里要准备"竹素琪玛"的五谷斗，斗内插上金黄色的麦穗，代表五谷丰登；还要装满酥油和拌的糌粑，炒青稞粒、枣、核桃、豆子等食品。用炒面捏一个牛头样放在中间，代表喜庆丰收，预祝来年风调雨顺、人畜两旺。

汉族人家不做五谷斗，但人们喜欢来我家帮着装斗。冬日暖阳照耀干净整洁的院落，大人小孩齐捏糌粑，腊月二十八也仿佛是牧场上专门吃糌粑的一日了，人们围坐藏式卡垫，笑语盈盈，空气中飘着酥油茶香的味道。

腊月二十九，是捡云拾白的吉祥日子。藏族人家在这天要用生石灰粉在自家院墙和庄门前绘"八吉祥徽"。父亲拿报纸卷一个卷筒，装了石灰，在墙上和地面绘上白色的海螺、如意、万字结和白云朵。我们小孩子跟着一朵一朵的云，跳来跳去，笑声飘进蓝天里。

最大的笑声来自母亲们的"捡云盆"。在洗衣盆里，有雪的时候装雪，没雪的时候装白面粉。盆子里第一排插上分分钱，有1分、2分、5分的；第二排插上毛毛钱，有1角、2角、5角的；第三排插上大额块块钱，有1元、2元、5元、10元的。

盆子边用劈好的烧柴垫起一个座台，想要捡到钱的人就去台子上跪下来，两手和胳膊背后面，用羊毛绳子绑了，你只能用嘴巴去咬你瞅中的钱。贪心的人总是在伸着脖子和身子时，一不小心失去平衡，脸栽到面盆里，一抬头，一个大花脸，惹得人们大笑不止。这个活动是规劝人心不可太贪婪，要像雪、像云、像面粉一样清净洁白。

牧场上每天备年的欢乐，拉开了喜庆祥和的年的序幕。

年三十，父亲和哥哥们就要整理庭院，打扫整洁后也贴门神和对联，以示辞旧迎新。这时候母亲要准备上好的砖茶，放了酥油打滚，装好藏面、剪好烧纸、备好柏香枝、装一些准备过年吃的各类东西，等父亲和哥哥们忙完了就要拿这些东西去祭奠先人们。

年三十的黄昏还有最重要的一件事——将欠别人的钱和东西在年末还给人家，把别人欠我家或者借我家的东西如数要回来，尤其是借出去的斧子一定要找回来，斧代表福，斧在，家有福。

等祭了祖，念过了经，我们全家依长幼次序就位坐定，开始聚吃"帕吐"。仪式颇为隆重，在这个仪式过程中，必须做两种"帕吐"。一种是具有各种象征意义的面型，如太阳象征富有、威严和荣誉，经书贴象征聪慧、有学识，鼓象征不可靠、两面人等；还有一种是包有石子、辣椒、木炭、羊毛等物，也具寓意，如石子预示心肠硬，炭预示心黑，辣椒表示嘴辣如刀，羊毛说明心肠软。吃到这些东西，谁都要当众捞出和吐出，大家评论一番，嬉笑逗乐，气氛和谐，父母就在这种朴实无华的生活仪式中，给孩子们灌输了做人的一些道理。在新的一年里，做一切事要从善宽容，要好学上进，学做智慧人，等等。

大年初一，全牧场的人都要"出行"，不仅人要出行，还要抱着猫，赶着牛、羊、马、猪和狗，在离家不远的草原上转一圈回来，就算把"年"正式接来了。

记忆中，牧场上的年是多民族的年，是团结和睦如一家亲的年。

种在草原上的花

春天了，该是种植的季节了。

给家里的花花草草换换土，施施肥，看着花红叶绿，想起了曾经最有成就的一次种植。

那是在老家的西顶草原上，一个叫仙家沟的临时圈窝点。

大哥从山林里拾捡了许多枯萎的黑刺棘条，扎了大篱笆，用来圈牛圈羊；还扎了长长的篱笆墙把自家院落也圈起来了，以防牛羊跑来践踏院子。

草原上住家一般都比较分散，以免牲畜掺杂纠缠不清。

中秋节回家，母亲和大嫂蒸了大月饼，要我去送给草原上做圈放牧的大哥。站在山顶，远远看到山坳里那些黑黢黢的篱笆墙，想到城里学校花园正开得姹紫嫣红的花卉，就想收集一些花籽，来年要让我家的圈窝也成个小花园。

春天里，我把那些收集的籽全部种在了哥哥的篱笆墙根前。有八瓣梅、灯盏花、碗豆、野菊花、野罂粟、牵牛花……

大哥笑话我，你还用种花？夏日草原本就是花的海洋。

我不服气，那花儿怎么不开到你的篱笆墙上？你看这些黑刺篱笆多难看。于是大哥也就由着我胡乱撒下一些种子。

我还特意向大哥交代，要记得勤浇些水给花种子。大哥讥笑我，他说草地上的花都是月亮在照看着，夜里月亮一照就等于浇了水，人吃的水都要赶着毛驴到十几里外的沟谷里找山泉水驮回来吃，珍贵着呢，谁还舍得浇了花儿。

家住西顶，水真的珍贵如油。因为我们正好居住在海拔三千多米的山顶上，冰雪融水顺沟谷流走了，人们吃水要到山下十几里地处去驮，驮水是每家每户孩子们的必修课。但是山顶上草原广阔得很，适宜放牧牛羊，自古这里就是丰饶牧场。牛羊吃的水都是天然草场上形成的小海子水，降雨、降雪一年年集在海子里，只要不是特别干旱的年份，一般牛羊是不愁吃喝的。

大哥虽嘴上那样说，但我相信我进城上学后，他会照顾好我的花儿们的。那时候我想啊，盛夏来临的时候，哥哥的院落会引来草原上最美丽的鸟儿，会有最动听的鸣叫，会有最悦耳的蛐蛐儿虫鸣……要开出一个彩色的夏天。

六月中旬，期中考试结束，我急不可耐地去草原看我的花，却被山花震撼到心灵。仙家沟的山头、沟谷都开满了紫色的香柴花。真如大哥所说，是花的海洋。

想起我种的那些花，比起烂漫山花可真是小家子气了。

可是当我到达草原时，没有看到大哥，却看见一小姑娘正在给篱笆墙根的花儿浇水。她告诉我，大哥和她的哑叔游牧到一个叫毛藏的地方去了，那里有座山叫卡哇掌，长一种酥油胡子草，是牛羊的美食，吃了长膘快。走时，大哥一再央求她照看好我种在黑刺篱笆下的花儿，要她记得浇水，千万别枯死了。

浇水的女孩名叫张米米，比我小两岁，没有上学，带着一个妹妹和哑叔在草原上放牧。山下的家中有爹有娘有哥哥姐姐，只有哑叔对她好，所以她一直跟着哑叔，平时不回山下的家。

她们的圈窝在仙家沟底，到大哥的圈窝要走好一段路。每隔一段时间，她和妹妹用挤奶木桶抬了水，来为我浇花。

我无以回报，看到她用马莲拧的草绳子拢着头发，就赶紧把我扎头发的红头绳、花发卡和打蝴蝶结的红绸子取下来送给她，表示感谢。

她拿在手心看了好一会儿，又退了回来，只说声，头绳真好看。

我说，你的草绳子也挺好，自然，像花儿一般。我执意把发卡和红绸子留给米米。

她笑了，我笑了，草原上的风儿花儿都笑了。

草原上那些花种子在默默地发芽，成长。即使草原上气候有点寒凉，即使山中缺水干旱，我的花依然悄悄地在长高长大。牵牛绿色的藤条漫爬上那些黑色的木桩，黑色的墙，接着蔓延到枝梢，在风中婆娑着生命的骄傲。

那年夏日，我没有急着返回家，住在了有米米陪伴的草原上。

夜晚，米米带我去看一座叫花石头的山。她说，坐在那座石山上，月亮升起时，敲打石头就能听见海浪的声音。

石头周围的草丛里，有虫子在低一声高一声地歌唱。风轻柔地掠过香柴花海，我甚至能听到花叶儿扑簌簌作响，米米说那是月亮走过草尖的声音。草原上的月亮又亮又大，草原在月光下显得寂静而幽秘。米米在月光里也显得温婉而清纯。

我害怕会有狼来，米米找些趁手的石块在花石头上敲打，一时火花四溅。米米说她经常来这里看月亮，她说火光和石头歌唱的声音会吓跑狼和狐狸的。

于是我们约定好，等暑假里我要再回到草原上，和她一起看花开，看月亮，看星星。

暑假终于到了，花也真的开了！生命怒放了！那是一道道彩色的墙，墙院里弥漫着花香。

清晨，枝叶花朵噙着晶莹的露珠，随着大哥和嫂子忙碌的挤奶声悄悄滑落；傍晚，花朵摇曳着晒了一天太阳的舒展，笑脸相迎主人牧归，月色里花儿们更是和那些居住在花下的虫们说着悄悄话。

这成了草原上独特的风景，周围的牧民们翻山越岭来看人工种植的八瓣格桑和绸子花，并约定收些八瓣梅和野罂粟花花籽，来年他们都要在栅栏墙根种些绸子一样的花。

花，一年比一年开得茂盛，年年的夏天里那些黑刺墙被花包围着，像是围了一个彩色的围裙。米米也在花儿的陪伴下一年年长大，花季年龄，从未离开过草原。直到某一天，我听大嫂说，米米嫁到山下一个叫校尉的村庄了，她带去好多八瓣格桑的花种子，开在她婆家的庄门前。

从此，哥哥扎起的黑刺墙有了生机，不再黑黢难看，不再寂寞。喜鹊来得最勤快，来了叫得也最好听。飞东飞西的蜜蜂来看我在花下读书，翩跹的蝴蝶来听微风在花叶间轻唱的山歌……

我被那些扎根草原的花籽感动了一季又一季。

在外面的世界里跑来跑去，即使再美丽的风景也抹不掉记忆中那些种在草原上的花，那是彩色的篱笆，彩色的家。

弥漫的芬芳啊是故乡，那绚烂啊是平凡艰辛的牧场生活。

煨芋听雪

越过阳光灿烂的乌鞘岭，飘忽一瞬，凉州已被大雪染白。

到百塔寺时，雪落得迷蒙起来。白塔，若隐若现，它习惯眯眼看世间。冯家园子披雪迎我。我相信，有一种遇见，心如白雪，纸上倾城。

庄门前，迎面见万夫先生的字"瑞映山川"，正应了扑簌簌落雪的景。心下一惊，父亲挂在书房的四条屏，正是徐万夫先生的字，爱若至宝。见字，见事，见人，心间浮过隐隐往事。

金毛犬，不咬人，翘尾撒欢，向来访者表达着欢喜心。进得庄门，满院飘着烤土豆的香味儿。倏然，心头闪过古人"会拣最幽处，煨芋听雪声"的诗意。

带雪进门，一炉红泥火，一杯滚烫茶，消弭寒意。先生说，这个套间，今日早早生上火，等你们来。心中闪过明媚的暖意，为这份关爱和被重视，一个人精神的明亮和温暖也在我心间清冽闪烁。

屋外雪落得安静，先生缓缓说着话，慢慢在炉子上翻烤糖萝卜包子，翻烤土豆，正应了煨芋听雪的场景。我们哧溜哧溜吃着烫手的食物，先生笑眯眯地、轻描淡写地说，给老爹做饭的小谢和老黄他们已经给你们包了饺子——言下之意好吃的还在后面。不一会儿，端来凉州美食——油饼子卷糕、黑芝麻黄豆卷和水饺子。先生一个劲地给爱人和孩子搛菜让饭，像极了我的父亲和兄长。暖流在心，忽然间心头泛着酸水，悄悄拿纸巾拭去眼角溢出的泪。多年了，父母仙逝，兄长离尘，我已经忘记回娘家的感觉了，在先生这里，恍惚是我带着孩子和爱人又回到了有着父母兄长的老家。

先生思虑周全，照顾起人来暖心暖意，即是一个"暖"人。美食盛桌，不可辜负，一时难以矜持，大快朵颐，可谓农家有味是清欢。

庄门外有先生的果园。唤我走进园子的是三只鹅。它们也喜欢看雪花轻落，仰着脖子用红嘴巴触碰着雪片。帮忙打理园子的一位亲戚说，鹅最喜雪，喜欢卧在雪地上，孵雪而化。我想，大白鹅喜欢自己由内而外纯净、洁白、无染，它是不是个完美主义者呢？它们蹒跚着把蹼印拓在雪地上，与雪花比洁白、比美，或许这正是先生要的飞鸿雪爪印满园的烟火诗意吧。

篱栅成排，高低错落。枯了的蔓草、凌霄绕其不落，也许夏日，桃红菊黄挂满木栅，园子里陶翁诗意尽显。推开柴扉进园子，果树成林，先生说冬天少情致，花开时节才好。

放眼一望，桃树、梨树、核桃树、杏树、山楂树、苹果树应有尽有，虬枝擎雪，像是盛开着雪绒花，无惧冬天的肃杀。可以想象，春暖花开时，这园子定然是繁花竞放，姹紫嫣红，所有枝条举着花朵，开给你看它的美。一季轮回，世间万物经历寒凉，穿过风雪后，这些朴素的树要尽情绽放生命的绚烂与从容。心想，来年春天一定要来此园，赶赴一场花事。

先生换了劳动装，在园子外忙着扫开雪路。他说，凉州城的朋友都喜欢到我的园子里来。来了就是农人，换上劳动服，干自己喜欢干的活儿，春犁种，夏浇水，秋摘果，冬入窖，乐此不疲。

越来越城市化之后，乡村景色是人人脑海中萦绕不去的记忆。田地、果园、菜畦、鸡鸭白鹅、柴扉水塘……年少时期就已熟识。村庄消失后，人们又带着孩子找一处能忆起童年的地方——冯家园子就成了能唤醒乡愁的去处。

我能想到，在偌大的园子里，某一日荷锄归来，劳作的人们设一场宴。热闹的人，喝酒。自是喜欢到花树下，摆几餐桌，行拳猜令，对酒当歌，一时凉州大拳十指摆谱，论山高水长，美酒佳酿开几坛，喝至明月升起，是与非都已成过往，坦坦荡荡，何来惆怅。醉了就睡在花荫下，不论秦汉，无论魏晋，醒来已是花浓园林，春深凉州。

　　喜静的人，煮茶、做菜、陪护孩童与鹅共蹒跚，认蚂蚁、蝴蝶于花田间。最喜给孩子们捧卷读故事，就读先生书桌上放的那本《敦煌小画师》。两树间拉起吊床，日影淡淡，春风习习，一个慵懒放松的午后，吊床摇晃着，花瓣飘落着，抑扬顿挫间，人间大爱至善的种子播撒在孩子们心田。

　　不喝酒也可小酌。译经弘法的鸠摩罗什就以酌水，酌茶，酌自然，酌禅意闻名凉州。先生定是喜欢小酌的"淡"人，布衣挂土沾泥，在地头掐一把芫荽、毛葱进院，饭汤清淡而香味醇远；或者伺弄田园果木累了，嗬锄一歇，摘草帽，倚树根，小酌清茶，自无豪迈，也无悲喜，光阴只留平静，正如花开花落。

　　园子里落雪清美，静谧。最是几簇竹子，覆雪坚挺，傲然状，凌寒意似先生风骨。板桥先生曾说过，见竹可"观想"，面竹而思，得智慧，近慈悲，从而到达无私无欲之境界。我想先生有竹子般的悲悯情怀，也想做竹子一样的清雅之人吧，才不辞辛劳在西凉边地育活了江苏、四川、陕西、青海的竹子，这种咬定青山不放松的劲儿正合了他对文字和文学的执着追求，如竹、如雪，他才在大尘大埃中守住了文学这方净地，武威文学爱好者才有了方向和家，一如先生的园子是我们温暖的去处。

　　一张根雕几案，落满了雪。我不愿扰了这份安谧，悄悄退了出来。我想，在春花丽影的日子，先生可邀上三五知己，伏案饮茶，沽酒，品茗，话农事桑麻，说天下文章，诗和远方尽在花事芬芳中聚散而悠远。也可脱了新衣换粗布，穿芒鞋，种田莳菜，浇水施肥，剪枝挂果，生活就此回归清明简淡，忘却江湖纠缠，放下城中闹市，回归土地，简单、简约、简朴，不趋势，不张扬，闲适从容地打理田园生活，守住一种古老的生活方式，陪着与土地打了一辈子交道的父母终老。

　　生活，一半诗意，一半烟火。

　　园子外有两口窖，一口放苹果，一口盛土豆。窖口都用旧布块缝制的袋子密封起来，上面压了石块，防止风刮进窖口。多么朴素而实用的农家心思，这是生活的大智慧。书案上有切片晾干的苹果、山楂、核桃，不等先生允许，挨个品尝，自是尝到春种、秋收、冬藏的味道。案桌旁立一幅木纹淡雅的牌匾，新刻了字："若具人间烟火味，便是文章大成时。"这是先生一直遵循的写作定律，从先生的作品《末代紧皮手》《麦女》《麦婚》《国家坐骑》都可见烟火真味，他也一直这样教导学生们。

先生即是这样一个"简"人。看似闲居，实则在忙碌的农事中为多少人守住了内心里的田园和回不去的乡愁情结。

人们与凉州大地上的村庄、粮仓、菜畦已经融为一体，连土壤中也埋藏着凉州人种植稼穑莳蔬的智慧。曾经的匈奴人、突厥人、吐蕃人、柔然人、羌氐人、吐谷浑人……都曾在这片土地上迁徙行走。这片土地见证了多少人热爱与苦难的征程，也因此我们才会有回归故土的感觉。这是我们的故乡，每一寸土地，在漫长岁月里养育和教化了一代又一代人。骨子里人们有着与乡村和土地不能割裂的血脉关系。先生的园子正满足了人们对家、对老屋、对村庄的渴望和牵挂。

雪一落，园子简单到白，我想先生内心也如鹅一般是喜欢白的吧，要不他怎么会养一群喜雪的鹅。这群鹅，王羲之养过，陶潜养过，朱熹养过，郑板桥养过……老祖宗留传下来的东西，能在冯家园子秉承和养育，这是土地上最踏实的存在。

出得园子，见一柴房，黑色、褐色的木栅栏围起柴门，白杨树枝断成截，码放在一起，堆成柴火故事。正因有劈柴喂马的农家琐事，先生每周都要回乡侍奉父亲，整理家园。家中有一个忙碌的有担当的身影，才构成暖爱人间。

园子外，是空旷而迷蒙的田野。十里方圆被雪覆盖，广大的白，广大的静，抚平了田地喧嚣一季的疲累，沉寂入梦。

雪，静静地落。我们围着红泥暖炉，看雪影拂窗，看廊檐挂雪，看去年的葫芦、南瓜立在窗台，辣椒挂在墙柱，玉米卧进笼子，酸菜压在墙角的缸里，金毛犬留下两行爪印儿。一时，天地明净，院落安谧，心间焦躁慢慢归于宁静。一场落雪，在一切芳华敛尽后，方知农家院里收藏着的才是人间至味。

在尘世奔波累了，多么希望有这样一个村庄，几间茅屋篱舍。茫然时，可以来田间躬身耕作，冷静心智；焦虑时，可以在花园果树间栽菊种花，沉淀情怀。

你一定知道这半亩方塘是在哪里了吧，正是凉州城外冯家园子，先生即李学辉也。风雪又为一年刻上沧桑，心间闪过岁月的苍茫，只愿一生走过繁华，走过寂寥，如学辉先生一般，保持对生活的热爱，守一隅，爱一村，倾一事，欢喜一生。

雪，落在村庄，也落在心间。雪花经过我们的身体，我听见雪与雪撞身取暖的絮语，而后缓舞回风，一片片擦亮天空、河流、大地，也擦亮一个人的灵魂。

踏花归去马蹄香

八月，羊换一身毛，地换一层草。这时的草原被鲜花和绿草覆盖，绵延的牧场在雪山下起伏。悠扬的牧歌在草原深处飘荡，当牧歌越唱越响，越唱越欢快的时候，一年一度的赛马大会就要开始了。

抓喜秀龙（藏语，意思是吉祥富饶的山谷）草原上，帐篷像降落在草原上的团团白云，帐篷边沿上那缤纷的帷幔像是艳丽的彩虹，悬挂着喜庆和祥瑞。这时，你走过草原，就会看到每一匹马儿都披红挂彩，马鞍上驮着亲朋好友彩色的祝福。

大哥的马是一匹白骏马，雕花的马鞍，镶了普鲁花边的马褥装饰着马背，马儿显得神武轩昂。那年，外祖母说，就调教那匹小白马吧，我们的山神就是骑白马、戴白盔、穿白甲的战神。

俗话说"台上一分钟，台下十年功"，这个道理同样适用于驯马，赛马就赛一趟子，但驯服烈马需要很长时间。记忆中还留着大哥驯马的情景。

小白马性子烈，别说骑它，想靠近都不容易，谁敢贸然向它走去，不是咬就是踢，叫人不寒而栗。外祖母在马厩外看了看，就让大哥把集着雨水饮牲口的一涝池水放了，只留中间一小汪水。几天没有饮水的小白马一出马厩就疯狂地跑进淤泥深处，努力想饮到一口水，然而泥潭却吸住了马的腿脚，越是挣扎泥浆越是蹭在马背上、马肚子上，马的身子越陷越深，再烈的马陷在淤泥里也如折了翅膀的鸟，不能飞翔。

大哥前去"搭救"，小白马就被牵着乖乖地拴在了马桩上。

烈日下，皮毛上的泥浆渐渐晒干，马儿奇痒难耐，嘶鸣着，不停地围着马桩踱来踱去，想挣脱缰绳。小孩子们又好奇又害怕，都跑到饲养室的房顶上看着疯狂激昂的马儿。大哥要用老扫帚给烈马扫身子了，马儿觉得舒服就安静下来，慢慢地再换了短一点的马梳给烈马梳刷，马儿感觉十分舒适，浑身抖动着，渐渐对它的"恩人"有了信任。

梳刷到第三天，等马儿服服帖帖享受时，祖母说："人要炼，马要骑。"一声"上马——"，大哥趁机跃上马背，在草原上风驰电掣般地奔跑起来。祖母一再地告诉大哥，夹紧马肚抓紧马鬃，保持平衡，第一次上马不能被它尥下来。烈马也在试人心。祖母说，好马选英雄。第一次驾驭不了它就别再想跨上它的马背。祖母还说，第一次上马就要打响亮的呼哨，马会记住主人的声音。人马一心就从这声口哨开始。

草原上的人自古以来就热爱天空的雄鹰、地面的骏马、骄傲的骑手和勇敢的英雄。好在大哥也是草原母亲养育的汉子，是勇敢的骑手，我们一家才能随了白骏马和骑手来到万人聚集的赛马大会。

那几天草原是欢乐的海洋。翻滚着绿色的、白色的、红色的、彩色的波浪。你要仔细瞧才会发现，绿的是越长越高遮挡目光的青草，白的是羊群和白牦牛，红的是穿袈裟的喇嘛和红色的格桑花，而彩色的波浪则是身着节日盛装的牧民们——他们即便再穷，日子再艰难，在吉祥的日子里也会穿一身能与彩虹媲美的漂亮衣裳。那几天人们络绎不绝地赶着牛羊，带着帐篷、青稞酒、酥油、酸奶和茶叶，驮来柴禾、牛粪块。干牛粪点燃生活的美好，火舌随着风势舔噬着草原的丰盈与热烈。不一会儿，草原上炊烟缭绕，酽茶浓奶，肉香扑鼻。亲朋好友围坐一起，歌舞翩跹，仿佛天上人间，浑然一体。

最是喜欢围坐在老人们中间，听他们说唱流传民间的英雄传奇和智者的故事。祖母喜欢一曲一曲唱酒歌，阿卡（叔叔）喜欢讲智者阿更登巴的故事。人们百听不厌，一颗颗淳朴的心在歌声里、故事里欢愉着，快乐着，微笑着。末了，母亲给每人手里端一碗热气腾腾的白米饭，放进红糖、酥油，拌上人参果。祖母说，人参果藏语叫"蕨麻"，和藏语"顺利"一词的发音"措玛"相近，因此吃了人参果就意味着一年的生活"一帆风顺"，更是祈福来参赛的赛马和骑手能顺风顺意博得好彩。

赛马前的法号吹响了，浑厚深沉。那是藏家人在喜庆节日里敬神山的敬仰之心，海螺之音。

在那片更高的天空，"风马"飞起来了，五彩经幡飘起来了，大风吹拂着经幡猎猎作响，那是向蓝天祈颂的经文，那是向大地吟唱的歌谣，更是草原人心灵招展的旗帜。

赛马分为平地赛、障碍赛、走马赛和马术表演。

平地赛就选在宽广的草滩举行。马儿们油亮的身躯闪耀着太阳的光泽，站在起跑线外，不停地走动着，渲染着赛场的紧张气氛，脖颈间铜铃响个不停，也有更性急的马儿，前蹄使劲抛刨着地面，仿佛就等一声令下要飞到白云上去。最是悠闲的数一个七八岁模样的小孩子，趴在马背上，抓紧鬃毛睡起觉来。他的大黑马也安静地站着。

马跑起来了。各有各的神气和威风，像神话里的一群精灵，嗒嗒的马蹄声震动着高原的肺叶，仿佛大地也跟着跑起来。在风吹草低的空旷里奔跑的马阵仿佛是从白云上飘下来，轻轻地落在绿色苍茫的草地上，修长的鬃缨像蓝天里舒卷自如的云絮，马蹄溅起花香，一掠而过。记忆中那是天上的流星，是地上的滚雷，是风中呼啸而过的心，是心中燃烧的激情和火焰。一直觉得赛马这种民间传统文化的存在，就是给人以力量和勇气，给草原新的希望和期盼，聆听蹄声撞击蹄声的回响，让简单平凡的草原生活找到心灵的慰藉，让朴素的日子找到继续前行的力量。因此，赛马会是草原人民的节日，也是英雄的节日。

吆喝声、摇鞭声此起彼伏，赛马们逐渐地拉开了距离，第一名、第二名、第三名……就在人们认为没有悬念的时候，那匹大黑马用一串轻盈的铃声颠覆人们惊讶的眼神，它是草原上飞翔的神鹰！它是富饶山谷奔跑的黑豹！先前在马背上睡觉的骑手也如醒来的小狮子，长长的藏家英雄发飘在风中，随着小骑手长长的口哨声和人们的尖叫声，终点的彩旗已经握在了小骑手的手中，他熟练地扯转马头，举着旗子绕赛马圈接受姑娘们抛撒来的鲜花和兴奋的叫喊声……

那张笑脸就是赛马会上最灿烂的太阳。"黑马"所到之处光芒四射，祝福不断，群情激昂。

八月的草原温情宽厚，八月的代乾（代乾为藏语，意思是平坦的大草滩）河水像怀了孕的女人，变得丰腴而慵懒，在阳光里静静地流淌。这时的姑娘小伙子们相约着到白云的那边去。有调皮的姑娘会把自己的红头巾丢在绿草地上，小伙子们快马加鞭，侧身俯地，争拾那方红头巾。这是检验马术功夫的时刻。草原上的姑娘热爱勇敢的骑手，她们采来许多鲜花奖励马上英雄，她们会为灵巧的骑手敬上青稞酒，唱起心中的赞歌，歌声飞过山岭，飞进云彩，为整个会场渲染出欢乐和吉祥。

也有身手不凡的骑手在山谷里放马跑一圈，采到各种鲜花编了花环，赠予相爱的人，他们轻盈地奔跑着，敏捷地俯身采撷着花朵，人马一心，配合默契，仿佛蜜蜂和蝴蝶在格桑花上搬运花粉，轻啜蜜汁，青春的味道有着馥郁的芬芳。与心爱的人策马并肩驰骋的时刻，草原长风从耳畔掠过，热烈的青春尽情绽放，年轻的心可以轻狂，可以陶醉，在踏花归去马蹄香的意境里醉去，在青丝合着花香的温柔里拨动草原柔软的琴弦。苍凉、悠远，将草原的故事传承传唱，一代一代。

有人从怀里取出一条条洁白的哈达抛掷在空中，随风飘展。马背上的骑手摇着鞭你追我赶，要以最快的速度接住哈达，不能让哈达落在地上，有的接住了，有的掉落了，惊叹和惋惜声此起彼伏。草原啊，在时光飞速的深处，谁能捡拾一条条一朵朵生活的花朵呢？那是热爱生活的牧人！他们把汗水抛洒在大地上，将歌声供奉给蓝天，将灵魂供奉给神山，赛马大会，不仅是他们闲暇之余集会、交友与交流农牧业生产经验的场所，更是历史久远的积淀和民族精神的展示，马背民族一路豪情一路歌。

夜晚，喧嚣静止，灯火把帐篷映成一枚枚散落草原的星星和月亮。青草尖上弥漫的花香被夜风吹远，一阵细雨停息之后，远山如梦月如灯，月光淡淡地挂上了圣洁的雪山，将夜的草原放牧在了广大的静谧里。

马儿咀嚼夜草的声音细碎、温暖。帐篷里喜悦的心在灯火与月光里摇曳，热爱生活的心把欢歌都放在了酒里唱，让依恋的心握住草原母亲的手，那是一杯又一杯醉心的酒。

八月，酒歌唱过，马赛过；篝火燃起时，天上星星远了，而地上妹妹近了；草原风雨凉了，而染过马蹄的那些花香让人世的心一热再热，奋马扬鞭的生活还要继续，还要在尘世的路上山一程水一程地赛着跑……

　　歌声起处，赛马归来，花香染蹄。爱马的人接住缰绳，依旧牧马天边，等待下一个尽显身手一举成名的英雄节日。

　　赛马会结束了，马蹄上的小黄花像一场梦落下来，暗香却永驻记忆。不舍的情绪深藏心底，再一次聚会的祝福声缠绕着八月的时光，原野的风，把马蹄的声音递送到遥远的天际……

走过牧场

初春的藏地天祝，草木还在睡眠中等待隐隐的那声惊雷，等一场春雨将草芽浇醒。

我们一行人走在抓喜秀龙牧场。三月的高原，风吹着清冷，雪盖着山峦，草木已然枯黄，雪山依旧苍茫。起初，我心里是有些失望的，三月不是草原最美的季节，除了冷，没有什么暖人心的景呈现给远方来的客人。

当浓浓的炊烟飘荡在村庄上空，当看到出圈的牛羊缓缓走向山坡，当听到小羔羊"咩——咩——"的欢叫，当撒欢儿的小牛犊冷不丁从我身旁连蹦带跳地闪过，带起路上一道尘土，我的心开始暖起来。

这里是冬季牧场，牧场上人多畜杂，一派繁忙景象。

九十点钟的阳光明亮通透，带着些许高原的寒意照着一行人。行走在村庄里，听鸡鸣狗吠，看塘土道上新鲜的牛羊蹄印儿，闻着牛粪燃烧的人间烟火味，也许每个人都在找寻着童年久远的乡村记忆。

村庄的暖是生灵的呼吸。

牛群们不恋路途上的草，背上驮着阳光，喷着热热的鼻息，径直走向雪山深处。我从小牛犊那纯净得像白雾般的鼻气里，感受生灵的生命热度。羊群刚出圈挤在一起，一到有鞭蒺草的山坡就不再拥挤走上了羊道，那是它们常年来回走动踩出的。散开的羊像怀有心事的人，一个个到草地里去。路上东张西望的小羊不小心丢了妈妈，它跑到这个羊肚子底下闻闻，又跑到那个羊嘴巴上闻闻，找妈妈，它们最终靠嗅觉找到熟悉的奶头和乳汁。偶尔跑过一只牧羊犬，带起一阵尘风，跑进羊群去给小羊羔做伴。狗也是要靠嗅觉和呼吸跟紧这群生灵和主人，有集体、不孤独、有担当，这是它活着的全部意义，这是它灵魂里的暖。

放牧的人就走在牛羊中间，也有蹲在半山坡上扯着半襟衣服挡风点烟的。他吐出的烟圈子在风里短暂、飘忽、消隐不见。在一呼一吸之间，他平静地接受草原的空旷和凛冽的风声；在一呼一吸之间，牧人看得清眼前的牛羊及枯草；在一阵一阵风的摇摆中充满生命的韧劲。

牧场人家一户与一户相距甚远，主要是家家都有大群的牛羊圈窝，离得远一些牲畜不混杂，各家分得清各家的财产。门前屋后最惹眼的是大堆牛粪墙和麦草垛。早晨的天气有点清冷，但牛粪和麦草容易吸热，当我们一行人靠近牛粪墙时，热气反射过来，于是我和梅花就找到了温暖依所，感激地蹲在牛粪墙旁晒一会儿暖暖的太阳，梅花笑容单纯、明亮。我想起她在《黄土坡上黄土飞扬》中用脚尖"号牛粪"的情节来，一个人拥有在乡村住过的经历是多么幸会的际遇，经过苦难历练的生命多像蓬勃生长的野草，有着旺盛的生命力。

其实牛粪，是草原上的温暖和光明，牧人家就靠它生火取暖造饭。也让我想起母亲带着我们在草原上翻拾牛粪的情景，她说牛粪不翻起来会焐坏草皮，草皮腐烂了不长草，草原就沙化。那么多的牛粪不翻、不捡拾起来，草皮这一块那一坨腐烂不长草了，像草原身上的牛皮癣，过不了多久那些癣连成片草原就进入沙漠化了。牧人们都习惯从大自然取来的东西还给大自然，牛庆国老师说，牧人都懂得环保，其实牧人最敬畏自然，懂得与自然相依为命。

麦草是村庄血液里亘古的暖。金黄色的麦草垛，使我想起母亲，想起母亲的灶膛，想起母亲的那方火炕，想起母亲的牛羊，想起我的小伙伴。母亲用麦草点火烧饭、烧炕、烧铁鏊烙馍馍，用麦草喂她的牛羊马匹。我的小伙伴在麦草堆里捉迷藏、晒太阳。麦草从最初的一粒种子开始就接受着阳光的照耀，它收集一季的暖，隐忍着时光的流逝，陪母亲把贫寒的岁月燃烧了去，守护着村庄走向红红火火的日子。

站在麦草垛旁的小白牛，那黑黑的晶体闪动、清澈、柔软、纯净。你是在晒太阳吗？眼泪都晒出来了呀，真惬意。你是在默念着感恩麦草吗？填饱你肚子的同时，还给你挡着风，陪你晒着太阳。

牛粪墙和麦草垛守护着村庄的暖。

在赶行的途中我们总能遇到美好、新奇、疑问与神秘，心会被暗生的暖击中。

几天的阴霾天气在高原纯净的空气中清爽了过来，同我们一路随行的是一大群叽叽喳喳的麻雀，扑棱棱从枯草丛飞起，忽然又一个集体转弯，显得那样逍遥、悠然。这群欢欢喜喜的生灵，落入一片河谷的雪地上，像一些枯叶插入白雪，更像是一幅抽象画。在城市我很少看见有这样大群的鸟，只有阔大的草原才是鸟儿们的天堂。

我们靠近河滩，看见有一丛一丛冰柱，每根冰柱上都顶着大块的黑牛粪，怎么看都像是挂在山崖的野灵芝，同行的费老师说也像蘑菇云。仔细观察，发现是牛粪顶在冰雪上，遮挡住了阳光的照射。当平面上的冰雪在春天的暖阳下融化时，顶着牛粪的冰层依然背阴着，不能融化，我惊叹：那是一坨拒绝融化的冰。

如果不到草原来，你绝对想不到草原上还有如此倔强的事物和现象。冻牛粪，可贵的棱角不被时光打磨，以自然的形状为冬天画上一个暖暖的句号，以另一种昂扬的生命状态迎接春天的到来，站在冰柱上冷眼看山看水，看人间烟火，看世事花开花落。

终有一天，河要开，冰要融，草原上没有阳光照不透的梦。

生命中有许多偶遇，超越你的知识，超越你的生活常识，超出你对自然事物的理解。深奥而又简单地存在着，在自然面前我承认自己的渺小和无知。

远处的雪峰静得那么深邃，肃立无语，给草原以神性。牧人的房屋院落都面对马牙雪山，雪山的深处有什么？他们每天清晨赶着牛羊去探寻，日暮时分默默归来。牧人终身远眺着深不可测的神秘，把诸多疑问与敬重都交给了院落中间的那杆风马旗，旗上的经文只诵平安吉祥与大悲悯。

马牙雪山下是灌木丛生的山坡，麻柳、大叶枇杷、小叶枇杷、鞭麻、香柴……它们装点着草原的深沉。梅花带着牛老师和王老师踏雪寻春时，诗人扎西尼玛要给诗人仁谦才华来一张在麻柳前的特写。我知道他们之间的默契，这柳草原上的人也称高原红，扎根高原，摇荡着生命不枯不竭的激情。当雪融、花开时，柳枝褐红一片，高原魂，高原的精神在柳花绽放的精彩里呈现。与柳站在一起，诗人们都是雪域高原的一束柳花。我的眼前一亮，看见了柳丛下顶出尖的绿，星星点点的，用手轻轻掠去旧年的陈土草屑，一大片久违了的翠绿使我欣喜，仔细瞧，针一样纤细的缝隙里还有冰屑融化的水滴。毕竟是春天了，一汪绿在雪山下像很深的水潭，清纯、亮丽、鲜活，晃醉我的心。谁说高原没有春天呢，它就藏在融雪里，藏在低矮的草木丛，藏在诗人热爱的心间。诗人扎西尼玛说，那是高原苔藓，是地球生命的起源，我吓得走路都把脚轻迈轻放，怕踩着脚下的生命。

高原红——高原魂，让我看见温暖的春天。

山上的风有点冷，可我看见牛老师和梅花抱着许多石头走得热乎乎的样子。这些雪山下的石头，经历过历史的风，覆盖过青藏的雪，沐浴过时光的雨，纳日月之精华，叩问石头还有历史的回声吗?！藏族谚语说"从雪山上滚下来的石头滚不到雪山上去"，石头也许曾经是雪山上冻僵的一块冰雪，某一天也许随一颗陨落的星星一同跌落在山谷，任岁月在身上写满地老天荒。我相信，一块石头就是一座山的形象，一块一块的石头就构成山冈上矗立的那个大峨博，或者村庄里的如意宝塔，那是团结和慈悲的象征，那是灵魂里一座圣洁的山。

英雄部落的马蹄声已经随流水远去了，石头却仍旧依傍在雪山下一直以风吹石响的声音为苍凉山河歌唱，为草原守护，暗藏雪山的回声，等热爱石头的人某一天走近它，来贴近它身体里的火，来怀抱它细柔、碎小、洁白而又坚实的精神。

放在书籍的旁边，每时每刻它代表一种高度，思绪会抵达一种豁达与悠远。

石头被高原阳光晒得暖暖的，我抱紧石头的暖，等春天发芽，石头说话。

我用一块雪山石轻轻压住浮躁与虚荣。暖人的风景其实无处不在，只要你的眼睛不冷漠，你的心灵与村庄有共鸣，冬天过去就是春天，返青的牧草疯长在心间。

片石墙上花自艳

1

金秋十月，从若尔盖草原过来，看到向东拐的一条岔路，路牌上写着"迭部"，于是拐上了迭部的方向，去看看传说中的香巴拉——扎尕那。

十几年前，表姐出嫁时我曾去过迭部。那时没有好点的公路，只记得车子在峡谷的石头上颠簸来颠簸去，一路被担心、惊恐和眩晕折磨，心有余悸。

车子沿公路飞快行驶，使我有了一种全新的感触。甘南草原的风景还历历在目，恍如隔世，只是，不变的是风景，变化的却是工程建设带给甘南迭部的新气象。如今，柏油路已经连通东西南北，公路边上草色青黄，峡谷中森林茂密，河水汤汤。灌木、桦树已经披上了经霜的颜色，红黄绿交相辉映。到益哇镇时公路随一条河的流向伸向扎尕那，眼睛都醉在了自然美景里，想起十几年前颠簸的呕吐和艰辛，我不由得感慨，迭部变了，首先，路就变得使人舒适、安心、坦荡了。

行至半路，看见路边停一大货车，车身紧靠石山，一面山坡全是天然的片石，有大有小，有厚有薄，车厢体与山坡间放三四条木板，几十名妇女排队站在木板上，往车厢里搬运石头，一边劳动一边唱着藏歌。我被这种原始的劳作场面吸引，停车攀谈。她们是从山林深处搬迁到峡口公路沿线的，政府建了房子，修了桥。建筑队的人说，河堤和院墙暂时没有钱修不了，等有钱了政府会再建。

"家要自己动手建，住着才安心！"搬石头的一位妇人说，"院墙和河坝我们喜欢老祖宗的那种片石墙，就来河口搬石头，拉回去自己砌墙。"

"也不能啥都靠政府，你们到我们村里去看看，房子建好了，自来水拉到锅头上了，桥修好了，院子用水泥打过了，自己再不动手修院墙就羞死先人哩。"河谷里传来一阵阵笑声，接着劳动的歌又唱了起来。

民风如此淳朴，桥修好后，原来少不得一些堤坝是需要自己来修建的，那是用感恩、宽容和理解砌成的，是用勤劳、乐观和豁达砌成的。

其实，我是真不忍心看到女人们这样劳累的。看到她们劳作的场面，让我想起一首民歌："太阳歇歇么歇得哩，月亮歇歇么歇得哩，女人歇歇么歇不得，女人歇下么——火塘熄灭哩。苦荞不苦么吃得哩，槟榔不苦么嚼得哩，女人不苦么咋个？女人不吃苦——日子过不甜。"

搬石头的女人，真的太能吃苦了。我想，她们的日子应该更甜蜜。

跟随她们去村庄，远远就看见布局很有现代感的村子。房子排列整齐，又一幢一栋独立着，屋顶全部用瓦排列出来，行道都用水泥硬化。进村庄要经过一座崭新的石桥，石砌的桥墩，水泥桥面，钢筋护栏用白油漆粉刷一新。我看见修了一截一截的河堤，与石砌的桥墩、与河岸人家石砌的院墙互相映衬，相互统一，显得坚固又好看。我几乎都要赞叹他们是建筑美学专家了。

石头砌起院墙，墙面留几处凹空。有的竖几根木枝，像牛肋条窗户；有的石头刻上六字真言，并染了七彩色；还有的直接留下一个方孔，就那样空着，像石墙上的眼睛，一眼看清外界，看清山野景致。有几处石墙上还攀爬着绿植，让朴素的日子充满山野情趣。

进得院落，屋外一层的墙面贴了白瓷砖，二层的打了木头框架装了玻璃。屋内不见石，不见木，只见原木板子打床，打墙，打柜子，整体统一，既整洁又有民族风格，房间里还散发着原木的清香味儿。

一户人家，石砌的院墙上还种了灯盏花儿，这朵谢了，那朵开着，黄艳艳的；正走着，眼眸被石墙上开着的一排排令箭花惊艳到，花开三朵、五朵的，火红火红，错落有致地挂在令箭瓣上，像藏家小姑娘发辫梢上扎的绸子花，一座村庄一下就被三五十朵花衬托得光华明艳起来。

我想，那些背石头砌石墙的女人们，不正是这样朴素而又执着盛开的花吗？她们不依赖、不等、不靠、不伸手要，用自己的汗水努力创建着新生活，她们的生命就在村庄里开出红艳的花，她们的光彩照亮整个扎尕那。

一排排石头墙，每一片都渗透过女人们的汗水。她们的体温、气息、心思、热爱沾在石板上，她们把梦和美好向往砌进石头墙，把生活的坚韧和善念埋进花籽里。然后，她们与石头一样，被风吹，被雨打，被霜冻，被雪浸，一切等阳光晒过后，自然界的声响和沉静，女人们都一一经历，劳作的苦又算得了什么呢，无非是花一样地活着。

山野间的石头赏够了云卷云舒，阅尽了花开花落，听闻过风啸树摇，某一天被女人们抱进了村庄，安顿在院落，相互拼接，相互依靠，变成了与人同呼吸共命运的事物。我想，石头肯定能听懂女人们的语言。石头只是沉默，从此，它将忠实地记录院落里的出生、老去、苦痛、疾病、坚韧以及所有幸福与繁荣。岁月深处，谁又能看见石头的微笑和泪滴呢？

也许，石头沾了女人们的汗水，有了灵气。它们知道女人苦，石墙上的花才为她们开得更艳，日子因而灿烂鲜亮起来，朴素的农家院子显得蓬荜增辉。

2

我去的那家，女主人说，过去住在山林，就靠巴掌大的地块种庄稼，在林子里拾些木耳和蘑菇却出不了山，变卖不成银钱，过去没有桥，河水又大，得绕好远的山林，才能将木耳、蘑菇背到山外边，出售给收购的人。

现在好了，路修到村子里，收购的车辆就开到村口。屋里干不动重活儿的老人和放了假的娃娃们都去摘蘑菇，卖木耳了。

出了村庄车行不远，真的看见了一个收购点。一筐一背篓的蘑菇等待过称，那些鲜活的蘑菇让人心生欢喜，我下车也想买些山珍带回家。

收购蘑菇的人随意过一下称，数些人民币给老人或者孩子们。我发现没有一个人认真查验收菇人的称准不准，对不对，因为村庄里的老人不会说汉话，语言交流有障碍，她们默默地捡出一朵一朵最好的蘑菇，然后过称、拿钱、走人，临走还一脸灿烂地笑，表示对收菇人的感谢。

我对收菇人说："你捡大便宜呀，价格如此低，称还不准！"收菇人不好意思地笑着说："她们不在乎的，我每年都来这里，也就多多少少占她们一些便宜。"

人群中有来买蘑菇的僧人，老人们捡出最漂亮的几朵给他，却不收钱，僧人就把零钱放在她们的背篓里。多和少，够与不够都不重要，交易不争不吵，平和安好。

僧人说，这些四川的老板们如果不来收购蘑菇，村民们的蘑菇也变不成钱。捡蘑菇的老人和孩子还要感谢老板们呢，只要能将一天的劳动变成现钱，就令人非常开心。

这就是生活，每个人心里都有一杆秤，她们不在乎称多称少，是一种感恩的心态，你不要以为他们傻，不精明。

村庄后面就是茂密的森林，十月的树梢泛着金色的光芒，在午后的阳光里闲闲地摇曳着。一河碧水，抱着村庄，微风吹拂，水声与林声相应，天籁自然。河水碰撞着石头哗然而又安详地经过村庄。

曾经原始落后的村庄，如今是这样崭新、鲜亮。一路走进扎尕那，随处可见这样既现代又保持着民族风格的村庄，不禁让人感慨，小康不再是迭部人难以实现的梦想。

3

沿河而行，水花翻着白莲花似的浪朵，撞石而响。越接近扎尕那的村庄，石头砌的房子越多，高高低低，错落有致，随意而随性地散落在田野、山坡。

也难怪，整个扎尕那就是石头围起的宫殿。住在石头房子里的藏族人，自然与石亲近。

这是生活的智慧，利用石材便利的条件，保留传统村落的建筑风格，不仅美观大方，而且节约建筑材料，既环保又艺术，生存环境别具一格。

炊烟在东哇村庄的上空缭绕、弥散。河边有两位穿着藏族服装的姑娘在淘洗着衣服，一唱一和，有山野民歌的风味。河边玩耍的小孩子们跟随她们唱着，很有韵律，还有的孩子拿石头在河边的大石头上敲击迎合节奏，歌毕，一阵哈哈大笑。

歌声触动我心，这种场景不正是《诗经》里劳作而歌的感觉吗？恍若一下穿越到了古人的村庄，自是想起《诗经》里的《褰裳》："子惠思我，褰裳涉溱。子不我思，岂无他人？狂童之狂也且！"我在心里为这种场景安顿了《诗经》里的歌名："你若爱我思念我，赶快提起衣裳蹚过河，你若不再想念我，难道没有别人来爱我？你这个傻里傻气的傻哥哥！"

恍然间感觉这里不是甘南，而是江南水乡。我一直站在远处，听着歌，看着这迷人的场景不愿走开。这种悠然的原生态生活，让我仿佛走进了桃花源武陵人的村庄。

一群黄牛悠闲地从河边走向村庄，它们也被歌声迷住，走得极慢，蹄子叩击水泥路，吧嗒——吧嗒——吧嗒——，牛后跟着一位背着背篼的妇人，青黄的野草上躺着三四个带绿缨的甜菜根，很是逼人眼。她好像没有受歌声的感染，在认真赶牛。

受歌声感染的是趴在石砌墙头上的几个女孩。她们你推我挤地笑着，眼神清澈，白牙齿耀眼，像极了越过石头墙盛开的那些白蔷薇，在时光里灿烂着。

河水声、歌声、笑声、击打石头的声音、牛蹄声……这些嘈杂的沾满了烟火气的声音，在扎尕那的村庄里显得平和安详。

走进村庄，我向趴在石墙上的一位姑娘打听，她们唱什么歌。

她翻译大致意思："爱把太阳捧出来，心儿献阿妹！咿啦啦啦；爱把月光汇成海，相思成灾！咿啦啦啦；爱牵着彩霞过山来，你又藏起来！咿啦啦啦——"

然后，我们都笑，开心地笑，花枝乱颤地笑。忽然就想到一句诗：

美究竟是什么？佛在微笑。

最美的微笑是什么？葵花开在城堡上。

而我却想说，最美的微笑是花朵开在片石墙上。这是我初进扎尕那村庄遇见的最美的景致。因为她们的笑容和怡然，是扎尕那绿水青山养育的，更是惠民暖风吹拂的。

围花而坐话端阳

端午时节，高原的美丽也在五月的阳光下徐徐绽放。草原从这个时节开始敞开自己的胸怀，树木、花朵才开始吐露它们内心蕴藏着的全部渴望。人们在这美丽的季节扶老携幼找一片广阔的花海绿地，围花而坐，对酒当歌，过一年一度的端午节。

也只有五月初五这一天，老人们是允许孩子们攀折花枝的。小伙子们可以采这一天的花，编织成鲜艳的花环或格桑的手环，为中意钟情的姑娘戴在发间和手腕上。也有叫采花节的，好像草原上的人视五月初五为法定采摘日，这一天采的花儿，唱的"花儿"都是没有罪过的，山野传来唱花儿的歌声：

> 马莲河谷连着祁连山哎，好姑娘坐在个平川。
> 上起个高山着望平川哎，平川里有一朵牡丹。
> 起五更站晌午等尕妹露个脸哎，唱上个曲曲儿给我传个
> 音哩。
> 心上的花花儿红盏盏……

这如云如絮的歌声似在彩云中飞，让我恍惚觉得像在过情人节一样。飞花入梦，情人似花。

不论怎样过，这是歌唱鲜花的季节。

端午节最快乐的是孩子们。阿妈都要准备五色的丝线绳，为孩子们

戴在手腕和脚巴骨上，还要缝彩绸的香荷包，里面装了从山涧采回的香草，挂在孩子们胸前的衬衣纽扣上；也有的缝在孩子肩头，挂一脊背香囊；还有更细心的母亲，女红又好，在丝线里串各色的烧石珠子和响铃儿，孩子跑多远都有铃儿叮当作响，母亲好寻了孩子的踪迹。据说戴丝线挂香囊都是为了驱散蛆虫蚂蚁蛇蝎不近孩子身，以保平安。其实这花花绿绿的欣喜是一位母亲朴素唯美的疼爱之心，戴在孩子身上只是锦绣了母亲的一片爱心。

赏花唱歌，自然有美酒美食。藏家女人擅酿酒，青稞的原料，木桶里酿造，再经炭烧过滤，喝得再多也不会伤人身体。男人女人们都可放开心情，享受纯正的青稞酒。偶尔有顽皮的孩子像蝴蝶蜜蜂一样飞来飞去，掐来百花的碎瓣儿散落酒杯，紫的、红的、黄的、白的……丰富了酒的内容，陶醉的是一颗颗享受天伦之乐的心。

高原不长粽叶，也就不吃粽子，高原人吃"油饼子卷糕"。这里盛产小油菜籽，由于海拔高、气候凉，菜籽不生虫子，不打农药，颗粒干净饱满，炒熟了榨油清香四溢，用这样的菜籽油炸了油饼自然是芬芳留香，余味悠长。糕是八宝糕，藏族人叫"这策"，是寺院僧人们念经祈福"熬芒茶"的最好吃食。在糯米中放了花生、红枣、葡萄干、核桃仁、蕨蕨、红糖等熬制，营养丰富，黏滑爽口。

油饼子卷糕的式样有很多种。母亲在世时常包的一种，样子和多年后我带孩子去肯德基时看到的"嫩牛五方"一模一样。

现在想，美丽的传说只是个借口。五月不走出户外，一定是辜负了这大好的花季，来到花开的草原，来到山谷的空阔处就是选择一种生活方式，一切可以慢下来，白云悠闲，阴影洒在山坡也不急着赶路，想来也是想嗅一嗅花香，想听一听酒歌吧。生活没有了行色匆匆，用休闲下来的心看一看花儿在风中盈盈地笑着，风还有些冷，但蕊寒香冷的梅朵一身傲骨，以顽强的生命力盛开在高原的风中，演绎着生命的精彩；看一看被夜露打湿的蝴蝶在阳光下晾晒飞舞的翅膀；看一看秃鹰一个猛子一个猛子教雏鹰练习飞翔；看一看十几只花喜鹊围在一起起起落落，像一团风扯动着的花花布飘然来去；看一看顺着缓坡吃草的牛和羊，它们那么幸福，轻轻地走过草地，偶尔抬头看看蓝天又低头闻着青草逐花远去，传来的欢叫声像清风抚过人们心间。亲朋好友围花而坐，吃肉喝酒，过一天游牧人的生活，三叉石一支，羊肉就煮在了锅里，水是山泉水，火是牛粪火，狗儿们追着蝴蝶满山跑，天地人和，一切回归自然。

逐听鸟语有点累了，就可以平展身子躺在花丛中，想象自己变成花，变成蝴蝶。草叶的气息和花香弥漫在空气中，深深吸一口气，凉爽滑润，带着丝丝甜味儿。扯一根身边的草叶，放进嘴巴，可以咀嚼白云，可以咀嚼蓝天，还可以咀嚼遥远的思念。

五月，布谷鸟和山雀儿的叫声仿佛被露水浸润过，清脆柔润，像是和远处丛林中飞出的歌声比赛着辽远和干净。歌声都拖着民歌的尾音跌落在花丛，藏在山谷中久久萦绕回环。一种美好的情爱渲染着这山，那岭，过了这五月初五让人尤其年轻人更盼望来年的端午节。

端午节，歌声不断酒不断。我的草原在花香中，在酒歌中，在情爱中。我的心随五月的白云悸动，高原围坐花丛入梦来，一年一年追逐着生命的阳光。

空山回响

1

大山有回声。这是我五岁时在大山里走丢后发现的。

阳光暖照的日子，奶奶拿出她存放彩色丝线的针线包，开始做针线活儿——绣花。花样儿有莲花、菊花、寿桃、牡丹、石榴……

我围在奶奶膝下，既好奇又惊艳。我问奶奶，这么多颜色是怎么来的？

奶奶说是草原上的花花草草染的。

于是，童年里所有的美好都是想着到草原上看看能染色的花花草草。

暮春的一天午后，村庄里大我两岁的姐姐吴尕香，挎个芨芨草编的篮子要去门前的山那边拾马粪和羊粪蛋，她说带上我去山里拔花儿。我一听兴奋极了，早把奶奶不让去山前山后的叮咛忘到九霄云外了。

尕香姐带我翻过一座叫郭家腰路的山。天啊，村庄门前的山之外还有那么多隐隐青山，我在山风中兴奋地看着远山。那里有积雪的山峰，有茂密的灌木林，凝望山坡上那宛如梦幻般美好的、奇异的、连绵不断的山岭，心都要突突地跳出胸腔了。从那时起，我知道村庄之外是广阔的，草地是美丽的，因为那么多盛开山野的马兰花迷住了我的眼，尕香姐拾着粪蛋子，我拔我的花，不一会儿我们就走散了。

草原上的人不说采花、摘花，要说拔花，大概干旱高原上的花都长得坚韧，一些花要使劲才能从坚硬的草丛和土石缝中拔出来。我拔的马兰花就是这样，对于五岁的我要用两只手使劲抓紧根部，才能拔下一支。

我不知道尕香姐拾一篮粪蛋子要多长时间，我的手中已经拔了好多花了。我第一次知道，马兰花有宽叶子的，也有窄叶儿的，颜色有浅蓝色，淡紫色，色相近，花朵儿相似，但又完全不同，各有各的模样儿，拔累了，就听着马莲丛中小虫子的喁喁声睡去。

不知睡到什么时候，一觉醒来，不见尕香姐的身影，天气也变得灰蒙蒙的。先前走过的山坡也在迷离中分辨不清方向，先前满山好听的鸟鸣也没有叫声了。

我像一根飘零的羽毛，丢失了回家的方向。巨大的空茫让我心生害怕。我开始拉着哭腔喊："阿伊——阿伊——"

藏族人叫奶奶为阿伊。

一出声，惊吓到我自己。大山里传来另一个拉长的声音："阿伊——阿伊——"回声渐弱，又消失在风中。

哭声中有另一个我？这让我太震惊了。

我开始高低婉转地哭出声音。仔细听，回声传来，好像是从天边、云层、石崖壁上传来我的声音；又仿佛是从风里，从灌木林中或是从花丛中传来另一个自己的声音。它们与我同声同气，我想，这些声音都是来陪伴我安慰我的伙伴吧，心间有了惊喜。

回声，让我有了嬉戏的乐趣。面对空旷，我把家中亲人挨个叫几声，阿爸、阿妈、阿欧，山那边挨个传回亲人们的名字。

回声消弭了我的恐惧，渐渐地我听够了自己的回声，哭的注意力也不集中了。我站起来，抱着我拔的花儿，开始走，漫无目的没有方向地走。

越走，天气变得越阴冷、灰暗。草原上的天，小孩子的脸，说变就变。草原的春天，倒春寒的雪是常客，说来就来。

一阵风搅雪，让我更迷茫，更找不着北。灰暗中，层叠的青山不见了，森林不见了，就连绊住我腿脚的马莲花丛也不见了。冷风和恐惧包裹着我单薄的身子，出门时天气晴朗，我只穿着棉绸花夹袄，此时，被风一吹,冷得发抖。我想奶奶温暖的怀抱了,于是又开始喊:"阿伊——阿伊——"

自己能听到自己抑扬顿挫的声音,但再也听不到大山的回声。因为风使劲阻止我的声音,一张嘴,声音就被风噎回来,甚至噎得我张不了嘴,耳旁只有凄厉的风,啸叫着,在到处跑。

可我坚信山那边的奶奶是会听到我的声音的。我找个石壁背着身藏起来,这样风噎不住我了,又开始高一声低一声地喊奶奶:"阿伊——阿伊——阿伊——"

叫喊声紧密,我想那么多的自己会传递声音的,会帮我找到山那边的奶奶,找到家。

可是,风雪迷茫中,我那拄着双拐、腿子有点瘸的奶奶没有来,也不可能来找我。远处却传来羊群咩咩的叫喊声和羊倌此起彼伏的口哨声。

羊倌郭占全和郭占彪弟兄俩,是山那边另一片草原上的藏族人。他们家也是那片草原最早的主人,因此,山那边的地被称为"郭家生地""郭家熟地",山那边曲曲折折的路被叫作"郭家腰路"。

那天兄弟俩正赶着羊群回家。听到一个小女孩一直哭喊"阿伊——阿伊——"的声音从风中传来。他俩说,叫阿伊的只有藏族人家,牧场上扳着手指头也能数得过来几家藏族人。这山沟里只有大长沟的梅家和小长沟的托家是藏族人,会不会是他们的孩子走丢了?

弟弟郭占彪劝哥哥郭占全,天快黑了,不要去,可能是小尔岔沟的厉鬼在闹。郭占全说,闹鬼也得去看看,如果真是个走丢的小娃娃,这风雪天会冻死人的,那不是造孽嘛。

多年后长大的我才知道,村庄之外有许多深山大沟,叫佗佬石房、玛咪石房、小尔岔沟、大尔岔沟、大石房沟等,这许多沟里都有奇怪的大石头,有的像斧斫过的石壁,有的像大房子,有的巉岩嶙峋,甚是危险恐怖。这是后来奶奶告诉我的,她讲得认真而可怖。可我那时想,那肯定是为了吓唬我,不让我离开她乱跑怕走丢才说的。亲眼所见,才有了后怕。当年郭占全哥哥救我多么及时,不然要么被冻死,要么喂了狼也不一定。

那天，郭占全哥哥寻着哭声，下一道山坡，过一条河，再爬一段山路，终于找见了怀抱鲜花哭泣的我。

我是睡在郭占全哥哥的脊背上回到家的。后来据大哥说，天快黑了还没找到我，家里人都害怕我被狼吃了。大长沟小长沟都找遍了，母亲急哭了，埋怨奶奶看护不力。当时，大哥正联络村子里的年轻人准备集中人力分头进山寻人哩，看到从郭家腰路上有一个人冒着大雪走进村庄，有人远远喊话。

"你从山那边过来看见一个小丫头没有？"

"我背着送来了，看看是不是你们要找的丫头。"

再后来我大哥娶了郭占全哥哥的妹妹，也就是我大嫂，我们成了一家人。

第一次走丢那年是 1975 年。在春天拉倒春寒的时节，我在山中找到了那么多的另一个我和那么多我的回声。第一次走丢，我没有被狼吃掉，也没有被冻死。奶奶和母亲，用当时最盛情的方式——烙了白面油饼子款待了我的救命恩人郭占全哥哥。

2

自第一次走丢后，奶奶看护我可谓既严苛又溺爱。别人家孩子们进山拾牛粪、找柴禾，我不能去；夏天里同龄的孩子们都去草原上摘蘑菇、挖药材，我也不能去。这缘于我是家中三个男孩子后的唯一女孩儿，也因为母亲曾夭折过一个女孩，我自然被家里人疼爱若掌上明珠。

为了看紧我，奶奶讲瞎熊和狼的故事来吓唬我。

奶奶的父亲是远近闻名的枪手，被村庄里的人们称为"枪王阿米"。阿米是藏族人称呼爷爷的意思。

有一天，阿米在高山阔林里与一只熊瞎子狭路相逢，那天熊瞎子有点狂躁，看见阿米就气势汹汹撺过来，不得已的情况下，阿米开了枪。

熊瞎子轰然倒下。许久，阿米不见熊瞎子起身，以为打中了。

阿米慢慢靠近熊瞎子，正待仔细查看，熊瞎子猛然坐起，伸长手臂向阿米的头和脸抓了一把。阿米一边躲闪一边连续开枪，这次枪真打中了熊的心窝，阿米的脸却被熊揭了门面，还好面皮没有被撕下。阿米解下腰间勒的系腰，赶紧把门面挏上去绑紧。两天后人们找到了昏迷在山中的阿米，抬回家缝合养伤。第二年，阿米的右腮帮子上留下拇指大小的一个洞，那是熊瞎子留给他的"纪念"。阿米抽烟时就用拇指按住那个洞口。阿米每天坐在门前的木柴堆上晒太阳，村庄里的孩子们肯定听过阿米和熊瞎子的故事，总是围在阿米跟前，缠着阿米听他讲打猎的故事。阿米高兴的时候，要逗村庄里的孩子们玩耍，就会从腮帮子上的洞口中吐出一个一个烟圈儿。

奶奶讲故事是为了吓唬我。可对于童年的我来说，能看见真正的熊瞎子是多么惊险又好奇的好事情呀，小小的心灵反而对熊瞎子生活的那片草原和高山林场产生了向往，梦想着某一天去看看那片神秘的大林子。

清明节那天，奶奶用几粒花椒和青豆子揉薄了我的小耳垂，用疼痛的记忆给我扎了耳朵眼儿，用绣花针引了红丝线，穿过耳垂，奶奶说要用一根红线拴住我。

越是这样管束，一颗好奇心越是不受束缚，一根线怎么能拴住我的心和眼晴呢。我真是羡慕极了小伙伴们，他们从夏日山林带来新鲜美味的地標儿、牛奶莠、羊奶头和酸酒瓶儿，三哥还摘来黑木耳和野蘑菇呢。心心念念的我也想去草原和山林里玩耍。

秋天里，门前那座叫白石头沟的山顶上滚过轰隆隆的声音。这声音荡漾在白云间。这是一种回声。这回声在寂静、平淡而闲散的山乡多么让人诧异和惊奇。

惊心，激动，又充满想象。

趁奶奶不备，我又一次溜出了家门，寻着声音的方向走进了大山。

爬上山头，我看见许多人在沟谷劳动。他们像一大群蚂蚁那样蠕动着，搬运着石头和土方。

我顺草坡往沟谷走，长势茂密的马莲伸出长长的叶片，绳子一样总是绊住我的脚踝。马兰花已经凋谢了，结了硬邦邦的骨朵儿。有时这些硬骨朵儿也敲打一下我的脚踝骨，让我疼得龇牙。

我非常生气，连它们也想绊住我进山的脚步。

走啊走，我头顶红头巾，身穿红条绒衣服，在绿浪里一起一伏地走。

我看见远处有一方小红旗使劲在向我招手呢，我就向着红旗走。

一边走，一边不忘采摘鲜花。虽然马兰花谢了，草原上还有更鲜艳的花开在这里，开在那里。这里一朵紫，那里一朵黄，再远处又一簇红，更有一大簇一大簇蓝莹莹的花像一颗颗星星，染蓝草原。

终于，有人喊叫着，骂骂咧咧向我奔跑而来。到跟前，他才骂我，谁家的丫头，乱跑啥，想找死呀？

我愣在草地上，吓坏了。我告诉来人，我想看看发出吓人回声的是什么东西。

那人没好气地说，没听见在放山炮吗？

那时我并不知道所谓的炮就是雷管和炸药。

西顶是青藏高原的边缘地带，属于高山牧场，海拔 3500 多米。这里山大沟深，雪融水丰富，但都顺沟谷流走。山顶上的人畜饮水极缺，为缓解缺水，牧场总部请黄羊川、张义堡的工程队，在山谷里修一座大涝池集水，正用炸药炸山，取修建堤坝的大石头。

我被来人带到窝棚里，交给了两位厨师。他说，给我看好了，我正好家里没有个丫头，今儿个拾了一个。

年长的厨师盯着我看了好一阵，但我没怕他，我感觉他的眼里全是慈爱，像我的父亲。他拿了一种黄色的东西让我吃，顺手又在一堆绿菜中找了一个红萝卜，在藏蓝色的布围裙上擦了擦给我。这一黄一红是吃食，比我看到鲜花更让我惊讶。半农半牧的村庄，种的是青稞，吃的要么是黑褐色的青稞面顿巴，要么是糌粑。在我六岁的牧场童年里真没有见过还有这种彩色的吃食。

不知道怎么下口吃，我看了半天，鼓足勇气问厨师，这个叫啥东西？怎么吃？

厨师很理解长住高山牧场的我。他说，山里人吗，不知道这叫西麦吗，也就是苞谷。你们山里冷，种不了。

他顺手替我一分两截掰开西麦，一股香气直冲我鼻孔，我一粒一粒咬着吃起来。有点香、甜、糯，还有点韧劲，我听见自己耳朵根里传来咯噌咯噌的声音。满口生香的记忆到现在也忘不了。多少年了，西麦仍然是我最最喜爱的吃食，只是西麦的叫法已经久远了，现在叫玉米或苞谷。

每每咬第一口玉米，我就想起小时候的第一次，满口生香，终生难忘。

第一次吃红萝卜，轻轻咬一口玫红色的皮，露出里面白嫩白嫩的肉，皮既辣又甜，脆生生的。我的呼吸迟钝下来，我的味蕾只知道青稞面馍馍和糌粑，这种奇异的味道让我的舌尖震颤。

我慢慢地咀嚼，舍不得将西麦和红萝卜全吃了，想把好吃的东西带给奶奶和哥哥们尝一下。

年长的厨师看我梳着藏族人家的碎辫子，头发间还戴着绿松石，又扎了耳朵眼儿，他问我，你是不是梅家丫头？我点点头。

他说，一看模样儿就是梅家的，西番家的装扮（藏族人家的另一种称谓）。你的爷爷奶奶是这一带的地牧主，我和我爹都曾吃过你家奶奶放的舍饭，那时叫"牛娃子饭"，凉州城上的地主老财们才放个粥饭，梅家放的是肉饭，大块牛羊肉炖各种菜蔬，饭可真是香啊。

年轻厨师问"牛娃子饭"怎么做？

年长的厨师说，其实就是牛羊等大肉为主料和各色特制"牛形"面鱼子加各种蔬菜烩制的大锅饭。做面师傅把和好的面揪成豌豆大小，再将其放在洗净的梳子上，做成有梳纹的花面卷儿，像个中间大两头小的"花牛犊"。做好的面食加上菜、肉等烩在一起，大概饭里肉块多而大，就叫"牛娃子饭"吧。

我听得有趣，使劲摸着脑袋想，怎么也想不起来我家做过这样的饭。我怎么没有吃过奶奶做的牛娃子饭，奶奶腿脚不好，站不稳，从来不做饭。

天黑透时，劳动的人才进窝棚吃饭，好多人都争着说要把我领回自己家。年长的厨师把我介绍给大家后，好多人都知道奶奶、父亲和大哥，我第一次从别人的议论中知道父亲是落实政策恢复工作的公家人，知道大哥曾在张义堡上过学，有几个人还说和大哥是同学。我家玻璃窗子玻璃门也是父亲恢复工作后修建的。这些我待在家里却没有人告诉我，奶奶老了，母亲早出晚归去生产队挣工分，顾不上说，大哥被调去草原上放牦牛放马，家里的状况没有人会给我们小孩子讲。

厨师把我安顿在灶火门上烧火，哪儿也不让去，他说等我们家来人找才能让我回去。我一边烧火一边听炸山石的炮声，轰隆隆的回声让我听了个够。除了回声，还有许多新鲜的东西是我好奇和不知道的。

秋天的夜晚，黑得迟，来工地找我的是大哥和邻居吕宝哥哥。临走，那位厨师给我们拿了两个苞谷面馒头，两个红萝卜，两个西麦棒子，说是带给我奶奶并问好。又说我很懂事，有眼色，很能干，给的东西都是帮他们烧灶火的劳动奖赏。

我怀抱着几样稀罕物，趴在大哥脊背上，时不时拿一个在大哥鼻头上，让他闻闻香味儿。

我告诉大哥，我见劳动回来的人们拿切刀把红萝卜横切几刀，竖切几刀，然后撒了盐末儿放手心里搓，不一会儿萝卜就成一牙一牙儿的，大家分着吃牙子。

大哥说回家也那样切了吃，还说可以少放一点菜籽油，那样更香。我怕回家去母亲会责怪我，会打我一顿，大哥说，有我哩你放心。吕宝哥哥跟在后面使劲骂我，打死才对着哩，要是我那几个妹子，我一顿棒子把腿敲折哩。

吕宝哥哥是家里唯一的男孩子，他有一个姐姐五个妹妹。他们家的女孩子们有干不完的活儿，去山里拾粪、砍柴、放猪、打猪草、放毛驴子……她们像一群蝴蝶，一起飞来飞去。我羡慕得很呢。

听着吕宝哥哥的埋怨声，吓得伸长舌头，蹴在大哥背上大气不敢出。大哥说，你不要吓唬我妹子，她胆小。

那晚的月亮不是很亮，像个月牙儿，我趴在大哥脊背上迷迷糊糊睡着了，什么时候到的家也不清楚。第二天，醒来已经是日上三竿，母亲和大哥已经上工了，二哥三哥上学的上学，陪我的依旧是奶奶，她只是用两手掌使劲揉我的脸蛋，大概把我的脸揉捏成了包子状，只骂了一声："你个狼吃的。"

我告诉奶奶，山那边的草地上全是蓝蓝的开着喇叭状的花。奶奶说，藏语叫邦锦梅朵，藏药里叫秦艽，是草原上的英雄花，只要你闻过这种花香，就忘不掉那片草原，无论走得多远，最终还是要被吸引回到故乡。

我还告诉奶奶，那些修涝坝的人认识她，还说吃过她的牛娃子饭。

啥叫舍饭？

奶奶一时眼神迷离，不回答我，仿佛陷入回忆，老半天才回过神。但她没有告诉我什么是舍饭。她在木碗里倒上茶水，从炕柜里翻出一包花花绿绿的珠子，挑选几串，说要给我梳碎辫子，要戴上好多好多漂亮的松石珠子，像蓝色的邦锦梅朵。

长大后，我才在小说和书本上知道了什么是放舍饭。那是一项公益活动，主要是在饥荒年间通过这一善举来救济灾民与乞丐，目的是让他们以此活命，不要饿死。组织放舍饭的人，有时候是官府，拿国库里的银钱来赈灾，这是他们应该做的事；有时候是寺院僧人逢节放舍饭，用来体现佛法的慈悲和对众生的关爱。也有富人家放饭的，这样的人家一般家道富足殷实，觉得有能力接济贫苦，不让落难的人饿死，落一个乐善好施的美名，同时也为子孙积一份功德。

我知道，奶奶定然是乐善好施的人。

第二次听大山的回声，让我知道了炸药、炸山、炸石头是多么危险而又不可思议的事，我懵懵懂懂闯入了炸石山的范围，吓坏了放山炮的人们。

第二次走失，我从别人口中听到我奶奶的故事，奶奶在我幼小的心里有了另外一个模样儿。

第二次走失，我看见那么多劳作的人，他们浑身泥点子，但互相开着玩笑，脸上全是阳光一样明亮的笑。他们让我品尝到了藏地以外的美味，一生记忆深刻，从此，对草原以外的世界有了憧憬，向往着迟早有一天我要走出大山，去看看外面的世界。

3

奶奶的腿脚越来越不利落了，而我的腿脚却越来越快如风。我长大了，奶奶越发看不住我，拴住我的是瘸腿奶奶的吃喝拉撒。

母亲和大哥去生产队上工，二哥三哥去上学后，奶奶喝水、吃馍、撒尿都得我照顾。大哥在炕上放了一块大石头，拴了结实的绳子。奶奶腿疼下不了炕，拽着绳子挪到炕沿边上，一喊我，我就把尿盆放炕沿下，奶奶才能解手。大哥一再地给我安顿，你不能乱跑掉，要时时陪着阿伊，不然阿伊就到另一个世界，再也回不来，我们就没有阿伊了。我可不想让阿伊走掉,很听话,一直陪着阿伊。

好在我家没有院墙,门前台阶又宽敞,和我同龄还没有上学念书的小伙伴们都来我家门前玩耍,我也不寂寞。阿伊随喊我就能随到。

直到又一年的夏天,阿妈上工后又回到家里,拉着毛驴在它背上备了驮重物的鞍子,她告诉奶奶队上要"放山"了,一进山可能得好几天,不能回家。

我问奶奶,啥叫"放山"?奶奶说,就是把山里的大木头剁倒,请出山,也叫"请山"。

我没有见过长大木头的山,更没见过剁倒的大木头,想跟阿妈进山。

我问母亲:"剁木头时木头会不会喊疼?"

母亲没好气地说:"小丫头脑子里想啥呢,木头又不是人疼啥哩!"

母亲一向被生产队里辛苦的劳作磨坏了脾气,她可没有耐心劝说我不要跟她进山,沉着声说:"哼,你要去,狼就在山垭豁等你哩!"

"狼等的不是我一个人,也等着你们哩!"

"丫头子你就嘴犟……"

因为母亲说话的口气强硬,我心里不服气,这便和她杠上了。本来也就是说说而已,看母亲生气的样子,我也气不打一处来,心想,我今天偏就要进山。

我躲躲闪闪跟着母亲,像她的小尾巴,偷偷走向了进山的路。

可是母亲骑着毛驴走得快,跟了一会儿,我就被甩了好远,到长沟垴子,拐过一个山弯,就看不见母亲的身影了。

路上碰到隔壁王姑爹和小长沟村的袁四宝爸爸,他们骑着队里的大马,咯噔咯噔走得极快。

袁四爸骂我:"勺丫头,赶紧回家,山里有狼有瞎熊哩,会吃掉你。"

王姑爹说:"这丫头被一大家子人宠着,今天怪了,怎么跑这么远?你要进山?"

我没有说话,只是点点头。

王姑爹好像对我很好似的,笑笑地对我说:"你拽上我的马尾巴,进山的路还远哩,我带你一程。"

我高兴坏了，大着胆子拽上了马尾，小跑一样跑着爬上了几道山坡，到了冬青顶，再也跑不动了，只好自动放弃马尾巴，躺在草原上大口喘气。

袁四爸问姑爹："真要把这丫头放在冬青顶？有狼哩！"

王姑爹看着我，用眼睛剜了我一眼，对袁四爸说，梅家那老奶奶，把这丫头子当小姐养着，你看她的辫子，串满了名贵的珠子。把这丫头放这里，让他们家着急死，狼吃了才好。

袁四爸瞪一眼王姑爹，你和小娃儿较个啥劲哩。

袁四爸大声呵斥我："玩一会儿就赶紧回家去，草原上迷了路不是被狼吃掉就是被冻死，听见了没有？！"

我半信半疑。没有应答，心里想着，狼吃了又怎样，我还是要去看剁倒的大木头，看木头是怎么样被请出山的。

4

冬青顶，海拔3500多米，一种叫冬青的灌木长满山坡。但村庄里的人不叫冬青，而是叫枇杷。我从开满白色枇杷花的顶沿子上，看见了山下的凉州城，远远看见大片大片的绿色田地，真有"暖暖远人村，依依墟里烟"的景象，对凉州城就有了人烟稠密，阡陌纵横，一片云水迷离的记忆。

顶沿子下可是深涧幽谷，怪石嶙峋，林木参天。倾着身子往下看，有头晕目眩的感觉。这下就知道奶奶讲的是真的，她说冬青顶曾是僧人灵修之地，这里曾有座寺叫百灵寺，因山林中有百灵鸟，叫声清脆悦耳而得名，寺毁于民国十八年（1929）一场大地震。出山林，又有两个寺，其一名上方寺，那里就到了凉州城边上一个叫上古城的地方了；另一名百塔寺，那里离高坝近，是一个叫冯家园子的地方了。这些寺曾是凉州会盟时期，萨迦班智达清修之地，萨迦上师为避免西藏百姓陷入水深火热的战争，通过凉州会谈，把西藏正式归入元朝版图。

眺望凉州，心想，那里可能就是大哥说的坝上。石羊河冲出山谷，层层叠叠冲积成坝，雪山融水都去养育坝上人家了。

正在我倾身看向山林时，一只前爪短、后肢长的动物从我身边奔跑而过，暗褐色的体毛，脊背上有几个土黄色斑点，像闪现的幻影吓我一跳。很快我又好奇得不行，想探个究竟，顺着它跑过的影子，向山林走去。

后来我问清楚了，大哥说我描述的那种动物叫麝。人们用的中药材麝香就是从它身上取得的。

林子里全是松树，地上铺满了褐黄色的松针和松毛。表层照见太阳的地方，松林干燥，照不见太阳的地方，一片潮湿。我走在松软的松针上，一些枯叶咔吧咔吧脆断，发出窸窸窣窣的响声。

阳光漏进林间，斑驳光影里忽然出现一丛丛又白又圆的蘑菇。三哥经常采摘回家的就是这种，奶奶叫它们树菇，比起草地上的黄顶子蘑菇要稍逊一级。我欣喜地掰几枚圆菇，像是获得圆伞一样的珍宝。

头顶上嗖嗖又跳过什么东西，仔细找，发现有松枝在晃动。有只像小猫咪大小的东西吊在树上荡来荡去，仿佛阳光就在我眼前晃来晃去。想起三哥说过，他们在搂松毛采松塔拉时，林子里有山吊鼠，它们喜欢在人面前耍杂技，你对它打口哨，它们就回应你。可能我眼前的就是山吊鼠了，我赶紧"嘘——嘘嘘嘘——嘘"对山吊鼠打几声招呼，不一会儿，那东西真的发出"咕嘟——咕嘟——咕嘟嘟"的回应。

我心里高兴极了，笑着，恨不得也爬上树学它们的样子荡太阳影子玩儿，就做山林里的耍货。

在林子里走深了，发现脚下草丛里有红艳艳的小果子，哈，它们就是邻居吕家姐妹们采摘回来的地標儿，我吃过的。我小心地捡拾几颗，放进嘴巴，甜蜜、清凉、香醇的味儿，比邻居姐妹们给的更好吃。

我想摘地標儿给奶奶尝尝，一下打个激灵，我跑到高山草原来玩，不能下炕的奶奶吃喝拉撒怎么办？心下着急，紧着向高处走，向着林子外走，一路还遇见大朵大朵的紫色臭牡丹，它们藏在深林里，招摇在我眼前，我想拔几支，又想起奶奶的警告，她说花朵儿里养育着无数小生灵，蚂蚁、甲虫、七星瓢虫、蚱蜢等，不能随意掐了花花草草，熄灭了小生灵的性命。

终是没有下手摧残野牡丹。

走出松林，冬青顶上的风却大了起来。虽然阳光灿烂，风还是吹透了我单薄的身子骨。好在花儿开得也多，仿佛它们是风吹开的。呼啦一阵风，吹开血芥花，也叫蓼茇，紫色的茎秆上顶着白色的花絮，满大地盛开；哗又一阵风，吹开高原蓝梅，宝石蓝的五瓣花，颤动着灵秀，像绣在草地上的蓝色星星；风左右摇摆，又从草海里翻出黄色的、紫色的马苋蒿。

在花挤着草的冬青顶上，乱花迷我眼。我揪着蜜罐罐花啜吸着花叶的甜蜜，忘记了时间，忘记了远行的目的，再次迷失在静寂的草原上。

草原长风陪伴着我，花草丛里百灵鸟的叫声此起彼伏。我就坐在花丛里，看天上的云跟着风走，一阵像是要落在草地上，呼一阵又被风吹远跌在了山的另一边。后来，风慢慢变了颜色，变成了铅灰色，越积越厚，越压越低，低到遮住了天空和大地。

突如其来的碎雪粒打在脸上、身上，清鼻涕控制不住地流进嘴巴，牙齿嗑得自己不能控制，这次我被凛冽之风冻住了。

牙巴骨打战，张不开嘴，什么也叫喊不了。渐渐失去了知觉。这种现象被人们称为人体失温。

把我从死亡线上拉回来的是藏獒的叫声。穿透云雾，穿透苍穹的叫声叫来了在雾气中寻找羊群的毛庭宝哥哥，也叫醒了昏迷中的我。

在毛庭宝哥哥来到我身边之前，是他养的那只藏獒撕扯着摇醒我，汪汪汪的叫声震聋我的耳朵。我迷迷糊糊睁开眼看见一只怪物，雪白的狮子头，眼睛上方有两只黄色的假眼睛，方方的大嘴巴，滴着湿漉漉的口水，我吓得一个激灵被惊醒，以为它就是狼。

可是狼并不咬我，用脑袋拱我起来。快要魂飞魄散时，一个魁梧的身影出现在我面前，他冲那只"狼"叫声"嘎保森格"，那只"狼"摇着尾巴，吠两声，像是向他汇报情况。

他说，一看你就是梅家丫头，你阿伊给你梳满头的藏家碎辫子就是你们家的标志。

毛庭宝哥哥的家就在我家对面，中间是一条夏天发山洪拉槽形成的洪水沟。但我不认识庭宝哥哥，他也不认识我，因为庭宝哥哥常常在草原上放牧生产队的羊，不轻易回家，即使回家也是晚上收了羊群进圈，才急匆匆回家拿些吃食在第二天天亮前又到草原上看护羊群。

　　庭宝哥哥把暖和的毡衣披在我身上，背着我回到他在夏营地的石窝铺里。他有一个小我一岁的妹妹在家中，庭宝哥哥叫她咪咪，吩咐她赶紧在牛粪火上添劈柴，把火生旺，让石窝铺更加暖和。

　　那是我第一次离开奶奶在外过夜，庭宝哥哥让我和咪咪一起睡。我看咪咪钻进一堆皮毛里，我害怕那些毛绒绒的东西，伸手试探一下毛皮，又赶紧缩回手。

　　毛咪咪一笑，向我解释："这是狐狸皮，这是野山羊皮，还有一张骆驼客送的驼毛褥子。山里的夜冷，这些毛货当铺盖，当被窝用，热乎，冻不着你。"

　　我没有睡意，披着毡衫坐在火塘边，向庭宝哥哥打问放山剁木头的事。

　　庭宝哥说，场部开会要放山请木头。建新学校、新磨房和新场部，需要用斧头、锯子弄一些盖房子的檩条、大梁、椽子、房梢子，为学生们做新课桌也需要木头。

　　"用斧头剁，木头疼吗？"

　　庭宝哥哥想一想说："可能疼吧。不过生产队里有个会识树的人，叫陈木匠。听人说，陈木匠懂树语，林业站的人专门请他去看能伐的树，打了记号，放山的人就看号伐树，也不是随便胡剁乱伐的。"

　　"那哪样的树才能伐？"

　　"能做大梁的那种特别好的树需要砍伐几棵，还有就是年轮散乱的树就能多砍伐一些。"

　　"怎么就是年轮散乱了？"

　　"大概就是年份不好，太干旱，有的树木吸不到水分，渴死年轮的树就算是年轮散乱了。拉瓦损的树不管大小粗细，都不会长成材了，密度质感都不坚硬，做东西会变形，清理出山，盖个房子什么的用用还能行。"庭宝哥哥说他也是从请山放山的人们那里听来的，正好讲给我和咪咪听。

　　庭宝哥说请山也是挺危险的工作，剁的树、锯的树会倒下来。专门有看方向的人，不能毁损了树林；放倒的树，又不能伤了人，所以也不能让我去乱闯山林，万一影响生产队的请山工作麻烦就大了。

更有善良的请山人，会将树冠处的鸟巢和雏鸟、鸟蛋安置在安全的地方，让回巢的大鸟找到孩子们。

我听得心里有了安稳感，火光也照得我脸庞出汗，迷迷糊糊犯起困来。半夜我醒来时，身子就在皮毛堆里，既温暖又绵软，才觉出毛皮的好来。

从石窝铺的墙缝中我看见了草原上的月亮，像大哥的奶酪一样，如梦似幻悬在青石板一样的夜空。想起奶奶说的猜巧话（猜谜语）：青石板上钉钉钉，一闪一闪亮晶晶，说的正是夜空里的星星。我看着星星眨着眼，它们不累也不睡，而我在暖和的驼毛被子里又睡着了。

第二天黄昏时刻，庭宝哥哥又背着我往村庄里走。一路花香，一路蜜蜂、蝴蝶飞在我们身边。

经过一处水红花的草地，一大群黑头黄勾蛋蜜蜂起起落落，庭宝哥告诉我，那里肯定有蜜蜂的老巢，人、牲畜都不能靠近。会被蛰死，但那种草地蜂是解毒的好药材，他曾经在冬天时节挖到过一窝，蜂孔排列整齐，蜂蜜用来泡酒，给他的母亲治疗风湿性关节炎。

我第一次知道蜜蜂和蜂蜜还能为人们治病，在心间有了怜惜小生灵的感情，从此再也不跟小伙伴们捉蜜蜂，揪蜜蛋解馋了。

回到家，毛庭宝哥哥告诉奶奶，那天嘎保森格的狂叫声回荡在山间，把山雾都快叫散了，向他传达着紧急的消息，于是他寻着山野的回声就看见了我。

嘎保森格，藏语意思是雪白狮子。庭宝哥哥说，嘎保森格轻易不叫，狂吠一声，山野是要抖三抖的，那天我有幸遇见了嘎保森格。

从此，我生命中永远回响着嘎保森格浑厚、沉稳、穿透天地的回声，那是呼唤生命、唤醒灵魂的救命之声。

奶奶骂不动我更不会打我了。她交代大哥，明年要用羊毛洗一条毡，赠予毛庭宝哥哥家，向人家表达救命之恩。

那年刚进十月门，奶奶就睡着了，再也没人给我梳串着绿松石、编着碎辫子的发型了。那副镶嵌着红珊瑚的银耳钉，我一直戴到了现在、记得奶奶给我剪了红丝线，换上耳钉时，她笑得比我灿烂，那是奶奶留给我最后的笑容。

奶奶的坟要翻过白石头沟，我想奶奶时就翻过山梁，站在山岭喊一声"阿伊——"

大山传来回声："阿伊——阿伊——阿伊——"

回声渐次微弱下去，满山的花草摇来荡去，似在回应我。我想，奶奶可能已经变成那些花花草木了，奶奶知道我最喜欢故乡的花花草草，因为它们能给奶奶染彩色丝线。

第三辑　环境

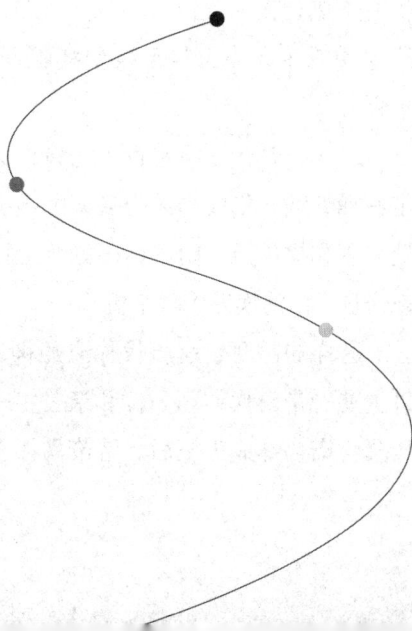

融入祁连绿波

　　八百里祁连逶迤到一个小镇上，打个尖儿，丢下几座叫阿米岗嘎尔、阿米完智、阿米嘎卓的大雪山，又向西绵延而去。一直以来这些雪峰就是整个凉州的水源发祥地，水行处，石羊河奔流不息，大小水库云影徘徊。

　　小镇离凉州城35公里，隶属天祝藏族自治县，名字极好听——祁连。匈奴语，是天山之意。

　　有藏、汉、土、蒙等多民族聚居在深山腹地。这里雪山纵横，森林密布，草场辽阔，冰雪融水滋养出一条条大河，其中有一条叫冰沟河，裹挟着大石头，水声汤汤，日夜轰鸣流经祁连小镇。

　　为什么叫冰沟河？因为祁连山脉雪山多，冰川多，海拔又高，沟谷积雪不化，在尼美拉大峡谷内，即使夏日，冰川也未能全部融化。消融的冰川雪水，顺山势汇聚到峡谷低处，滚滚成河，像一匹野马，奔腾不息。

　　进入新时代，绿水青山的景象成为百姓的向往。保护祁连山，保护水源涵养地，已成为天祝县人民强有力的集结令，仅祁连镇就关闭了多处采矿和探矿点，山水林田湖草工程和水源地保护工程完成了祁连山生态修复，山河焕发无限生机。

　　这样的山河，在唐代称凉州神鸟县，你和我喜不喜欢这里不要紧，最主要的是唐代的第一位和亲公主——弘化公主喜欢。她出嫁吐谷浑可汗慕容诺曷钵成为王后，曾策马祁连山。三足金乌是中国神话传说中驾驭日车的神鸟名。神话故事中讲道，黑乌鸦蹲居在红日中央，周围是金光闪烁的"红光"，故称金乌，也称神鸟。

慕容智是弘化公主的第三子，他的墓于 2019 年 9 月，由国家文物局在祁连镇岔山村发现并挖掘，墓志中有"迁葬于大可汗陵"字样，这意味着祁连深处还存在"大可汗陵"的可能，甘肃省的考古队又忙碌着在祁连山头寻找吐谷浑大可汗墓。

一时间，山水祁连又蒙上一层吐谷浑王朝兴盛幻灭的神秘感和大唐历史的沧桑感。

祁连，这片土地上曾经的匈奴、月氏、吐蕃、吐谷浑……征战不休，王旗变换不停，枭雄战将、商旅僧众、诗客骚人，达官贵胄，都在巍巍祁连山留下过足迹。唐代时，弘化公主和她的夫君也进驻封地的祁连深处，现如今，人们依然把祁连镇冰沟河一带叫作弘化牧场。

我们带着历史的风尘来看弘化牧场，到达冰沟河景区时，雪山已显幽暗，月亮是雪峰头顶的孤灯。借淡淡月光，踩石找寻登记在风景区的住宿房间，大石绕屋，曲径通幽，水声淙淙，我一时没了方向，满天的星星着了急，哗啦，哗啦，蹦跳出夜幕，为我们点亮了一天一地的灯。

一地的灯是我想象的，大石头、小石头，有花纹的石头，圆石头和扁石头，布满河谷，水流撞石而溅碎，闪现一些碎玉般白亮亮的水花，像星星一闪一闪。

冰沟河旅游景区的"大可汗行营"扎在草坡上，大帐前，一位游客饮天祝本地的藏酒到半醉，对着夜空唱："祁连雪，冰河月！"

过一阵，他又大喊："看，星星又多了几颗，是我喊出来的。"

在黑暗中，只有冰沟河用汤汤远逝的水声回应着游客的醉话，草原的夜，像梦境一样，静谧而荒远。

清晨，百灵鸟啄破潮湿的空气，把我从梦中吵醒。拉开窗帘，阳光明亮亮地扫过雪山尖，苍松、翠柏、格桑花就在窗外，我急急走出宾馆，去呼吸山林新鲜空气。

穿越林海，林中有落叶松和云杉，树荫下，纤细的松针和硕大的球果铺成厚垫。祁连圆柏、红桦、黄栌刺、野葡萄树、金露梅、银露梅……树木纷杂，个个气度不凡。

一望无际的祁连山大森林，带来的不仅仅是绝佳的风景，它还如同一座巨大的绿色水库，掌控着整个祁连山生态系统的平衡。

林中开阔地建有玻璃房，没有窗，却处处有窗，干草秸苫顶，四周明亮，随处可见绿、见山、见水、见草坡牛羊，见群鸟起起落落。仿佛来到了梭罗的瓦尔登湖畔。走累了，随意走进玻璃房小憩，斜倚在灰色调的布艺沙发上，心境平淡、宁静、惬意。

身处这里，应怀有一颗淡然心，看群山拱峙，看林间花木杂呈，看草木结籽，看山石嶙峋，看小松鼠抱着松壳剥鳞片找松子吃。

炽热夏日，冰沟河沿岸自有一番清凉。

约三五好友，在阳光通透的玻璃房中对弈、书画、听曲、吃茶或者划拳猜酒。凉风习习入窗，曲水潺潺绕屋。人在山林中也似一棵树，一茎草，一朵花，山林也融入我们的身体，山间气息充实着每一个毛孔和细胞，血肉之躯变得像玻璃房一样透明。

沐浴在炽烈阳光下，和空气、树木、溪流、山石一同生机勃发，我们变为自然的一部分，无所谓青春，无所谓苍老，日子散淡、闲致，尘世俗累如浮云轻烟，自不必扰心，抬眼，望见祁连雪峰上云卷云舒，去留随意。

若来此度假，阅罢青山也可翻书阅千古文章，倘若正有明月挂雪峰或者穿行林梢，诗意胸间，不可辜负了唐诗宋词般的美景。古人说，读书随处净土，闭门即是深山，而在深山河谷间读书，心间自养浩然气，获得心灵的宁静清明也是欢喜之事。

大唐的弘化公主，也曾在祁连草原的牧场上过着这样翻书、阅经的悠闲日子吧。公主还会骑马呢，日子定然更是潇洒，骑马踏花、狩猎、巡山，累了进帐，听水声，听鸟鸣，听松涛阵阵夹杂牛哞羊咩。

这可不是我想象的，有弘化公主墓志铭为证。弘化公主过着"有城郭而不居，随逐水草庐帐为室，以肉酪为粮"的游牧生活。当然在山中待腻了，或者祁连山中落雪了，就去凉州城里住。

凉州城，在弘化公主时期便是人烟稠密，六业兴旺之地。各民族互市繁荣。这里曾是译经之地，西域来的经文在凉州被翻译、修整后送往长安。这里也是游僧侠客流连忘返之地，祁连的雪融水，孕育着彪悍、坚毅、顽强的生命，滋养着河西走廊来来往往的少数民族和王朝。王维、高适、岑参的边塞诗词每每在这里唱响，流淌的大河灌溉万亩良田。生活在凉州的各民族从来都是你中有我，我中有你，所有拉锯式的征战，最终被阔大、恢宏的祁连山包容进历史的册页里。

祁连山有丰沛的雪水，自然滋养着繁盛的奇花异草。

走进马兰花大草原，花影斑驳，一如苍茫心事。花丛中跑过滚圆的旱獭，叫声亲切，一如久别的问候。放眼整个草原，我一下明白弘化公主为什么会把大营安扎在这里了。当盔甲、古剑、战马、鞍辔、铁血兵器均成为卸在草丛里，隐没在花朵间的冷兵器时，蓝色、白色、紫色的马兰花围起了世间最美最温暖的家园。

满山浅蓝淡紫的花影，摇曳成浪漫的海，正如一位诗人说"鲜花是祁连大地孕育出的爱情旗帜"，清凉夏日，怪不得来花海拍摄婚纱照的人那么多。

马莲叶子绿到无边，宽叶子，窄叶子被风荡漾着。我想借清风的手指，把每一片绿叶摸一摸，也想借绿叶的胸襟，把心间所有委屈全部卸下，融化在绿波里，然后，学草间飞过的白蝴蝶，变得轻盈、闪烁。

或者就做林间的花朵抑或药草吧，冰沟河沿岸各种名贵花木比比皆是。

银露梅，枝干粗大，花朵也大，像那繁盛的碎雪挂满枝头。你可不要小看这些碎雪般的花叶子，它可是草原上心怀慈悲的中药材。小时候我见过母亲摘一把银露梅的花朵和叶子，烧过后调制涂敷在大嫂肿胀的乳痈上，过两天肿胀和炎症就消退下去了。

翠雀花藏在马莲叶子中，高挑而端庄，一根茎上开三五朵宝石蓝的花，也想赶着趟儿为花的草原增辉添彩。比上马兰花，翠雀花更加张扬着一种野性的柔美，像极了草原上的姑娘们，自由而率性，洒脱而淳朴。

往深处走，走进尼美拉大峡谷，阴山里碰到还未融化的雪或者残留的冰川，就会看见雪莲花，这是牧人们通俗的叫法。其实，这种花学名叫——绿绒蒿。

但绿绒蒿不是绿色的，有黄色、红色、蓝色、紫色。看见黄色花朵，我会想到酥油灯的形状，看见蓝色的，我会想到青海湖的蓝，这是大自然对人类的恩赐，让你在寒凉高原上见证人间尚有色彩丰富的生活。

整个夏日，冰沟河的野花，赶着趟儿装点着草原的美丽，它们开花、结籽完成一季生命历程。成群的马鹿、岩羊、蓝马鸡等野生动物在花草间闲庭信步。当我专注于马鹿清澈的眼眸时，它们正专注于马兰花丛中拍摄婚纱照的一对情侣。

花草热烈，山水情长，人间荡漾着生命的激情。

半路上，碰到穿着橘红色马甲巡山的人，他说，以前他是牧人，搬迁出大山后，他成了生态管护员，从放牧者变成了护绿人。在冰沟河景区外，他和村子里的人们开办起了农家乐，日子如蓝天、白云、碧水，还算安逸。

"山水有可行者，有可望者，有可游者，有可居者。"祁连山水，可行、可望、可游、可居。它是我们向往的家园，真想融入祁连的涛涛绿波，忘记归去。

山丹马场漫行记

1

暮色暗下来，我们终于在空阔草原上看见了一处村落。

十字路口矗立着一块很大的标志牌，写着"槐溪小镇"，有江南水乡的味道，字是蓝色的，下面是一个指示方向的箭头，向南，直指山丹马场方向。

雪域祁连，绵延八百里，纵深两百里。正是十月间，我眼前所见尽是白雪皑皑的峰峦，半山腰苍松挺拔，翠柏生辉，我怎么看，怎么想都与江南挂不上一点联系，居然起一个很有南方意味的地名，水灵灵的，古朴、诗意，心下既有欢喜又有疑问。眼前立即闪现出槐树、槐花、小桥溪水人家的怡人景象。

对于河西走廊，曾有"不望祁连山顶雪，错将张掖认江南"的诗来赞美西部桑麻之地、鱼米之乡。山丹马场处在张掖市山丹县管辖之地，起个江南水乡的名字也不奇怪。

就一条路，水泥铺的，四周都是草原，长满了芨芨草。才十月份，还不到深秋，草色却已枯黄，风声从草尖上吹过，发出凄厉的啸叫声。

天黑了不能赶路，大家犹豫着要怎么住下来。一位身着迷彩服、双手揣在袖口里、包着蓝色头巾的妇女，急急跑到车前，大声喊："你们住店吗？我带你们去。"

通过她的介绍，我们才知道，离马场还有大概十几公里，现在已经是傍晚了，要进马场还要通过一个关卡，只能等到天明了。

到马场看马看草原的人都会在村庄留宿，这是马场周围唯一能为旅行者提供给养和食宿的地方。

我们跟着那位妇女住在破败院落里新修的客栈。松木装修的房间散发着原木的清香，房间有电暖气和电褥子，在祁连山深处有这样的条件已经是上好的了。

住安稳后，那位包着蓝头巾的妇女说："我给你们介绍了舒适的宾馆，不抽介绍费了，明天进山你们可要骑我家的马拍照玩耍啊。"我们几个人都急着商量怎么找些吃的填饱肚子，根本不把她的话当回事儿，嗯嗯啊啊敷衍了事。

女人欢喜而去，依旧双手揣在袖子里，缩着肩，摇摆着碎步走了。

出宾馆门时她反身又喊："你们看清楚，明天我还穿这身迷彩服，包蓝头巾哦，不要认错人。"我们都没有应声，进房间收拾行李。

我从房间的大窗户中看到，暗色的天上挂着一小片铅灰色的云。云里一小角月亮探出头来，斜斜的，吊在那里，像一把薄薄的刀片，只有颤巍巍的锋利，没有光。

出了宾馆，天色更暗了，相距很远才有一盏路灯，闪着冷清清的橘色光芒，独对草原的空旷。拉长的影子足够让擦身而过的行人看清各自的灰暗和沉默。有三三两两的旅人，缩着脖子，打着冷战，从身边快步走过。

祁连深山中，天空很低，星星很低，像萤火，一伸手就能够到，又仿佛它们是为不远处的雪峰点的一盏盏小明灯。看见这种久违的景象，心下感慨，我已久居城市，离开这种星光引路的日子很久很久了。

我走，横亘的祁连雪峰也似乎在晃动，低空里的月牙也一摇一摆的，心间闪过一幅意境画：一脉山魂随冷月。

沿路两边有十几间砖瓦房，有的暗着，有的亮着灯。有间面馆，名字起得响亮——"白云边"，只是已经打烊了。

我们闻香而寻，有一家门口悬挂着两串红灯笼，被我们选中，大概是因着那火红的温暖。油烟夹着葱花的味道从门口飘散而出，一掀门帘，屋子中间安置有一个大大的铁炉子，炉子上一壶茶水噗噗地冒着热汽。我顺手提壶在侧，炉间火光跳跃，我立马伸出双手烤火，暖意盈满脸颊。

老板娘是一位漂亮的姐姐，像问候久别的亲人："路上冻了吧？快坐！坐！赶紧先喝些热茶！"

说话间，她便麻利地收拾出来一张铺着白布单的餐桌。一杯热茶，一张笑脸，几样小菜，一炉火，让我们仿佛回到家，回到亲人身边。

我说，槐溪小镇这地名起得好。那位姐姐说，槐溪小镇还在山里头，这儿是槐溪镇外的王家村，她是这个村的村主任。

她说，自从习总书记实地考察山丹马场后，天南海北的游客都来看山丹马。她们村抓住旅游资源，在脱贫攻坚的路上，发挥妇女同志们的内生动力，不用外出打工，成立妇女合作社，带动村民就地就近办起了打尖儿吃饭的农家乐馆子，为游客提供方便，也顺便挣钱增加家庭收入。

我为这位有主见、有头脑、有担当的村主任点赞。向操作间看看，有掌勺炒菜的，有切肉片的，有拣葱择菜的，还有揉发面蒸馒头的，看来生意红火得很呢。

这里不是槐溪小镇，心里有些许遗憾，但一顿可口美味的家常菜，又让我记住了王家村的好。村主任说，用的油是自己种的菜籽油，因为山丹是全国油菜种植基地，肉是自家养在草原上的牛羊肉，菜是高原夏菜，保鲜库里取来的，全是纯天然的。

我被她们的纯正、朴诚、自然、谦和感染，冷意早被消解，心间暖意融融。

吃过饭出得饭馆，小镇已经黑透了。几盏路灯，一幕星光，几处路灯映照的寒窗，久在城市，习惯了灯火绚烂，走在槐溪小镇外，陷入这种黑，仿佛到了陌生的世界。

雪是夜里落下的。祁连山像穿了一张鞣制的山羊皮袍，白而暖。村庄枕着落雪进入安眠状态。

清晨，大祁连给我们一个雪茫茫的世界。阳光一照，雪光熠熠生辉，空气格外清冽，多么美好，远处的草原一片寂静，生命好像处于停滞状态。风噤了声，鸟也噤了声，雪原上出没的动物不见了身影，鼹鼠、旱獭都沉默在洞穴中。

只有我们要出没在小镇上。

一出宾馆门，房檐上一块松软的雪，落下来，又落在地面的雪上，发出"扑簌"一声轻响，像我在心间发出的一声咏叹。

一场好雪，干净、通透，明亮绕眼，光华绕身。

天空格外明净，心情特别欣喜，我们带上明媚的阳光，一路向马场进发。

2

雪后的大马营草原，一片雪色银光。杉树、高原麻柳、芨芨草、灌木丛都挂上了洁白的冰霜，出现雾凇景观。远处的巍巍雪峰被阳光打亮成金黄色，渐次又变化成赤红色，呈现日照金山的壮观景象。雪地上蠕动的黑牦牛像是棋盘上执出的黑子，山坳里牧人的小木屋顶上飘荡出青色的炊烟，一切博大而温暖，一切辽阔而忧伤，一切如童话世界般纯净，整个祁连壮美得不可方物。一切语言在此美景中显得苍白而无力，世界纯净得只让人静默，只能用心灵感受草原的博大。

一群山丹马正从山坡奔跑而下，腾起阵阵雪雾，跑得快的已经在河边低头吃水了。这是一幅"饮马高原"的震撼景象。

牧马人穿着绿色军大衣，没有系衣扣，骑一匹骏马，左骋右驰，军大衣被大风扇动起下摆，像老鹰的翅膀，随风一扇一扇。牧马人驱赶着马群，口哨声忽而急遽，忽而轻缓，一群马嘶鸣着，奔向山下的西大河。

在这里居然碰到了摄影圈的朋友，他向我们介绍了一位养山丹马的牧人，紫外线晒伤的脸庞，一笑，白牙齿白得耀眼，据他说，《敦煌志》里就有记载，"河西之马为天下冠"，这片草原在弱水源头，这里草原广茂，水草丰美，杉树森森，百花似锦，养育着麋鹿、苍狼、黄羊、野驴，也养育着一群一群的山丹马。

牧马的人说，中国的边境史就是一部部战争史，而西部历代少数民族征战尤其甚。辽阔草原和戈壁，战马被骑兵部队作为精锐使用，战马以优秀的奔袭、突袭、骚扰、突击、快速拦截等能力，发挥着重要作用，是决定战争胜负的关键。因此，历代王朝重视养马业的发展。

我从立在草原的牌子上看到：山丹马场最早是由西汉时期霍去病将军创建，主要利用马匹作战，屯兵驻守，养马以控扼甘肃、青海的交通和稳定河西四郡，扩大西域边陲，距今已有两千一百多年。

而我对马最早的认识，是听奶奶讲驯马的故事。奶奶一生游牧，也是那片草原上出了名的驯马高手。

将烈马赶进高高的松树桩扎起的篱栅内，不停地吆喝马儿一圈一圈奔跑，先让马熟悉你的声音。每天跑，直到马跑累了，驯马人用平和温柔的"吁——吁——"声，叫马停下来。马会抖动一身汗珠子观察人，人也观察马，心眼相对。一天一天，马熟悉了人，开始放松警惕，驯马人开始用盆子端一些豆子或者麦麸拌的草料喂马，马的嗅觉灵敏，闻到草料的香味也会禁不住诱惑，马跑累跑饿了，在驯马人善意的吆喝引导下，会慢慢接近吃食和人。一天天，马会熟悉你的味道，变得愿意走近你，接受你。这时候，驯马人就要拿缰绳试着套马，一圈圈地跑，一遍遍地套，有些马性不烈，一但套住就会服软就范，很快由着驯马人将它栓在马厩里，去大吃大喝。

大多马儿不轻易就范，一但套住会继续奔跑，马跑累的时候压低套绳，使用绊马索，将马蹄绊住，使劲勒紧绳子，直到马蹄生疼，跪下来。烈性十足的马，疼到嘶鸣，才肯就范，等马儿跪下来时，快速用一尺来长的绊马绳把两只前蹄和两只后蹄绑在一起，这样马再也不能站起活动了。

驯马人很快把缰绳绕到树桩上，接近马的身体，用手掌一遍一遍捋马的脖子、脸和肚子，并用平时与马交流的语言让马平静下来，再套上准备好的马笼头，等马儿完全安静了，慢慢松开绳子，放开马蹄，等马从尘土中起身后，用笼头拉着马慢慢走几圈，马会随主人，你走到哪儿，它就会跟你到哪儿。

小时候看《三国演义》和《隋唐演义》连环画，画上的英雄人物，胯下必有一匹神武的骏马，或舒展四蹄奔突如风，或抱前蹄直立嘶鸣。说到精锐战马，还是《三国演义》中马超的"西凉铁骑"、曹纯的"虎豹骑"、吕布的"并州飞骑"和赵云投靠刘备前破虏将军公孙瓒所率的"白马义从"，这些战马为诸侯们攻城掠地，平定江山立下汗马功劳。

看到真正的军马群，你会感受到生命原始的力量，想象一下几千年前的先祖们，骑马指剑，弯弓射雕，沙场点校，或挥鞭征突，或牧马天边，在辽阔草原，在苍凉荒漠，在瀚海林间，在邈远雪山，战马啸风嘶雪，桀骜昂扬，为马上人平添英气与胆略，男儿尽显铁血豪情，那是一种多么奔放和野性的生活。

如今，我们仍然崇尚这种铁马精神，所以我才来看山丹马。也因从小生活在草原上，生命中与马匹有着割舍不断的情怀，才喜欢追寻马匹的踪迹。

一看见阵阵雪雾中奔腾的马匹，内心悠然升起一种昂扬向上的力量。

站在高处的山坡上，南望祁连雪峰，那是马场最主要的水源——西大河的源头，山峰在蓝天的衬托下格外清晰，白马、黑马、黄骠马、枣红马、栗色马、灰色马，在阳光照耀的雪原上饮过水后返回马厩，整片草原上马儿就是雪中的精灵。牧马人叫喊着马匹的名字或者喊叫着烙在马屁股上的番号，像呵斥自己的孩子一样，围追堵截着不让调皮捣蛋的马儿逃离出群。

能看到三四百匹马踏雪饮水，是一场多么盛大的视觉盛宴啊，激动，欣喜。感念一场遇见，如此见美，见喜。

嘶鸣响亮，蹄声浑厚，这片土地上战马、将军、征篷、白骨，历历过往被历史载入了史册。

3

秋天的雪，不禁晒，太阳一照，结冰挂霜的草地开始消融，雪一化，草原又显出苍黄暗绿的成色。我也不用缩着脖子瑟瑟发抖了，放开手脚可着劲拍照片。多美的雪原牧马图！军马不怕严寒，它们无拘无束，抖擞鬃毛，踏踏疾奔，蹄声扣击着高原的肺叶，接近它们，感受神行电迈、气如长虹的天马神韵。

同行的人是我的同学张毅，他带着女儿去骑马拍照。我们在兴奋中早已忘记昨夜那位为我们介绍宾馆的包着蓝头巾的妇女。

最吸引我的是一座大帐前，一白一黑两匹马，在清寒透明的雪野里格外醒目，甚至有点忧伤的意境。它们低头在雪地上啃草，我几乎趴在草地上为它们拍照，阔大草原上香甜的干草味与浓烈的动物粪便气味混合，直钻我的鼻孔。我的取景框里忽然就出现了提着两个破篮球的人，穿着迷彩服，脸庞黧黑，额头密布皱纹，走向白马黑马。

原来，破了的篮球削去少半，就是一个很好的料笸子，装满豆类、草料和麦麸拌的饲料然后套在马头上，马匹就会自己抖动着吃，料便不会撒落出去。

他是拿着拌好的饲料去喂马的，他说："我的女人打电话来，说是今天有几个来骑马的客人，我要喂好我的马，不然，客人们来了马儿跑不动。"

他说，她的女人没有工作，年岁大了，又不能出外打工挣钱，就想在这里搞个副业，养了几匹马，来旅游的人喜欢骑马驰骋草原，也想骑马照相，就挣几个拉马费，补贴在外上学和工作的孩子们——他们要在城里买房。

我一阵心虚，赶紧问："你女人是哪个？"

他手搭凉棚指给我，就那个穿迷彩服、包着蓝包巾的。

我心下一紧，正是给我们领路，介绍宾馆的那位妇女。她正为客人拉着一匹小红马，马上骑着一个小姑娘，走进积雪的山坡。

我没有告诉喂马人，我们就是他女人说的来骑马的客人。

这位养马人，有一种西部的味道，坚韧、质朴。漫漫时光在他身上留下了一种苍茫而沧桑的印痕。

一种愧疚，一直埋在心里，我想，要埋在明年夏天，再一次来看山丹马场。那时，希望能再一次碰到那个为我在寒夜里介绍住宿宾馆的为生活奔波的女人。

4

山路转个弯，进入大马营草原，有一条河叫西大河，不远处河水聚集成湖，湖水倒映着祁连雪山和辽阔天空。这里水草丰美，是山丹马繁育基地之一。

往雪山深处行进，就看见几座大帐，一眼就可看出是边地安的营，扎的寨。走近了，果然用篆书写着"骠骑将军大营"。

一座遗世独立的将军大帐，是祁连深处一座苍茫之城。

两千多年前，雄才伟略的汉武帝为解除匈奴对西汉的威胁，打通西域通道，派遣霍去病率军西征匈奴，收复单于城，改名为霍城，沿用至今。将军神勇奇谋，所向披靡，将一场场战争打得酣畅淋漓，驱匈奴于千里之外，创造了这片土地上"岁稔年丰，安居乐业"的盛世辉煌，现如今，深陷回忆的将军大营，独坐祁连，千年不撤，为王者归来持守一片山河净地。

古朴原始的空旷中，有悲鸣的嘶鸣自祁连雪峰、自草原深处、自焉支山茂密的森林中流传下来，汹涌的马蹄声、喊杀声覆盖着苦寒边地。松木、石头、帆布搭建的营帐、寨门、瞭望台、兵营、民居、马厩……一座古代的边城交织出苍茫西部与众不同的迷人气质，走在霍城周围，随处可触摸到历史：每一段残垣断壁都是历史的痕迹；每一根圆木，每一块原石，都落满历史的尘埃。

我想，我要会吹埙或者会演奏马头琴多好。远望蓝天，远望雪峰，奏一曲苍茫辽远的曲子，带上时间的、历史的旷远和秘密，怀想曾经这片草原上马匹驰骋纵横，彰显汉家军威的雄浑景象。

不会吹埙，不会演奏马头琴，只好听风。风卷着雪粒，一路狂奔，啸叫，在这片草原上演奏原生态的歌谣。一会儿腾起白色烟雾，一会儿又旋转成一股黄色旋风，刚刚吹一层薄雪急滚，后面又卷起一波风，裹挟着枯草末或者沙石，飞旋着远去，像疾驰的马匹的影子，一闪而过。

即使站在一波一波的冷风里，即使面对皑皑雪山，我依然心情激动。这山河册页，这八百里祁连，璀璨、辉耀，值得将军挥戈收复。

午后的阳光，暖烈、明亮，一照，轻雪隐匿身影，汽化成烟。纯净之暖，落在枯黄草茎上，有扑簌簌的响声。大帐前吃草的马匹，默默低头，努力变得肥壮，脖颈间的铃声，惊扰着两千多年前的尘埃，把欢喜和安暖传递给远处钢蓝色的雪山。

长望雪山，暮色四起，守护将军大帐的人，看护马群的人，他们用大风的口哨和牧鞭收编了山丹马的蹄声。祁连隆起脊梁，驮着落日卸下的铁马江山，铿锵前行。

5

舍不得离开山丹马场，我们在午后的暖阳下绕西大河游荡，在河边看到了一块写着"鸾鸟城遗址"的石碑，古城遗迹近旁有一座现代建筑——永昌县水灌处。门口站着一位女同志，她用打探祁连雪峰的眼神打探着远道而来的陌生人。

古老的鸾鸟城下，西大河水库水波荡漾，湖面上碎金熠熠，似一块翡翠镶嵌在草原上。不远处有孤独的牧羊人放牧着自己的羊群，窟窿峡的幽深依稀可见，满山苍松于大野之中领受风雪袭扰，一墩一墩芨芨草向路人招手示意。

古城遗迹的城墙上，建有一座黄泥小屋，木格子窗，既空洞，又震撼我心。

抚摸开裂的木纹，似乎有曾经驻边将士的气息传递过来，也许窗下也曾拴过一匹匹战马，也许换防的铁骑也曾嗒嗒入城……

每一格木窗后面，会不会有一双思念的眼睛？独守苍茫祁连，看晨曦，迎朝阳，送黄昏，等月亮升起为祁连雪峰点上一盏灯，是不是每一窗格中都会镶嵌一颗最亮的星？

也许会有人独对月光，用胡琴奏响一曲忧伤……

远处西大河边的芦苇和近处的芨芨草摇曳着枯黄，无数鸟儿在河边起起落落，有几只排着队飞向雪山的方向，山那边是青海。此时此景，让我不由得想起一首蒙古长调《鸿雁》。

绕黄泥木屋出来，迎面碰到水灌处一名工作人员，他说，自从总书记来过山丹马场后，来这片草原的人越来越多，他们的寂静也被打破。

他说，西大河是祁连山的血脉，金昌市区供水基本靠西大河，在二十世纪七十年代修建水库时，才发现了一座汉代古城遗迹，经文物考证认定是西汉所建的鸾鸟县城遗址。

站在鸾鸟城遗址上，看雪峰雄峻，银装素裹；看层林叠嶂，林木葱郁；看河边黄沙，草木摇曳生姿；看百鸟翻飞，鱼翔水库。这片草原上拍摄过电影《牧马人》和《王昭君》，这里雪山、湖泊、草原、骏马、羊群构成祁连山最原生态的风景。

我不知道，一座古城在历史长河中是怎样变成废墟的，也许是战争，也许是自然灾害，河西风大，或许一场卷地的北风，毁了一座城也未可知。只留残墙在河西的大风中，与皑皑雪峰相伴，让我也见识了塞外白草、黄沙、残城古梦。

时光深处，马匹的嘶鸣声却一直在这片草原不绝于耳，我仿佛听见，在古朴原始的空旷中，有悲鸣的嘶鸣自祁连雪峰传下来，汹涌的马蹄声、喊杀声、风吼声覆盖着苦寒边地。

我觉得这里正是金戈铁马之地，水灌处的工作人员却说这里是"隐居"之所。他说这片草原上，谁都知道鸾鸟的故事：一位名叫鸾的男子，不想过连年征战的生活，他与心爱的人约定，他先去祁连山深处打理窝铺，一个月后女人来找他，在这里安静祥和地过一辈子。可是鸾到深山后一直等啊等，牵来的马匹与山中野马生了一匹一匹小马驹，可他的爱人始终没有来找他。也许迷路了，也许变心了，也许在战乱中死去了，后来，鸾等待的眼泪变成了一面湖水。

如今，这片草原马匹犹在，湖水犹在，忧伤与苍凉、凄美与丰盈依然亘古未变，唯独鸾不在，他已变成一只鸟，守在湖边。他的眼泪汇聚成湖，形成湿地。沙柳、挂果的灌木丛生其间，鱼虾出现，又适于鸟类繁衍生息，逐渐地，这里成了百鸟翻飞的天堂。

就让我的泪从一声声鸾鸟的呼唤里开始，唤出逶迤的雪山，是爱人健硕的身躯；唤出河流、湖泊、苇草、沙柳和灌木，唤出百鸟齐翔，百兽来饮，是我生存的家园；唤出的马匹牛羊，是这片草原子孙满堂。

那四季凄风中的芨芨草，是生生世世的眺望和等待，它们一直在唱一首歌：有人说，高山上的湖水，是躺在地球表面上的一滴眼泪，那么说我枕畔的眼泪，是挂在你心间的一面湖水……

你若来，内心里那一滴感恩的泪也会为一面湖水增加另一种厚重。

因为在湖边，看见那么多马匹的影子映在清亮的湖水中，像一个荒寒清远的梦。如果不是天空的雁鸣提醒我，我会被海拔2900米处的阳光晒成湖边的一株野菊花，就躺在祁连山中，躺在西部，躺在祖国的边地，那时，我会与这里的马匹回归我的另一个人间。

天堂的石头

天堂是地名，是黄河支流大通河岸上的一个小镇。大通河水流急、落差大，适宜修水电站，修的水电站多了，河水一浅就水落石出了。

石出于水，像一场梦，说醒就醒了。醒了的石头一现身就是天堂寺经书里记载的聚宝盆——天堂龙石。

天堂龙石自然造化，形神兼备，是为奇石，彰显着中国古老文明的元素。

于是人们开始找寻龙脉余留的其他迹象，河岸上就多了一些躬身找寻石头的人。

河滩上石头多啊，从来没有那样仔细专注过石头，是诸神散落人间的流星吗？是一群群鸟独坐河边吗？还是一个个故去的灵魂静修成石头，回归人间，仿佛一只只大大小小的眼睛观望着人世？

古老的雪山融水，古老的风，古老的岩画。我也相信石头会在古老的旅程中开出花，结出果。几百年，几千年，一条黄河的支流冲刷、腐蚀、摩擦、搬运，自然造化的神工妙手让一块块石头在远行中打磨刻印下岁月无数的形象：花、鸟、鱼、虫、人……石上禅语，石中妙境，在浩浩荡荡的水流中宁静呈现。

想通过一幅画，一首诗，一个字，一片风景看穿石头的内部。但寻石、品石的过程那般忧伤、孤独、寂寥。

找寻石头是找一种意境，一种想象，一种思想，一种哲学态度，一种美学指示。

低下头颅，俯下腰身，我最终找到的是向大地上的事物低头的意义。

流水舒卷，那些触石而碎的水花多像天堂寺里千手观音的手指，轻灵、柔软、巧慧，洒一路悲悯的清音。流水在雕凿石头的同时也在用碰撞的声音和力量表明着自己的存在。

即使有流水声，我觉得空旷的河滩还是寂静的，只有太阳做伴，正适合我放开想象的思绪。想到高山流水，想到虫鸣蟾鼓，想到河岸上日夜奔跑的风景，想到流水长距离地搬运，想到流水相对石头是一种创造也是一种破坏……

石头就与我一样，整天深陷在想象里，流水的刀子，把它想象的美或者痛一天一天刻进石头，等一双灵智的慧眼发现并领走一块石头的灵魂。

因缘际会，寻一块石头是来看流水洗刷的岁月。打问寻找奇石的人，他们或者是画家、书法家，或者是摄影人、诗人，忽然明白，寻是一种意境，他们躬身寻找太阳、月亮、星辰，寻找动物、植物、昆虫，也在寻找李白之诗，清照之词，寻老子山水之境。他们愿意一生简单成一颗石子，一枚月亮，就靠阳光雨露，草木虫鸣活着。

他们把捡来的石头当作独具个性的生命形态来解读，并以审视苍穹关照自然的胸怀与气度与石头进行心灵的对视：人当如石，多一份沉默，少一份张扬，朴实无华，安守清贫，最终化为一粒尘。

一粒尘长久，长久到生命短暂者永远无法与石头交流，更无法探知石头内蕴的奥妙与真相。某一天，一块石头会矗立在我们的墓前，我想那时我们才会真正走近石头内部，石归于土，石归于水，在泥土和水域深处，坚硬、锋利隐于阴柔，贪嗔痴隐于淡泊，一切又归于梦，归于真，归于大干净。

西去苍茫

1

向丝绸之路咽喉——乌鞘岭进发，其间要翻越海拔 3562 米的高山，要经过 40 多公里的乌鞘岭、安远、高岭、福尔和古浪峡 5 个隧道。出古浪峡一路向西长驱平坦的河西走廊，生命的体悟就在西去苍茫的路上了。

秋的景象从眼前闪过，草色渐枯，树叶泛黄，天空高远明澈。天气也越来越热，但是到了凉州，相对中原这里肯定凉啊，又在中原的西边，古时又称西凉。

"凉州不凉米粮川"，古人早有总结，而且这里还是河西的大粮仓。祁连山脉以乌鞘岭为分水岭，海拔渐次降落，过了古浪峡到凉州已经是庄稼茂盛、活色生香的平原了。

是平原就特别能包容，西凉这地儿就你来我往更迭了好多朝代和民族。前秦、前凉、后凉、北凉、南凉、西凉的朝代走马灯似的，突厥人、匈奴人、鲜卑人、羌人、回鹘人、吐谷浑人、吐蕃人……这么多人一会儿是亲戚一会儿反目成仇，一会儿为草原一会儿为美女，一会儿为牛羊马匹一会儿为田地，争个你高我低的，最终所有朝代和所有人都消隐在了时光背后，那样深幽。

到凉州，有一学府是必须去看看的，学府叫"文庙"。文庙里有一书房叫"藏经阁"，修持佛法的高人都去那里诵读经文，那里也曾出了一个译经的大德高僧鸠摩罗什，从西域来的梵经到繁华的凉州城必先歇了脚，再经翻译了送去长安和中原，中国的佛教因鸠摩罗什而面目一新，凉州也因最早见到真经而显其地域的神秘性。

凉州人供奉的还有百塔寺，也称白塔寺。这里也曾有高僧萨迦诵经传法，他在西藏获得班智达学位，应元朝阔端王邀请，来凉州会盟，将西藏纳入元朝版图之内。这里也有一个译经之地叫"海藏寺"，母亲曾说过，海藏寺佛殿前的那口井水与西藏布达拉宫的井水相通，小时候觉得很神奇，如今我在想，一切圣水源自青藏，三江之源水系茫茫，谁能说水路不相通。

凉州的白塔是数不过来的，有人说是99座，有人说是100座，还有人说是108座。有一天，住在白塔周边的一位农人与住持打赌，说他一定会数清楚白塔的个数。他挑来一百多个草帽子，要一个白塔戴一顶，到时就清清楚楚了。结果他一顶一顶戴到差不多时，来了一阵风，把草帽全吹走了。罢了，罢了，是佛就有三千，是物就会无相，无相无形，你认为是多少就多少吧。神性的大地上，百姓们自会编来许多的神话故事自娱自乐，来游玩的我听了也去数，怎么也数不清，怀惴一分敬畏和欢喜离去。

远远我就看见高高矗立的铜奔马雕像，它不仅是凉州的城标，更是中国旅游标志。曾有"凉州大马横行天下"之说，看那马儿昂首嘶鸣，轻盈超雀，浪漫、自由、奔放，看见它就有一种力量和希望。

马背上的凉州正是葡萄收获的季节，葡萄园里到处是欢声笑语忙碌的人们。葡萄酿酒，难怪诗人王翰有脍炙人口的凉州词"葡萄美酒夜光杯，欲饮琵琶马上催"。凉州处在北纬三十六度，西部沙漠气候的沙性土壤利于葡萄的"呼吸"，正是种植酿酒葡萄的绝佳地域，因此这里是中国第一家葡萄酒城，出产的莫高、紫轩品质享誉国际。

在西凉大地上生活过的诗人高适，曾在凉州放下话：做不成儒者，便做酒徒。饮了西凉酒，自然诗情豪迈，英雄骑马壮，驰骋祁连山下，走边关披冷月，醉卧沙场，一首首边塞诗便雄健地诞生了。

摘葡萄的人们摘累了，葡萄也吃醉了就开始在田埂地垄唱书，书是《凉州宝卷》，有念说有唱腔，一段段故事有好人有坏人，都是邪不压正的，都是劝人向善的。弹瞎（哈）弦，也称"贤孝"，弹着三弦，唱音拖长调，讲二十四孝的故事，规劝人们懂孝道礼义，做孝子贤孙。

醉了也跳一阵舞，胡旋舞、龟兹舞、西凉乐舞、扭秧歌。西凉大地上，人们总是会调制生活的度和蜜。你要问都跳什么样子啊，要么来西凉看看，要么就到敦煌的壁画里去看，反正西凉儿女都善甩能跳，甩出的长袖都炫民族风，跳出的乐舞都是丝路花雨。

我不能醉在这里，我得去吃上些饭好赶路。凉州饭食可谓庞杂，都透着西部人的粗犷和朴素。你想啊，那么多少数民族在这片大地上驻留，你留下一样我留下一样，可不庞杂了去了，听听名字就有胡人风：手抓羊肉、牛杂碎、大盘鸡、搓鱼子、扁食、馕、锅盔、转百刀……不胜枚举。我就近选择了一家老字号饭馆——老孙家三套车。

这三套车据说是左宗棠收复新疆时驻留凉州，在带队伍种左公柳时发明的一种吃法。一杯用烧烤的红枣、枸杞熬制的茯茶，一碗卤汁浇的宽叶行面，一盘卤肉，既经济又实惠便当。当然你有闲暇了喝两盅酒也不是不可以。凉州人就这样在吵闹的市场里喝着消食化腻的茯茶，咀嚼着肉片，打发着一载光阴。说不上他们的生活是快还是慢，但市场里炒勺碰炒锅的声音叮当作响，似乎很是赶着趟儿呢。

我也只是过客，不能久留。有一种生活总是喜欢"在路上"，追着风景，追着美，追着梦一路飞翔，像天马行空。天马自西域来，我此行向西，追寻铁马冰河的热土上有着怎样的风景……

中国的镍都——金昌，一晃而过。从车窗看出去，祁连山脉银白一线，那里有丰富的矿产，那里有冷龙岭的水源，是金昌这个工业城市的命脉。出得城外，又高又密的芨芨草弥漫开去，似遍地开着白茫茫的花，永昌的村庄在芨芨草的遮掩里若隐若现。风掠过结籽的穗梢，尖锐的声音仿佛从雪山顶上滑落，虽然外面阳光晴好，听到凄厉的风声，我的心还是轻微地寒战，西去苍茫就这样有了感觉。

骊靬古城的标志牌在眼前了。传说曾有一支古罗马兵团在征战中迷失，有学者推测他们可能辗转来到了中国西部，最终在永昌县的者来寨定居下来。史籍《后汉书》上曾设置过"骊靬"县就在今天的者来寨。这里确实有些人具有金发蓝眼等类似欧洲人的外貌特征。但这些说法目前尚无科学依据证明。

焉支山，草原出现，松林出现，马场出现，青灰褶皱的山系，这里曾是匈奴人耕牧之地，有"失我祁连山，使我六畜不蕃息，失我焉支山，使我嫁妇无颜色"之说，点绛红唇、装扮嫁妇的胭脂花在白露过后早已不见了踪影，只有晒干的野蘑菇、发菜、肉苁蓉，村民用鲜红的塑料袋拉一串招人眼目的广告牌兜售山货。我陡然想起，这一串串红不正是胭脂花的颜色吗？自古以来雪山下的花朵都是血性汉子采撷给他们心爱女人的献礼，正因为这种情怀，匈奴人才有记载：保护一朵花就是保护女人，保护女人就是保护自己的家园。这是一首歌谣，是一句誓言，是铁血柔情。我来时错过了花季，未曾见到胭脂花，成为心中的遗憾，这种情绪正适合我想象，西汉时期的匈奴人是怎样抱紧一朵红，一步几回首地、忧伤、凄绝地离开焉支山。

放眼远眺，满山苍松里还有没有匈奴人的鸣镝声和歌谣呢？只有风在空旷中发出连绵的呼啸和叹息。

雪落祁连山，胡马度过的阴山下是一条雪水浸溶的焉支河。我此行正是沿着焉支河的一条支流——黑河，走向黑水城，党项语称"额济纳"。

一路向西有许多好听的地名。出现路牌——花草滩，多么诗意浪漫的名字。可是这是一片间或戈壁，间或青石铺成的不毛之地，委实不见一朵花。我只好安慰自己，也许夏天里是有许多花的吧，所以人们才起如此有诗意有希望的名字，在茫茫戈壁上偶尔唤醒我们的眼眸。但内心开始生出一些悲凉，金秋十月正是别处秋色斑斓时，西北以西的大地上却是荒凉裸露，因为祁连雪岭，因为冷，因为缺水，因为西北的冬天就要来临了。

一段相对完整的明长城在花草滩上逶迤西行，也许那高耸的烽燧就是一朵一朵的花吧。在古老时间里开出的废墟之花，与祁连雪山相映生辉。

312国道从这里横穿长城口，感觉像个送别口，想起弘一大师的《送别》，"长亭外，古道边，芳草碧连天……"，出了口就是出行关外了，也有了一种边塞情怀。一条横亘的土墙，远古时期的门户，阻越马蹄，阻挡箭镞，多少纷战在它身上留下残迹伤痕。它只是沉默着，任凭漠风来来去去地鸣咽。断口处有一烽燧，高且厚，兀然矗立，曾经的喊杀声早已吸纳在它高天厚土的胸怀里。它寂静地收藏着战争，收藏着捷报，收藏着血与火的岁月。历史在这里锈蚀成时间，它只是高昂不屈的头颅，微微眯缝着眼，静观大野辽阔，风沙茫茫，野草离离。

嗯，西去阳关路迢迢，不折柳，不设酒，不吹羌笛，不见胭脂，一路苍茫厚重，请为自己保重。

2

出了长城口，从高速标志牌上看到大多地名都与寺、湖、泉有关，文殊寺、马蹄寺、木塔寺、圆通寺、西来寺、大佛寺……梧桐泉、海潮湖、黑河黑水、甘露，我甚是为这地名欣喜。一路大漠戈壁，你就看着这水灵灵的地名抵达一种清凉境界，寺多泉多，柔软清澈就会诞生，悲悯就会驻留人间。

也难怪，张掖，古代甘州，甘泉之地，佛法从西域传入后为译经传法的地方，亚洲最大的卧佛睡在甘泉腹地，云烟深处，一片泽国，一个充满传说和神话的圣地。

来张掖一定要膜拜大佛寺的。大佛寺建于西夏崇宗永安元年（1098），那时的西夏攻下"甘州"后为巩固政权推行一系列汉化政策，包括兴建寺院。大佛寺历经历朝历代佛光熠熠，菩提生根。山门有一楹联：

卧佛长睡睡千年长睡不醒，问者永问问百世永问不明。

千百年来，大佛似睡非睡，似醒非醒，睡穿光阴，任身在红尘的众生那么多疑难诘问而不响。

小时候父亲带我们兄妹来过张掖。他告诉我们张掖是张国臂掖的意思，是宣扬"断匈奴之臂，张汉廷之掖"的雄风，代表大汉疆土的张大，雄伟宏阔的西部边城又成了国家的手臂和门户之意。也曾专程带我们膜拜过睡佛。父亲说佛涅槃，人离世，世上一切缘来缘去，有生有灭，这是自然法则，佛也不例外。大佛以涅槃侧卧讲述天、地、人是平行的，平等的。我站在大佛脚下看佛像，那眼睛分明是没有闭上的，慈眼含笑，有"视之若醒，呼之则寐"之说。父亲说站在佛的脚下，把自己放在低处，有什么比自己的脚底下更低的事物呢？更低处才能看清事物的另一种状态和境界。从小我们就懂得人心也是需要向下向低处看齐和微笑的。更让我记住张掖的是大佛寺墙壁上的画，都是西去路上取经历险的故事，父亲说并不是有了《西游记》才有壁画，而是壁画上早就记载有西去取经的故事。但那时父亲的心思并不在给我们讲风景讲故事上，他是带着忧伤找寻亲人的。我们到过高台，取回两张照片，一张是郑义斋爷爷保管经费的钱匣子，一张是奶奶杨文局来凭吊西路红军英烈的照片。我和父亲到过临泽，只是一路地走，一路地沉默。直到那年叔叔从西安来看郑爷爷牺牲的具体地点，临泽又成为我们心头的伤痛。

今天我依然路过这片土地，可是亲人们都走着走着就走散了。爷爷奶奶走了，父亲母亲走了，哥哥弟弟走了，我在心里对随车而过的张掖深深拥抱，对远处的大佛默默祈祷。某一天一转身，我也会给世间留下深深的一眸，或许，就那么离开尘世走了，不再见大佛不再见泽国，不再与爱和被爱的一切有联系。

人在尘世的赶行是无常的，正如佛在某一天突然一睡不醒，百问不应。

出张掖县城，公路两侧是玉米林和葵花田，大地湿润空旷，颇有烟柳成阵的迷蒙感。正午的阳光下葵花低垂头颅，竟有人顶着大太阳收割葵花盘。农人给了两个葵花头，我高兴得也似自己收获了劳动果实般喜滋滋地一颗一颗掰着吃。

经过一片黑戈壁时，我和爱人被大片大片的金黄和枣红吸引，车速慢下来仔细查看才发现是农民们在晾晒采摘的玉米和大枣呢。原来此地是工业园区的玉米基地。能不喜悦吗？身居高原从来没有见识过这种收获庄稼的大场面，而且那玉米在阳光下闪着耀眼的金黄，剥了皮的玉米棒子一个挨一个又连成草原一样广阔的大片，像给戈壁穿上了黄马甲，又像戈壁张开的翅膀，如此盛大的收获，戈壁是想要大鹏展翅，乘风飞翔呢。

晒枣子的嫂子，脸庞和枣子一样，我想要给她和枣子一起照相时，她羞涩地笑着说不愿意，她说脸晒得紫红，照了让人笑话。我不勉强，但我想，只要心贴近土地的人，还在吃五谷杂粮的人都会喜欢这种太阳晒后的通透和朴实。敬重劳动，尊重粮食是所有有良知的人的共识，面对劳作和收获场景一切都是美的，都无需遮掩。

爱人趴在地上，忘了戈壁碎石的硌疼，拍了一组大场景的玉米照片发微信朋友圈，起名金色大地。看见的人都喜欢得不得了，收获就是开心。

到临泽是为了观瞻我慕名已久的丹霞地貌。

转过几个山弯沙丘，一山坳里突然看见矗立的西路红军烈士纪念碑。我的心里一下有些难过，泪水瞬间模糊双眼。想起叔叔说过的话，他说郑义斋爷爷最后的牺牲地点就是在临泽的一个小山坳里，为此他专门来临泽取一捧鲜血浸染过的沙土带给奶奶保存。我想那红艳的丹霞也许是对英烈们的一种慰藉吧，赤胆忠魂、青山做证、英灵长存。

虽然在 2004 年的一本《摄影世界》上看过张掖丹霞的美貌，亲眼相遇，还是惊艳得让我震撼，激动不已。红、黄、橙、青、灰、白，色彩相间，层理交错，斑斓的色调灿烂夺目，走近了看都是砾石，有流水和风沙侵蚀的痕迹，斑驳纵横。我跨过护栏想去看个究竟，或者想拥有一抔五彩的沙砾，结果被保护丹霞的志愿者叫停。他笑脸灿烂，幽默地说，好多来看丹霞的游客都想近距离抓一把彩色的沙带回家看个明白，不过只能远观，还是保持神秘的好。

他接着说，河西走廊就一个临泽，临泽只有一个最美的丹霞，除了美和回忆你什么也不能带出山谷。

我们都笑了。我自己紧着说"对不起"，心里有点惭愧，太喜欢，太爱慕就有了贪念私心。

丹霞从 1 号至 5 号有五个观景点，看看那蜿蜒到白云深处的台阶，我怕走不到最高观景点。但美是属于有梦想的人的，沿着陡峭栈道，我不怕气喘，不怕腿累脚困，一路追寻着美，一路领略磅礴丹霞的宽广宏阔、伟岸奇绝，从不同角度不同光线下欣赏丹霞色彩变幻的千姿百态，不知不觉我已站在最高处。

站在最高的观景台，我的眼前没有了浩瀚沙漠的沧桑，有的是热烈、温暖和神秘。想到我们进山时，山谷外有水渠，庄稼地，有苍郁丰绕的林木及平野人家，村庄门前有梳齿形的篱笆，有零落的麦草垛，鸡儿狗儿在草垛下踱步。七彩屏障的背面正是刚刚收获后的田野，真可谓是一片人间翡翠地，一山披绿一山挂红。远处还有祁连雪山的洁白和草原的广袤绿垠，多少劳作的百姓在丹霞堆叠的彩石间安静耕耘，安静收获，岁月如此安详静好，牛羊是山间的精灵，虫鸣与狗吠证明着人间的活色生香，与庄严静默不动声色的丹霞群峰形成广大的尘世。那些小小的村落如丹霞腹地的小船，百姓炊烟是远征的帆，带着浪峰般跌宕起伏的丹霞盛景在大戈壁里游弋。

壮哉我西部，美哉我河西走廊。

我认定这里是神奇的童话世界。旷世的风吹拂了经年，荒寂大漠上，阳光洗涤着画卷上的尘土，白云在红艳的丘陵后变幻着各种形状。峡谷、高山、七彩屏障，似连绵火焰。我想起了孙悟空打翻的八卦炉，想起了铁扇公主能扇风能点火的扇子，是神仙给人间制造了如此奇崛苍劲的美景吗？又俨然像是毕加索、凡·高类的疯狂画家在沙漠里打翻颜料盒尽兴作了巨幅神秘色彩的画卷。专等有缘人来感受，来让心得到震憾，让灵魂得到惊喜。

爱人说等到夕阳落山时丹霞会有更艳丽更神秘的神韵，于是我就等。

耳边传来的全是专业相机咔嚓咔嚓的快门声，摄影人用眼睛看不够还要用影像记录美。经过身旁的一位导游介绍说，西面的山是一座睡佛，佛睡在白莲花上。人们一阵惊叹，有人看见了睡佛的姿容激动万分，有人怎么也看不出睡佛的形状着急发问。导游说有心的人才能看得清楚，人们又是一阵躁动，看见的看不见的都大惊小呼。

睡佛安详，就睡在红层中突出的那几瓣白莲花法座上，圣洁美丽。

来看丹霞的情侣很多，两个人，要面对丹霞留下青春的记忆。他们邀请我帮他们照相，我是感动的，面对这场景，我们有理由相信爱情，真诚似火，丹心一片，正是青春和爱情的象征。

夕阳西下，夕光打亮的峰顶赤红艳丽，缓坡处阴影出现，横看成岭侧成峰，山峦叠影让先前平淡恬静的山体显现出立体感。山下的丹霞层理在有阴影的光线里仿佛是少数民族姑娘穿的大摆裙，褶皱一层比一层绚烂，坐了观景车缓行而过，一闪一闪，似姑娘的裙摆在风中舞动飘荡。

只是我没有看到太阳落山后暗下去的丹霞是如何摒弃一天的喧嚣沉默在山谷中的。看景不能看完全，留下一些念想有理由再回来，再相遇，人生本就充满遗憾。

3

我们离开临泽上高速公路，沿着秋收的痕迹一路向西，放眼祁连，雪岭相随，落日浩大，一条冰川融水的黑河，穿峡出谷绕行高速公路左右，茫茫戈壁有一种辽阔之美。在越来越幽暗的暮色里，一望无际的田野如烟如霞，玉米、葵花已经采摘完毕，茎秆和披散的叶子顶着金黄收敛着落日最后的余晖，直到如涛的风声响起。

在风声夜色中穿越戈壁，野旷天低才真切地感受到。让我欣然的是夜行的路上与深邃的星空相遇，你可以想象，西部星空有多么浩大。大漠戈壁过余平坦、毫无起伏，大地的边沿就是天空的边缘，迢迢银河，群星闪烁，仿佛是倾斜在大地上的河流。我们有多久没有看到过夜空中的银河了？在城市"灯火辉煌"的映照下我们甚至忘记了抬头看如此澄明的星空。

大地上出现一片灯火，像繁星落入人间，让我感到人世的亲切和温暖。就在灯火万家的暖中我和爱人抵达了酒泉。

酒泉，雄踞中西陆路交通要冲，丝路漫漫，雄关重重，是嘉峪关内的第一城，在中国版图上有着显赫的地位。古代各民族交往出入于关口，各种文化碰撞融汇在这里。传说，霍去病击退匈奴有功，汉武帝赐御酒犒赏三军，由于酒少将士多，遂倾酒入泉，全军共饮，后建郡命名酒泉。这是小时候父亲讲的民间酒泉，长大后从书本上了解到酒泉属于古代雍州，早在石器时代就有人类居住，并引泉垦地、种粮食、制陶器，有粮有陶罐就有人酿酒，有美酒的日子自然是乐然陶然，更多的人迁移集居在这片土地上，清泉美酒共度日月。也许这是酒泉最真实的来历。

夜里十点多，大街上灯火通明。这是金秋十月，天南海北跑来看额济纳胡杨的游客将酒泉的各类宾馆饭店都占满了。跑过一条条街道打问住宿，却看到满街总有柳影绰绰，感叹一座大漠戈壁上的城市却烟柳成阵，繁花迷眼，问停车场的保安员，他告诉我那都是"左公柳"，有些老柳曾是当年左宗棠收复新疆经过酒泉时号令三军种下的。我都走远了，却还听到他咿咿呀呀地唱："柳柳柳，江南酒，不知君见否，溪左右，村前后，故乡处处有。"

一座城市的古朴就这样感染了我，似江南水乡的情调，它民风淳朴的一面也让我窥见一斑。在浩瀚夜空下，我感受到的酒泉也似一颗恒星那样，静静地在大戈壁上闪耀着，那柳，那人，亦是。

大清早出发，在一处加油站听一服务生介绍，说金塔的胡杨美景也不亚于额济纳的，因为金塔水源丰盈。

摄影人追求的当然是光、影效果，有水就有倒影，镜像会更空灵妩媚。于是我们先赶往心中的大境相。

天麻麻亮，路面青沙沙的，星星正一颗一颗隐去，戈壁上的碎石却一块一块地明晰起来，太阳快要升起了。还真没看过大漠日出，两眼紧盯着地平线，天地一片混沌，空阔而迷蒙，不见太阳半顶点脸面。等我眨几下眼，一个大红球整个儿就跳了出来，火红火红的，悬在那里，难道太阳也像西部人一样有着古道热肠、豪气干云、直爽奔放的性格？说来就来，该出手时就出手，不拖沓不遮掩，真是光明磊落。

倒是戈壁上的芦苇最先感受太阳的光芒，青色的苇穗疏密错落、摇曳红光，像是燃烧的火焰，又像是电光彩虹般闪过大漠的吉祥蜃景。

我见过张掖城外大片水域中生长的芦苇，叶宽枝高，青翠逼眼，也因此有诗赞美张掖"半城芦苇半城塔"。主要是一条黑水河绕城而过。可我真没见过干旱戈壁上的芦苇，于是下车看个究竟，干旱处的苇草茎秆粗壮、倔强，叶片像竹子，穗头青灰，长势不高，低矮地连成大片，根紧密地掘进大漠。它们靠天吃饭，只要大漠中落下的雨水积在低洼处，它们就有了生存的温床，在植物世界里不讲究原则就是最高原则，只要生命活过一回，芦苇就挺立在干涸龟裂的沙土上。那些穗子让我联想到征西将军的盔缨和胡须。西风猎猎，逼退青葱的颜色，最终不喊疼不叫苦的芦苇怀抱怎样的生存喜悦与哀愁熬到兼葭苍苍，白露为霜？生命如此坚韧，活着如此低矮忧伤，多么不易。在戈壁，我被这卑微而倔强的生命感动。多想是一株苇草的样子，站立成荒漠的风景。

到了金塔生态园林区，清晨的阳光打亮最高处的胡杨叶，金黄金黄的，林子里有淡淡的薄雾，树叶上挂着露珠，特别静谧，我都不敢踩实脚下的落叶走路，怕那窸窸窣窣的声响打扰了这份宁谧。

忽然自悠远处传来铮铮的铃声，清脆、悦耳，忽而遥远有点神秘，忽而清音贴近心灵。正在我恍惚间，一位红衣少女牵一匹骆驼缓缓从林荫走出，一边是成排的胡杨林，一边是清澈宁静的湖水，水中倒映出金黄与灿红，恍若仙境。正如人们所说，"相逢的人还会再相逢"，我们在这里又一次与兰州金色大漠的摄影团队相逢，这里有资深老师在做拍摄讲解，他们在设景，让摄影人找寻大漠驼影那久远的记忆与风景。

进入林深处，随处可见彩色的户外帐篷。有全家老小挤在一起来野炊的，有相爱的人一起来看胡杨的，大大小小的彩色帐篷点缀在金黄色的胡杨叶间，一个五彩的世界，一个有爱有温暖的温馨地。

真心祝福这些到大自然中体会快乐的人们，我想他们和我一样，有追寻胡杨的梦，有爱美的情感，有喜爱自然的情怀，有热爱生活的趣味。

用手机拍胡杨景色，很快就没电了，正在发愁时，我看见开阔处有一家简易餐馆，汽油桶制成的炉子上一口大大的黑铁锅，蒸汽腾腾，走近了才知道正在煮羊肉，他们夫妻俩卖羊肉粉丝汤。我说是想找个插座充电，男人很热情地帮我插好充电器，但他说他很忙顾不上替我看住手机，要我亲自等候充电。于是，我坐在一旁和他们闲聊起来。

这一聊让我收获不小。卖羊肉汤的掌柜的还是个喜欢收藏古董的人。他说金塔是个非常阔气的地方，我说我看见的都是荒漠哪有阔气。他问我，你知道肩水金关汉文库吗？你听说过汉武大湾城吗？我一一摇头，经他讲述我才知道，肩水金关出土的汉简居全国之首，有一万两千四百七十二枚，整个是一部河西走廊史册，月氏、乌孙、突厥、匈奴、羌、鞑靼、回鹘、西夏、蒙古……那么多少数民族融合聚居，留下多少繁荣景象需要记录？有多少徭役赋税苦难灾荒需要记载？又有多少西域国归入中原版图得刻成历史？在没有战事的时期，一个守边都尉的主要工作就是记载边防戍守、屯田赋税、历法风俗、水利交通、邮驿制度、西域风情……

这些都是专家们从简牍上解读来的。那些蚕头燕尾的汉隶有着既新鲜又古朴的艺术韵味，他说，那可是汉文字的荣光。

他说东大湾城、西大湾城保存完好，在沙漠里挺立了两千多年了。是历史，是文化，是英雄的边塞。

感谢此次出行，感谢生活，让我在浩浩黄沙中找到了征服苍凉的东西。

出了金塔县城往额济纳方向，路牌上果然有大湾城遗址、地湾城遗址的标志牌。这些都在心里留下一份小小的遗憾吧，留给热爱考古和文物的人们去探寻，留给下一次我专门的追踪。

4

空旷的戈壁出现了七八匹野骆驼，午后的戈壁阳光柔软，我的心被奔跑的生命所感动，爱人说前方肯定有绿洲，不然骆驼吃啥喝啥。果然，行不多时就到达了黑城。

黑城，又名黑水城（遗址），始建于西夏时期，当时西夏王朝在此设置"黑水镇燕军司"。它是"古丝绸之路"以北保存较为完整的古城遗址之一。

跨过一道很传统的简陋至极的铁栅栏门，便进入了遗址区域。毫无准备地，我被眼前的景象惊呆了。宛若被时光抛入了另一个与现实完全割裂的世界。其实，有好一阵子，我在努力辨认这是原址还是景观，反复确认了好几次。我只是难以相信在偏远而寂寥的大漠里，竟有如此完整且不失宏伟的古城遗址！面对黑水城如同面对永恒的时光，我的内心需要静下来，用平静的眼神去回应那么多沧桑的事物，用一片碎陶与蓝天白云说话，用一枚汉简去听大漠的倾诉。沙粒安静，风声安静，古老的时光开始与静默的历史交谈……

一条从《山海经》和《史记》中流淌出来的黑河，使大漠有了城池，有了桑田稼禾，有了梨花雪，杏花雨，有了碧流缠绵的盛景。

这里通向西域，曾是多民族聚居的商流城市，宗教建筑众多。历史上有佛教、道教和伊斯兰教等不同的建筑。现在只留下了这些佛塔、残垣默默诉说着历史了。

骨角器、砖石、瓦块、陶瓷残片、铁器、雕刻、泥佛、风化的白骨、破裂的石磨、夯城筑屋的块垒……这些当年构成烟火人间的事物现在只有依稀痕迹可辨，我依然能看到它们被日子追赶的仓促和陈旧。

古井、碾道、石磙、仓廒在蜷曲的时光里静默，我依然能听见它们身上传来戍边垦荒者疲惫的喘息声。

曾经商贸和农牧业发达的城市，是什么原因在时光里一下隐没了植被和流水，隐没了驼铃和马蹄的声音？是自然灾害，一场瘟疫，一场沙尘暴还是战争？

我一步三回头地离开了黑水城。心里一直在问：风沙彻底掩埋一座城市到底需要多少时光？经年后的某时，最后一层黄沙终会遮掩掉所有的痕迹……

但掩不掉的只有文字，黑水城出土的汉简和西夏文献资料惊艳了世界的目光，挤满了世界的惊叹。一座失水后的城堡，让来这里的所有喧闹都闭紧了嘴巴。

两千多年后我们仍然用简牍上的汉文字写诗、说话、思考，然而两千多年后西夏文字却成为人们心中的隐痛。成吉思汗的铁骑和火攻毁掉了西夏王朝的一切，曾经在黑城这片土地上辉煌极盛的文明失落了，像陨落的繁星，凄美得令人揪心。只一座空城诉说着当年的辉煌岁月，历史在这里静默成伤，一种忧伤自心底辽阔起来。

回眸黑城，我更愿意做那佛塔遗迹旁的一株苇草，摇曳生命的坚韧和不息，替曾经创造一座边城的百姓活着。

好在黑水城出土的西夏文献还能让专家们慢慢来研读破解，因为凉州城大云寺出土的西夏碑，用汉字在另一面碑文上做了西夏文对照注解的。这块碑是研究西夏历史的珍贵资料，它让一个消失了的王朝在人们心里凄美地复活。

出黑城不远，看见胡杨林。首先看见了奇奇怪怪的枯树丫，形态各异，有的直指苍穹，有的横卧黄沙，有的相扶相携却不曾倒下，近了才看清有一个用枯枝粘起来的广告牌——枯树林。

刚进林子很是兴奋了一阵，见识了如此沧桑怪异的胡杨，真切地触到了大漠胡杨千年不死，死了不倒，倒了千年不腐的生命特征。那黑黢黢的朽木残身，顶端却散开着浓密的叶子，叶片明亮金黄。我想这些老老的树一定是在冥想，或者是在禅修。叶子是它开出的思想，在时光里气定神闲，不喧哗、不寞落、不张扬，就那样在高处望穿大漠的悲怆与寂寥。

再往林中走，黑色、灰色的枯树，倒下、断裂，像战后零乱、酷烈的疆场，尸体千姿百态，触目生悲。我一下被苦涩击中，苦难的沙漠深处，这些寂灭的生命让人心酸。我忍不住忧伤和惆怅起来，手中的照相机怎么也拿不稳，泪水夺眶而出。奇形怪状的枯枝写满生命的倔强，它们用千年的不朽对抗着时光，诉说铿锵与坚韧，呈现粗犷与壮美。但我感受到的却是悲伤，那些突兀而孤傲的身躯在一截一截腐朽时，内心有着多大的悲伤。人们给予胡杨生命的礼赞，可是谁又能走进一棵树的内心，替它拭去枯败成灰的哭泣和忍耐，面对这些枯了的时间，谁又能忽略了一棵树内心的凄美和忧伤。

一棵树把时间过成枯就成了尘世。

那些树洞和裂纹深深的年轮，都是悲凉的眼睛。我想象每一双都是曾经驻守边城的将士们的眼睛，风起时，叶子沙啦啦地响，是死去的沙场将士们在低语吗？他们以另一种形式活在大漠，忍受、挣扎、凋零、静默，是花开，是叶绿，是落满月光的思念，是汉时关隘的乡愁。

往深处走，一不小心脚下打滑，身子沉陷进沙丘，听到了沙砾们细碎柔和的沙沙声，像是急切地向我打招呼。我忽然觉得额济纳的沙子也是有思想有生命的，它与野骆驼、野胡杨构成大漠风景。我相信如此辽阔的荒漠里是居住着神明的，正是应了佛语，一树一菩提，一沙一世界，沙养育着胡杨，胡杨涵养着水源，缘来缘去，胡杨叶子就安坐在光阴深处虔诚地念着西域经文，它替每一粒沙子活出一片明亮的梦境和愿望。

偌大的枯树林，苍凉、寂静，我隐去内心的疼痛，抚摸枯朽了的斑驳痕迹，生命经历苦难，经历煎熬，也许经历了才算完整。我已说不出风一程，沙一程，戈壁黄沙又一程追梦的要义。我本是带着一颗喜悦的心来看大漠辉煌的胡杨林美景的，却为另一种残缺的疼痛之美倾倒。

一个人的存在也如一截朽木、一粒沙，我从此不再说出生活中的苦与痛，高贵与贫贱，挫折与安顺，赞美与嫉妒，这些欲念都像胡杨躯干里藏着的盐分，被时间一粒一粒剥蚀，最终历经繁华后静寂在大漠里。

在我心里枯树林是永恒的，它千年的轮回不再被视为死亡，它和活着一起构成存在本身。

5

出黑水城行大约 30 公里，到了达来呼布镇。"达来呼布"汉语意思是"大海的深渊"，谁能想到在赤地千里的沙漠里有这样水气的名字，阔大、荡漾，让人心下暗喜。

刚出收费站口就有人在车前使劲招手，一停车才知道是招揽住宿生意的。男人个头儿挺拔，腰背宽阔，典型的蒙古汉子，女人倒是娇小水灵。他们上车带我们到农家院住宿。经打听原来离此 20 多公里就是居延海，难怪有如此地名。他们都是土尔扈特人的后代，居延海边牧草丰茂，他们主要以牧业为主，有富余人员的以政府倡导的旅游业挣钱。当年渥巴锡，为了摆脱沙皇俄国的压迫，率部众 17 万人一路东归，历经艰难险阻，到达伊犁河畔时只剩 6 万多人，是人类历史上一次非常伟大的大迁徙。这是一个无比坚韧的民族，我一下对他们有了崇敬之心，有了亲切感。

农家院离小镇有一段距离，家里有他们的父亲母亲，院落是政府统一规划统一建设的，门前宽阔，有枣树、葡萄树。我们还在整理背包，那位母亲手脚麻利地端来了洗脸水和洗脚水，她言语不多，满脸微笑，只轻柔地说"烫个脚解乏气"。我紧着说我们自己来，但旅途疲惫的心一下被温暖，像回到了妈妈的身边。

等我们洗漱完毕，那位母亲已经在枣树下摆好了小方桌，沏好了茶水，摆放着红枣子和梨子，正提一个大铁桶向我们走来，一桶水，水里浸着翠绿色的西瓜，杀开了，红瓤、沙甜、浸凉。我说大妈你称了没有啊我给您好算钱，结果被大妈一顿嗔怪："自家种的，要什么钱，你们随便吃，这几天都给你们井水里备着。"

我们想出去走走，要大妈他们早点休息，不用等我们，给我们留着门就是。

结果我和爱人由于贪恋弱水边胡杨林的美景，差点找不着回来的路。

出了村庄向左沿公路不远看见一条宽阔的河，看标志牌写着"弱水"。我惊奇，难道这就是弱水？弱水三千，只取一瓢饮，怪不得有那么多年轻人都来胡杨林拍结婚照呢，是为得到专一的一颗心。原来弱水河真的奇宽无比，不狂躁、不张扬，又平缓、沉稳。正是夕阳西下时分，寂静的大地，我只听见微风拂过水面的轻柔声。

水边就是胡杨林，我们喜欢夕光下胡杨叶子透亮、明黄的质感、追进林子拍片，由于贪恋美景，我们不知不觉走得深了，想起返回时已经陷入了寂静无人的黑暗里。头顶是胡杨茂密的叶子，脚下是风干的枯树枝，身心一下被未知的慌乱裹挟，就在黑咕隆咚里穿行时，远处一盏手电筒的光束一直环绕着，我和爱人顺着光源才找到出路。原来大妈见我们三个多小时了还不回家，领着她儿子来找我们。我有些兴奋也有些愧疚，紧着道歉，并紧紧抱住大妈的胳膊，舍不得放开，怕一放开就丢失了某样东西，那是能驱散我们心中恐惧的东西。

一盏黑夜里的明灯，竟是如此充满暖意。

一夜无眠，传说中的额济纳胡杨林就在不远处静候我的到来。

第二天一早，我们向真正的胡杨林进发。越过黑河大桥，进入大漠，赤地千里，我需要耐心慢慢走。走着走着就在荒凉中走出了繁华的风景。当一片金色的胡杨林出现在戈壁尽头，再坚硬的内心都会感激生命的存在。额济纳胡杨林，我终于被那片金黄迷醉，终于被一种美震撼到静默无语。

一棵棵胡杨粗壮苍老，虬枝横斜，年轻的是枝头摇曳的叶子，它们在蓝天里，夕光下清点着时光，已经是秋天了，叶子绿过又黄了。金黄的岁月，我赶来了，来感受和见证胡杨树的忠诚和厚爱。只要种子已经在沙漠发芽，就永远做钟情大漠的情人，一生一世，不离不弃。试想，如果胡杨不挺立在大漠，那么整个黄沙漫漫的额济纳会有怎样震惊的啸啸悲声，会多么空旷、死寂和忧伤。也许呼唤爱比呼唤水更让人撕心裂肺。

只要大漠的心活着，爱就活着，根就不会死。一粒沙一棵树相互选择坚守，选择守望，根的呼吸像爱人一样深沉，一千年过不够的光阴我们再过一千年，每一棵根系都堪称世间女子真诚忠贞的情郎。

额济纳，追根溯源是西夏人的语言，每棵胡杨自然有了胡人的风貌。叶子顶着西夏王朝的魂，千年不散，千年不倒，在黑水流经的土地上，它替西夏王朝活出深幽，活出风骨，活出飒然胡风，活出倾国倾城的美，也活出一种神秘。一个王朝寂灭了，一棵树替它守住灵魂。

我终于明白，为什么如此大美聚居之地是匈奴人和西夏王朝的都城了。自古以来这里就是各民族友好往来的关市，离此地不远就是边境——策克口岸。一条宽阔的黑河养育着额济纳，养育着胡杨林，养育着一个王朝曾经的辉煌。

黑河，古时称弱水。如果你不来黑河大桥上领略一下她的浅水流、宽河道、黄沙岸，你真的不会领会古人所说的弱水三千是怎样一种开阔景致。

就是这三千弱水，拓展了北方草原的丝绸之路。在这片弱水流沙的土地上，曾有过乌孙、大月氏、匈奴、两汉、唐、西夏、蒙古设立过的领地标志，曾有过各民族刀光剑影的战争疮痍，也描绘过扬鞭牧歌的和平景色。胡杨树见证过历朝历代的烽火、兵刃、垦荒、休养生息。

额济纳，如此悲壮的土地，只有不死不腐的胡杨，这活着的植物化石，才能承载这深厚的文化底蕴，才能真正成为一种精神被人们无限膜拜。

每一片金黄的叶子向我诉说着什么？它们为苍凉大漠带来无限暖意！

每一棵根系向大漠深处掘进、渗透、汲取、滋养，它在黑暗里的语言也是胡语吗？摩肩接踵来看胡杨的过客们谁静下心来听过？谁又能听懂？

是围在栅栏里的那群雪白雪白的山羊？还是农家小屋里飘出的袅袅蓝烟？我想，坐在栅栏院落里搓玉米的蒙古族女人和孩子一定听得懂，那个在馕坑前专注揉面、贴馕的老额吉一定也听得懂吧。这是我看见的胡杨林里最朴素温馨的人家，羊群安静，炊烟安静，一院落的阳光安静。

这是多么恬静的时光，每棵根系都安守着这样的时光。

额济纳胡杨慢慢活，慢慢老，活一千年，等灵魂跟上，再活一千年，就有了苦难生活的样子，就有了活着的智慧。叶子就是它的思想，像西夏文献那般金贵。

胡杨、牧人、马匹、小院人家都活在风沙茫茫的光阴里。金黄色的叶子顶着含盐的光泽，在水一样的大漠时光里沉静、凌然、凄美、绝决，任时光来去，自斑斓，自凋零。

油蜡的光泽，裹住内心的盐，神秘纹络结晶的那滴泪足够把时光蜇疼。苍老粗壮的树身，结满了白色、暗黄色的泪蛋蛋。我正为此惆怅抚摸时，一位摄影人告诉我，胡杨抗干旱、耐盐渍、耐碱化侵蚀，枝干透水性较强，能把吸收的高盐分通过茎叶排出，堆积在树干的节疤和裂口处，我们才能看到"胡杨泪"的现象。

据说当地人就用这泪蛋蛋发面蒸馒头呢。就地取材，真是一方水土养一方人。

叶子落下，阳光变得柔软，它取走叶子体内的寒霜。大地上叶子铺开的梦就有了燃烧的愿望，像浴火凤凰，有着超然妩媚的风姿，感染着来大漠的每一颗心灵。在铺满黄叶的胡杨树下，一对恋人正在拍婚纱照，我们有理由相信爱情，相信大漠般宽阔的胸怀和包容，相信胡杨般千年的忠贞和相守。

千年时光堆积的伤也就罢了，有些来额济纳旅游的人却还要在忍辱负重的躯体上践踏人世的喧嚣与残忍。一位来自香港的资深摄影师发问：他们为什么要上千年老树呢？为什么要站在、骑在树身上拍照呢？

为什么要上树？谁用平等的眼光关照过大地上的事物？谁用敬畏和仰视的目光尊重过时间的苍老？

即使那些落下的叶子，我们也不要去践踏和撕扯，它们是骆驼的美食。它来尘世也不白活，它也有悲悯的责任——喂养沙漠中的生命。

如果爱一个人就带他去额济纳。浪漫的碧云天、黄叶地就是爱的天堂，在这里度过一段时日，不急、不躁，牵手看日出，相拥看斜阳，爱意疏朗，心胸盛大。

如果恨一个人就带他去额济纳。一片干涸的沙洲，一株枯萎的苇草，一棵枯死成朽木的胡杨树，它们的疼痛都被风沙收敛成与世隔绝的美。你一定不要让一颗爱你的心经受狂沙暴虐，不要让一颗心在疼痛中枯萎，在盐分的蜇蚀下变成朽木乃至化为灰烬。

如果在尘世里走累了，活累了，一定要来额济纳看胡杨，生于忧患，死于静美。一棵树，即使活得那样沧桑，它仍然坚韧地与光阴对抗，什么也不争，只为沉静在大漠亮出黄金的笑容。要不然，时光那样深，风霜雨雪的一生那么纠结，可怎么活到老去呢？

当叶子的葱茏被风沙抹去，胡杨的一生越来越简单，简单到空，空为大舍。

一个人趋同于一片叶子，历经繁华回归简单后，不过是静寂在大漠中的一粒沙。心有所许，灵魂有所依，百年后，我多想就是胡杨根系旁的一粒沙，安守日月，相依相偎，在尘世一千年又一千年地过。

6

看完胡杨就来额济纳旗的市场走走吧，这里人口不多，一万多人面对着居延海的广袤草原和苍黄大漠。这里是通甘肃、河北、内蒙古、新疆的货物集散地，集市上还能看到过去那种以物换物的交易方式，蒙民以马、牛、羊、驼、皮张等畜牧产品，交换汉民的绸、布、米、茶、锅等生活必需品，仿佛让你回到了远古时代。我自己就感觉游走在金庸先生《笑傲江湖》的小说情节里，古朴和新鲜并存。

找一个老者，随便坐下来聊一会儿天。他要么祖籍是山西人，是曾经北上丝绸之路的晋商后人；要么是土尔扈特人，这时候你才会想到一条陆上丝绸之路的某一出口竟然在这里。离此不远仅79公里的策克口岸是阿拉善盟和整个河西走廊地区唯一的出境通道，有一老者说，曾经额济纳的毛皮业声誉响彻海内外，他的祖辈们就是"晋商"，走丝绸之路，走过大同、张家口、库伦、俄边境恰克图、漠河、北京城、康定、雅安……他每说一个地名就扳倒一个手指头，两只手上的手指都扳完了地名还在回忆中搜索。

市场里的铺面一间连着一间，你只要对他们微笑，男主人或是女主人就会邀请你坐在茶盘跟前品茶，他们对"茶道"甚是讲究。在荒漠深处却有如此精致的喝茶人，我惊异茶文化在这里依然源远流长，一条丝绸之路把多少文明如此深远地渗透到大漠。

策克口岸我终是没有去成，曾经繁华的丝绸之路怎么就在口岸上阻隔、荒芜了许多年，就留给历史学家和经济学家去探寻和思考吧。一条丝绸之路的辉煌依旧躺在先人的历史里，或许某一天一翻身又站起来也说不定。

梦，终究要醒来。

一场追寻要归于平淡，像额济纳的胡杨，经历了时间，经历了岁月，经历了生命的历程和体验，从绚烂归于平淡。我的心被生命之美和自然之美涤荡、塑造、唤醒。我在额济纳胡杨林里认清了自己的卑微，人若沙如叶，删繁就简，回归本真。

在红尘俗世中，心态还能有大漠胡杨那般从容吗？还能像一棵树面对逆境心安静气地坐禅悟道吗？当时光缱绻了所有的浮华，默守心底的那份安然就是要尽快平安归来，回到亲人中间，在还未沧桑老去时，用热爱和激情，先活过一段胡杨叶子般绚烂的岁月。

回来，回到我的乌鞘岭山脚下，大地却是一片莹白，高原已经落雪了。

回来，当看到一盏守候的灯时，那便是人世最踏实的温暖。

生活是一条河

一条河的源头，有阿米给念雪山、有峨博滩牧场、有村庄农田、有炊烟经幡、牛羊帐圈。

河名小滩河，却流淌缠绕在西大滩周围，作为一条平稳安详的经脉，它滋养着夏玛草原的一切。

河滩里有那么多的石头，坚硬、散乱。云朵也成了水中的石头，一朵一朵，被流水一样的风推着走。走着走着，水花从石头上溅落下去又成了一朵白云。

一座简陋的旧旧的木筏桥连接着对岸的人家，朴素地表示着村庄一天天走过的岁月。这里的生活属半农半牧，勤劳的人们守护着神恩，虔敬地弯下腰种植他们拔节的庄稼和生活。在先祖开辟的土地上种下青稞、燕麦、油菜籽，女人们在庄廓周围点下洋芋、豌豆。夏季里这片河滩青稞灌浆，燕麦拔节，菜花落了，豆花开。无论晨昏，河岸上总有袅袅炊烟。

男人们喜欢骑马放牧，这是游牧文明的记忆，只是现在都骑摩托车了。他们在车子前面安装一个不大不小的喇叭，手机里的藏歌从喇叭里传出，飘荡在河谷。低头吃草的白牦牛也习惯了他们轰大油门开大喇叭的声音，那云里雾里的歌声从草尖上飘过，那么多花儿的心是否跳得急切？夏日时光闪闪而过，如歌似梦，流水把半农半牧的梦境带向远方。

我到西大滩的时候，一群刚刚剪过毛的白牦牛散落在河边，像白珍珠，更像白石头。滩里的大石头上晾晒着洗过的牛羊毛，雪白的毛团似白云落在河边。石背上三四个妇女在撕着毛，纺着线，一团团硬毛蛋从女人们灵巧的手指尖抽絮散花，平展开像一页页透光的纸张。用缕缕轻盈的毛絮可以铺成厚厚的毛被子，那是冬季里寒冷草原上的温暖。女人给男人和孩子缝制好贴身的新毛被，使并不富裕的家也充满了欢乐和情爱。一种古老的信守，一种朴素的情怀在这里恒久存在着，并没有被城市里华丽的丝棉和夸张新颖的包装取代。

一群光屁股孩子在河水中戏耍，他们一会儿爬上石头，一会儿钻进河水，笑声落进水中，清凌凌的。岸上的小姑娘们拔了长长的马莲草和大朵的黄花，认真地编花环，她们的小手和笑脸散发着植物和阳光的芬芳，仿佛一河滩的青苗在疯狂地生长、拔节。

有河真好，有水真好。水在草原像眼睛一样珍贵，一条河就如此丰盈浩荡着，明亮着。它是繁衍生息的河，从时间的上游一路漂流而来，带着祖先的声音……

二郎池

　　二郎池传说是二郎神杨戬一脚踏通了大地冒出来清水而得名的。

　　据说在那场天兵天将降服齐天大圣的恶战中，二郎神杨戬与孙悟空搏斗时，被孙猴子一金箍棒打下云头，正好跌在夏玛草原，杨戬一脚在草地上踩出一个大坑，形如藏族人穿的牛鼻子靴，阿米给念雪山水长融不断，这里便形成一汪碧蓝的水，深不可测。

　　这个传说给人无限遐想。听母亲讲二郎神杨戬是藏族人极其虔敬的神，因为他守护佛祖的八宝莲花灯，也因为他的那只神犬是藏獒的化身，他是藏族人心中的狗神，更因为二郎神是战神，骁勇善战被藏族人认为是英雄的化身，所以藏族人中一直有祭供二郎神的习俗，于是有心前往探寻。

　　鸟的叫声，从幽深的林梢传来，鸟的飞落，如影随形。齐腰深的灌木挡住视线，密集的露水成为洗礼，走过一段带有原始意味的林间狭路，就仿佛离开了人间烟火，进入了原始森林。雪融水淙淙潺流着，经过山阴处大片未融化的积雪区，一路深入，小心地挪过横陈的一座独木桥，来到峡谷开阔处，一汪澄澈的水豁然在眼前。

　　四周的树木与蓝天白云倒映水中，浅水域栖息着大量的鱼群和小蝌蚪，坐在水边，身影映在水中像是很好看的剪影。只是觉得影子那么孤单，也许是池水的蓝使人暗生一种忧郁，觉得二郎池隐士一样静坐岁月一隅，任沧海桑田，我只能以剪影的姿态抱紧池水的孤独。同行的诗人用英文介绍说，水边都是千年松，万年柏，怪不得都那么粗壮，有的树要两个人合抱才能圈得住，树上挂满经幡，这是牧人们崇尚自然，敬畏自然的表现，有些庞大裸露的根系盘根错节在半山腰，它们像是为来人诉说着古老岁月与沧海桑田的故事……

从走过的大峡谷悬崖来看，这里有黑灰色与赤色的凹陷坑，从地理书上教给我们的知识就能判断，这是火山爆发留下的痕迹。那些灼热的岩浆从地层深处喷涌而出，热流滚滚，开辟出一条狭长的大峡谷，它停止时岩浆凝固沉积，最终形成山岳露出谷底。这应该是我们今天能看到的著名的阿米给念雪山群，雪融水渗积在谷底，守候成为雪山的柔情。

不知经过多少万年，雪山草地变冷变热地循环着。草原人也在漂泊、迁徙、繁衍、生息着，用有点豪迈与英雄情结的传说为艰难的生活铺垫出美好意味，以支撑子孙后代带着遐想活下去。

某一天我们走近一池水，接近千万年山崩火焚后沉淀的精华，会不会意识到生命个体其实也是一滴水、一棵草、一粒尘……几十年至多上百年又算得了什么？在岁月中一样会灰飞烟灭，瞬间沦为一屑尘埃。如果感觉不到时人心总是会放大我们自身：总是为一时的成功沾沾自喜，也为一时的失挫耿耿于怀，这是自身存在的缺陷，用什么弥补和填充心灵的不平与浮躁？静坐水边，一池蓝会止住内心的喧嚣，正如凹陷处这盈盈一池水就能平息日子的仓皇。

沿着峭壁往回走，莽莽苍山，浩浩林海，灌木摇荡处走出一位捡蘑菇的牧人，手中拈着捡拾到的五彩斑斓的羽毛，才知道二郎池边的沼泽湿地养育着那么多好看的鸟。他很奇怪地问了一句："你们不会是来打鸟的吧？！"

"我们是去拜望二郎池！"

他笑着说："好啊，是该去洗洗心！"

说罢，他学着一种鸟叫走入密林中，嘎噉，啊，嘎噉，啊……

几只大鸟划破池水幽蓝的寂静，噉，噉，回应着飞过林梢。随行的人说牧人是来喂鸟的，我的心一下被什么击中，一个人，一群鸟居住幽深峡谷，但依然有驮起整个天空的梦想，我是与博爱和美好事物相逢了，眼眶里涌出泪水，我相信有一滴一定是二郎池的水，内敛、深沉、清纯、唯美，一直在周身循环，荡漾着……

峨博滩

峨博滩是第三世土观活佛罗桑却吉尼玛坐经讲法之地。在此设有大大的玛尼石峨博，因此得名。

这里经幡猎猎高扬，替忙碌的农牧人吟诵着经文，这里弥漫着神秘和深厚。

沿着一条河走向森林和草原交会处，午后的阳光在这里挥洒，四野一片详和。花们安静地开着，草们安静地绿着，成群的白牦牛吃饱了卧在草地上，小牛犊像调皮捣蛋的孩子，不消停，一个劲地撒着欢儿，奔跑在母牛周围。停下来，与白牦牛们一起合个影，愉快地感到自己在广阔大自然里的真实存在。

经幡在玛尼石堆上啪啦啪啦地招展神秘，阿米给念雪山下万仞阳光，峨博滩里万物歌唱。

是谁在聆听花草的低语和昆虫的歌唱？兰州大学生物系的学生们正在峨博滩里做野外实习，他们把馒头揉碎撒在草丛里观察蚂蚁的团队协作精神。一只蚂蚁发现一大块馒头，不一会儿就会赶来成百上千只蚂蚁，它们不争不吵齐心协力把大块馒头搬运回巢穴。那么多小生命用纤细的臂膀举起雪白的碎馒头往目的地缓慢地蠕动……一群屎壳郎却在牛粪堆里丸药师一样兢兢业业地把牛粪做成丸药，然后推向洞口里，为过冬贮藏食物。真是让人惊叹不已，敬仰之情油然而生。也很佩服搞生物学的专家，除了他们，还有人那么仔细放低身心，那样仔细观察过一群小蝼蚁的生存状态？！

看到一位女同学的蝴蝶标本，她说，峨博滩里只有粉蝶科的蝴蝶，白色或黄色的，翅膀上有黑色或褐色的斑纹，那是它们的雨衣呢，在下小雨的时候支撑它们还能自由飞翔。她还告诉我，她们观察到有一种蓝蝴蝶经历很长时间的蜕变过程，变蝶后仅仅活三四个小时就死去，但它们仍然破茧而出，在尘世来一次展翅飞过花丛的经历，生命如此努力执着。

天空没有留下翅膀的痕迹，但我已飞过。

峨博滩真正的神秘是活在隐秘处的一些小小生命。草、花、小虫子，甚至一滴落入草丛、滋润庄稼的雨滴，都比那些高高飘荡的经幡活出了高度。

我的心在听那世界的低语。

阿米给念

　　阿米给念是山神的名字，崇拜山岭的藏族人将雪山人格化，这是一种原始信仰。直到现在藏族人依然流传并保持着夏季祭拜山神而举行的赛马大会及插箭活动。

　　传说中，阿米给念是英雄的象征，它的坐骑是一头白牦牛，守护着东山八族和红番五族共十三个草原部落的安宁和丰饶。它的北麓是夏玛草原，南麓是松山草原，因此现在的夏玛草原和松山的黑马圈河草原有成群成群的白牦牛，黑马圈河草原所在的天祝县是世界白牦牛畜种的繁育基地之一。

　　阿米给念雪山承受着凛冽风声和八方荒凉，却不出一声只静静打坐，像一个披着大氅静观形势的世外高人。

　　一年年雪线下滑，博大威峨的山体，裸露出冰雪侵蚀后的灰色石质，那苍凉纵横的沟谷间，一户或几户人家的炊烟总是那样轻悠悠地飘荡着。山坡上有田地，油菜花开得金黄灿灿，劳作的人们跪伏在开着紫色花的豌豆地里，像在做一件虔诚的事，青稞的麦芒那样修长，在风中摇曳起来像一汪汪碧澄澄的水波涌来荡去。这些庄稼和农人远离城市、远离喧嚣，在偏远的地方静静地生长，长出了陶渊明的田园古意。

　　雪融水细细地漫流汇聚，经过草地、灌木、松林，落入石峡就有了落差，有了流水的欢歌。

　　山下有村庄，离村庄不远有一脉清泉流淌着千年不老的岁月。村庄里白土夯实的墙体在午后的时光里显得古朴宁静，有一家的院落里支架着三叉石，干枯的松枝半燃半煨，一口黑黑的大铁锅，圆圆的松木锅盖上压着石块，锅沿边正冒着轻烟似的蒸汽。一家人在山坡地里薅草、牧羊，远远地也能望见这微微的炊烟，等收工回来，掀开锅，洋芋豆角的香味扑鼻而来……这烟熏火燎的寂静时光啊，像雪山下随风轻扬的梦。

黄昏，钟声从一座小小的寺院传来，空寂的山野钟声格外舒缓、悠扬，敲击钟磬的人啊，你的内心有着怎样的空阔和高远？守着原野的孤寂，却为阿米给念神山制造着如此纯净清远的回响。

采蘑菇的人

夏季，雨水多的草原上蘑菇就多。

采蘑菇的人从雾气轻笼的山林里出来。

半山草地，半坡松林，空气湿润，松风如涛。

遍野没有路，所有的路又都在林间。采菇人背着芨芨草编的小背篓，身影晃动在树丛里。远远地听见松枝或者灌木刺啦刺啦的脆响，是他们的背篓挂住了松枝？还是树枝勾住了他们的衣衫？接着风传来人们的说话声，忽远忽近，像是模糊的鸟语，自有"林间鸟鸣自高低"的意境。随即又听到脚步踩在枯枝落叶上的窸窣声，只见树影摇晃，枝条和枝条互相碰撞，突然从茂密处站出三四个人，和我们迎面相遇。

雾气轻游，松针翠绿。水分子跟着风贴着花草的叶面，清亮亮，湿漉漉的，像他们的眼睛。

看见我们，采菇人满脸的诧异，眼神那么专注。

跟着母亲采蘑菇的小女孩，眼睛黑白分明，亮着水色，竟羞怯地拽紧衣角，躲在母亲身后，仿佛擅闯山林，打扰这份安闲清静的人是她。

山间月色

夏玛草原，被月色浸湿，山脊上的树，都成了剪影。

没有犬吠。青稞的麦浪在夜风中摇响月光的天籁。星星点点的灯火把村庄收拢在月光的翅翼下。

一位牵马还家的老人与我们在狭窄的村道上相遇，他紧着盘了几下缰绳，侧着身为我们让路。

包村干部说他的老伴儿早就离世了，儿子儿媳妇外出打工，留下一个四五岁的小孙女给他做伴。一个人整天在山坡放马，现在村子里马没什么大用处了，他也舍不得处理掉。从身后忽然传来一声紧似一声的咳嗽和喘息，我回头看，只望见蜿蜒的路和月光洒下的大片大片寂寞。

蹄声踩踏得那么缓慢、沉重。与其说老人牵引着马儿，倒不如说那匹马如此温情地陪伴着孤独的老人。老人用沉默的肩头接住山间的薄凉月色，用一袋旱烟把内心里的清寒飘散在夜风中，辛辣和苦涩被咽进肚里，月亮看不见。

月色深处，我默然无语的心那么迫切地想寻找一棵草曾经留在春天里的影子。

田野里的油菜花，每一朵都替我们打着回家的灯盏，可是它的花香能不能把老人内心的苍凉轻轻掩埋？

一面池水

点地梅、蒲公英和马莲花，它们在湖边的草地上晃动着无边的寂静。我踩着风声来到它们中间。

寂静围绕着草原，二郎池在绿草无垠处静候着时光。水面上倒映的云似一朵一朵浅睡的莲，来得偶然，去得轻盈，正如一个人的来或者去。

阳光徜徉在青草尖上，给草原无边的暖。那些阳光下浅蓝淡紫的马莲花多像时光深处微笑的女子，在大风涌动的草原上安然度着简单的岁月。

坐下来，在二郎池边，空气那么蓝，花朵那么蓝，真想自己也开成花，为那面水域摇响阳光的灿烂，泛起潋滟光波。或者就坐成池边的一棵草，在阔大的绿色里游弋成一尾鱼，就那样仰望着干净的天空，让淡淡的忧伤吐气成泡，随一抹浅浅的云影飘忽来去，像做着一个梦……

梦，有着透明的翅膀、水做的念想，在风里飞远又飞近。像那年夏天，初相识的你为我在午后的雷阵雨中撑起的那件白衬衫，那是飘荡在心间永远眷恋的翅膀。那时彼此年轻的心都喜欢向远方飞，可没承想你飞了那么远，把我一个人扔在了人间。你留下的那件衬衫厚重得我一个人无法再次放飞成高高飞翔的样子。我失去了让我能花开灿烂的温暖手心，失去了一双明亮单纯的眼睛，温柔目光如清澈纯净的池水；也失去了让我能好好痛哭一次的怀抱。在没有你的时光里，我活成一株孤独的草。我羡慕草原上那些花儿，它们抓紧季节开遍天涯。好长一段时间里，我真的不知道自己开成怎样美丽的花，才能让你看到我依然怀恋着你的青春容颜。我总是在想，总是在忍，总是在等，等一个梦复活，那个梦却化作泪水在风里飘飞而碎了。

心，为你活成了一面干净的池水。

看到你的草原，我心中深埋已久的一滴蓝醒了，邂逅如此盛大的纯净，是一种多么想流泪的冲动。想起生命中远逝了的你，因为蓝，因为水的柔情，因为高原海子的纯净与那片冰蓝色的忧郁惹起人的怀想与伤感。忽然就想起那首《一面湖水》：

> 有人说高山上的湖水
> 是躺在地球表面上的一颗眼泪
> 那么说我枕畔的眼泪
> 就是挂在你心间的一面湖水

一首歌听来那样的伤悲，那样的心碎，一定是有着触痛心灵的共鸣和让人思念的力量。一面湖水被忧伤、沧桑的噪音演绎成一滴心间的泪，那一定是爱过的心灵在呼唤痛失的爱。

面前的池水有着似有似无的咸味，正是泪滴的味道，也正如我的心情，咸咸涩涩，就那样一波一波在高原的大风中荡漾着，荡漾着……这个时候想起诗人徐志摩，他说过："一生至少该有一次，为了某个人而忘了自己，不求有结果，不求同行，不求曾经拥有，甚至不求你爱我。只求在我最美的年华里，遇到你。"

像这旷野里的花儿草儿，在高原最美的季节热烈地绽放，只为生命活过一回。

生命如草原上的蒲公英、马莲花，从孕育到发芽，从花开到花落，最后落地成泥，不过是简单的轮回。大地上悲欢无常，逝去的亲人就在大地上，是追随在我们身旁的吧？我一想你，觉得你就是那一口我品尝过的池水，我一想你，你会不会一闪身就坐在青草和花朵上向着我微笑呢？

一个人在夏日里，静静地守一池纯净之水，坐在花朵摇曳的时光深处，守着内心那一片幽蓝的世界。

想一个人，在松林密植的夏玛草原，在二郎池边。他应该是一滴水，蓝色的。

是一首诗，是一首忧伤入心的歌，是一朵静默绽放的花，都有池水安静的蓝或者淡淡的咸。

离开时夏玛草原那么多的花依旧摇摆着安然的身姿，那池水依旧无边无际的蓝着……

岭上云白，山间花黄

这里，香獐和麋鹿出没。这里，蓝马鸡和百灵鸟鸣唱。

这里，磨脐巍峨，山花烂漫。这里，草原广袤，峡谷幽深。

这里，一座小镇，一群人，怀抱阳光、青草和花香，怀揣赤诚、自信和梦想，奔跑在建设美丽乡村的路上。

来这里，抓住云做的天梯，你就会抵达万里晴空。

在大红沟，坐看云起，随手扯一片山腰的轻雾或白云，你就可与山花的芬芳交换手中攥紧的光阴。

你闲，或者忙，云真的会知道。你快乐，或者忧伤，风真的能听见。

那么，请走近磨脐山，走近排路台，走近石庙岭，走进草原深处，我等你一场相遇，或者重逢，来看看，大红沟的夏天，野花怎样开遍群山。

你定要手捧山野之花，一路摘云而归，用清风沐心灵，用花香为自己浣洗掉曾经有过的失落和彷徨。

来这里，一座座红色的屋顶，就是一条条红色的河流。阳光、天空、青草、松林、满世界浩荡的清风，都是红色新农村崭新的姿颜。

绿水青山就是金山银山，磨脐山左肩磨金，右肩磨银，满山的松林正是胸前携带的绿松石，红色盖顶的村庄正是我们用心捧出的红玛瑙。人与自然和谐生长，日子就该这样锦上添花，日子就该蜜一般流淌。

红色点亮的新居，热爱着广阔和自由，白云里生长的村庄，每扇门都有梦的翅膀。

阳光那么亮，松林这么深，云烟蒸腾的日子吉祥、安康。

你要来，你就是峡口飞流最湿润的客人。你身上的水汽，定使你清华绕身，心不染尘。

炎炎夏日，这里是最佳的避暑胜地。

岭上风来，吹开一朵一朵从远山深处发芽的白云，落在甘露亭的那几朵，对红色盖顶的村庄富含说不尽的依恋。落在听雨轩的那几朵，都带着乡愁，带着青稞、土豆和油菜花的记忆。

落在马兰亭的，虽说年年花相似，但在季节轮回中，村庄已不是旧时模样，只要水泥路上一排排高挂的灯为村庄照明，风吹雨打再也不用祈祷马兰花。

排路台上，油菜花铺陈一天涯的黄，开了，落了。生命穿透一季时空，见证付出和收获，慰藉耕耘和辛劳。摇曳的每一株都是村庄里勤劳的父母，每一根细细的茎，都有铮铮劳作的骨骼，他们用肩膀撑起儿女的天空，卑微的内心里，儿女却都是天空闪烁的星星。

站在菜花地里的妹妹，白天你是一株油菜花，夜晚你是谁一大片一大片的梦？那些盛开，柔软、繁密，那些盛开，婉约、娇美，如蜜的空气在雪山下流淌，正如流淌着我们心底灿烂的爱意。

昨夜，花香留宿了月亮，似一场梦覆盖了大红沟的前生与来世。

一夜清风，拂花而过，为村庄镀一层一层的金，磨脐雪山是背景，闪烁的灯火，是黄金内部酣睡的人间。

来吧，朋友，以梦为马，让放飞的灵魂走在菜花铺成的金色大道上。

来吧，朋友，来大红沟漫草滩草原，趁年华未央，趁光阴足够我们挥霍，趁山路曲折不去想，我们只管寻找闲逸。在山间活满一天，我们就是一枚松枝上悬挂着的松果，就是金色格桑怀抱中的美人，也是骑马游天界的云上仙人。

雪后村烟

高原多雪。雪越下越厚，冬天也就深了。

冬天总是轻轻地飘下来——看着还是秋天，树叶才黄着，一夜北风呼啸，天气骤变，雪花倏然就飘了起来。清晨，整个高原就披上了洁白的新装。

行道杨树的叶子耷拉着缩起来，刚刚黄的颜色也淡下来。即使挂上了一层雪绒衣还是显得那么瘦。忽然，一两声清脆的鸣叫从树隙间跌落，抬起头，看不见鸟，却看见簌簌下落的雪屑在阳光里飞，自由、明亮、迷蒙、清凌凌的。某一段枝丫兀自轻轻摇晃着。

这是个高原小镇，村庄挨着松树林，一夜落雪把树与树的缝隙都缀满了，层层缀起来，一枝枝叠着，相掺着，连成琼花玉树。阳光在枝上跳跃，那些新鲜的雪在时光里闪闪烁烁。

从琼花玉树间走过，就进入了冬天，似进入梦的深处……

一条用红砖一块块接压着茬儿铺出好看的花纹的路，平实朴素，被围着红头巾的小媳妇从雪中扫出来，通往村庄，通往院落。农家小院，门庭不高，但有两扇大木门，紫红色的漆已经斑驳，在雪光的映照下隐隐地红着，门半闭着，小孩子的哭喊声从里面传出来，大概他要找妈妈——那位专心扫雪的女人。我们劝她赶紧去看孩子，她羞涩地笑着，推开大门一边往里让着我们，一边急急地进屋去哄孩子。

一院的阳光。院子正中有小花园，花草顶着薄雪，鲜亮、耀眼、柔和。当女人抱着孩子走出屋子，那个哭声能震落房檐雪的孩子一下噤声了，是看见了我们一行陌生人还是看见了世界的白？让他的小手在花草上抓一把雪，他笑了。他的奶奶也笑了。农家院落的日子这般恬然、祥和。

在深深的雪里，我带着好奇与神秘向着村庄一门一户里观望。有许多这样的农家小院，院墙上搭着新割的绿燕麦，或者晾晒着洋芋秧子，有的已经被霜杀有些黑了，有的还一片墨绿。它们将是深冬季节牛羊填饱肚子的美食。挨家挨户屋顶的烟囱冒出蓝烟，缭绕在村庄上空。不远处有空阔的场院，刚刚秋收打过场的痕迹还在雪下面隐藏着，新堆的草垛上盖着厚厚的雪，成群的麻雀起起落落在雪中。间或会遇到一位老人，随着木门的吱呀声慢慢走出来，迷离的眼睛望着远山的白，在门口站好长时间，才背起手臂走向村口。或者会看到一位老婆婆，抱着孙儿在门前坐下来，让雪后的暖阳照着，任时光轻轻流淌过去。

忽然，巷道里腾起一阵雪雾，一群白牦牛出圈了，它们争先恐后地挤出栅栏，跑到宽阔的雪地里撒欢儿。这些雪中精灵，有点野性，有点疯狂，又有点欢喜。仿佛喷薄的生命在大山深处苏醒，鲜活的生命在白茫茫的呓语中走远，喘着充实的鼻息，一会儿就翻过了松树稀落的山梁，在雪中留下一串串蹄窝，等来年装银子。

一户户烟火人家，宁静而悠闲地生活着，无论春夏，无论秋冬。他们的生活匆忙、有序，他们的笑声里不时喷出泥土的馨香，多像屋子里火炉上烤着的几颗土豆，不嫌弃贫瘠，不报怨霜寒雪冷，种田放牧、收割剪毛、打场，扫雪，一切希望十足而又波澜不惊。

阳光晴好，刺眼的雪撩拨着我心里最朴素的快乐。你看，雪后的松枝更鲜绿，空气也湿润，红砖湿了，格外的红，邻居家互相扫出来的小路阡陌纵横泛着潮气，房檐上的雪融水滴答滴答着，拿小铲子玩雪的孩子，抬着滑冰车溜冰的孩子，他们的衣裤有点脏，但笑容那样灿烂。我忽然觉得，时间在村庄里流淌得悄无声息，像暖阳里缓慢融化着的雪。羊儿在山坡上啃食时光，风吹过松林，守着家园的人们眼中闪烁着雪的光芒，新来的雪刷新着陈旧的日子，他们守着浅白，守着安然，因为一场雪会把曾经悲伤的、痛楚的、快乐的、欣喜的生活都覆盖了去。只有那些乡间歌手的小调——鸟鸣，为生活的梦插上翅膀。

追梦黄河源

游牧一生的奶奶总是无限自豪地絮叨——我可是沿着黄河源走过的人！

奶奶口中，巴颜喀拉就是天，因为大，因为高，上面住着雪。她说，牧人一生心向白云，只仰望天边的雪山，巴颜喀拉高入云天，与天齐，是为天。

上初中时我读到"黄河之水天上来"就感觉特别亲切。我告诉老师和同学们，这天与巴颜喀拉山有关。他们都笑了，说天和一座山没有关系。

从那时起，我在心里埋下一个梦想，要沿着黄河源走一走，去看看到底天和一座山有没有关系。

夏日，表弟开车要去护送治理三江源植被的草籽，一路要经过黄河源，于是，我踏上了进藏的路程。

从"青藏之眼"的天祝县城出发，沿唐蕃古道，过日月山往玛多县方向，我们算是逆流而上。过草原第一镇——兴海镇时，突然风骤雾浓，遮住了公路，也遮住了远山雪岭的仙姿。穿透云雾和大风的是牧人聚拢牛羊的吆喝声，不见人影但闻牲畜粗重的喘息声。刚一翻过山口，忽然天光放晴，阳光打亮草地，顺山而下的云絮一绺一绺的，低低地掠过青草尖。

绿草、白羊、黑牦牛、白帐篷在草原上清晰显现，大地上的一切又显得格外清新、明亮，像刚洗过的。青藏夏日的草原总是这样，忽晴，忽阴，忽雨。

高原的苍茫、神秘和无常在我心里已有了初步的见识。

到达玛多草原，散落在黄河沿岸的帐篷有各种颜色和各种样式，白帐篷、黑帐篷、蓝帐篷，圆顶的、方顶的，有窗户的，八角形的。当我看到那种最原始古老的牛毛编织的褐色帐篷时，竟然激动了好一阵，我感叹黄河沿岸竟然将游牧文化保存得这样完整。

这么多帐篷扎根在这里，任谁都知道，这里有水源。游牧文明就是逐水草而栖的，一条河一眼泉是他们生存的命脉。

驱车前往星星海，搭顺风车的阿卡说，运气好的话快到星星海就能遇到一场雨。本来万里草原阳光晴好，不一会儿一片云被风吹过来，一阵雨真的就落了下来。

阿卡说，先洗一洗灵魂才能看见星星的蓝。顿时，我重新定义了这个搭车人的身份，他是怀揣星星的人，是诗人。

水多啊，星星一样多。这么多水都是从黄河源头流下来的。

星星一样多的海子散落在黄河源，风吹着蓝，荡开一圈一圈涟漪，我想那应该是一首诗的眼睛，也是大风拂动下海子呈现的另一种静止。它们都有大彻大悟的眼睛，都闪着纯净的光芒。

至此，看见如此清澈、纯净、蔚蓝的黄河水，我甚至怀疑黄河叫的有点不太恰当。

可是虽然水如此的蓝，但衬托蓝色的却是漠漠黄沙。这里已经没有植被，沙砾裸露，星星海子周围甚至出现了小沙丘。点缀在沙丘上的两三种植物，我都不认识，第一次见。有一种花最可爱，荷叶一样大的墨绿色叶片紧贴沙地，几片圆叶围成圆盘，一团紫色花朵就睡在大圆盘中间。阿卡说是独一味，一种藏药。

这种药草却是草原退化、河流干涸的见证者，它用自己的艳丽、繁茂占据着日渐沙化的黄河源地。

途经真正的黄河源头第一桥，如今它卸下重任，沉陷在时光深处，用苍老深邃的眼神守护着黄河的童年，水泥桥墩快被淤堵的黄土掩埋，生活在这里的藏族人用五彩经幡包裹着桥身，表达着对它的爱戴和敬畏。离这座旧桥不远处，一座新的铁桥正在修建，它将继承旧桥职责，孤独地称雄草原。

一位骑马的牧人，远远地赶着一群黑牦牛经过草原。青蓝的水线扭着腰肢，一派草原牧歌的景象。阳光那样明亮，大地那么安详，我想，如果忽略青藏的严酷寒凉，牧人的生活有着诗意的淡然和平静。走近黄河大桥，牧人下马，用额头碰触桥栏杆，口中念念有词。我想那定然是感恩的举动，牧人有着仁爱苍生的情怀。

我也下车，在桥墩上挽一条哈达，献上我的致意。行个注目礼吧，为那些曾经修建这座桥的人们，为一座桥孤独地屹立在茫茫雪域，在如此高的海拔担负着天路通途的重任，也献上我虔敬的膜拜。

离巴颜喀拉山不远了，山坡上矗立着经幡群，藏式佛塔的形状，并修建有八座白塔和转经房，有更虔诚的人，将刻着六字真言的玛尼石码放在山垭口。这些刻着经文的石头都是虔诚的人从很远的山下背来的。在空旷的草原上，这些事物的存在无疑装点着巴颜喀拉山的美丽和圣洁，也使黄河源头显得更加神秘、高贵和神圣。

有一块大石头，上面刻有藏文，阿卡翻译，大致意思是：每一条河的源头都耸立着一座山，山是河流的母亲。一条河与一座山合起来是山河，一条江与一座山合起来是江山。

我为此泪流满面。为一座山，为一条河，为一块石，为一句话！

山是河流的母亲，那么认母亲为"天"也是天经地义的。

我兴奋地匍匐在巴颜喀拉山的怀抱里，我要亲吻、触摸这苍茫山河。

面对海拔 4824 米，面对青藏，这是最虔敬的姿态。我的运气好极了，一路没有发生高原反应。在表弟和搭车人阿卡的引领下，我们穿过一片又一片高低不平的冻土层草甸草原，走近约古列宗，真正的黄河第一滴水源就藏在这里。

阿卡说，只要是在巴颜喀拉山麓，所有从冻草皮间渗出的细小水滴都是黄河源。我无可反驳。

我们看到的的确是一个一个涌出水的小泉眼，像一颗一颗小星星，点缀在无垠草原。草地里几块刻着藏文的石头，从模糊字迹可以看出是"黄河源头"的意思。

　　我有些失望，又有点感动。万古长流，壶口绝响的雄浑黄河，她的源头竟然是众多的小溪小流，如婴儿一般细弱和圣洁。

　　高原的天，善变的脸。说话间天空就落下一阵雷阵雨，雷鸣电闪，整个高原仿佛在脚下颤动，我吓得不敢在草地上走动，怕惊动了一棵草一滴水，怕惊扰了青藏的神灵。人站在这样空阔广大的高原，站在一阵接天连地的大雨雾中，渺小的还不如一只蚂蚁，或者根本就是沧海一粟。

　　我开始怀疑，是不是我还没有准备好心境来膜拜黄河源头？是不是心还不够无尘无伪，也许只有足够纯净的心灵才能接近和感知这片圣洁的水源？

　　我甚至在心里开始祈祷：厚德、宽容的巴颜喀拉，原谅我冒失的闯入和积尘的脚步！我远道而来贴近你，即使上天用一阵瓢泼大雨洗礼我，我也心甘情愿接受。我为不能抵达你的清澈，我为自己身上还存有的不洁和污浊深深忏悔。

　　我还在默默祈祷的当儿，雨线好像被大风一下就收走了，阳光忽啦啦地闪出来，像一道幕布，刷啦一下打开——草地一下亮灿灿的。与先前不同的是，草地上爬满了千万条小黄龙，像一条条闪电，又像藏家姑娘满头的碎发辫，从高坡处流淌，向低洼处汇集，不多时，洪流越聚越多，一股一股奔流向远处叫作玛涌滩的远方。从那里一路向东，出玛多草原，就是雄壮的阿尼玛卿雪山了。

　　一场大雨，太多的黄土在搬运，又让我看见了黄河源另一种样子。

　　　　站起，一位披黄袍的巨人
　　　　背靠青藏高原问天，吐出漫天云的思绪
　　　　躺倒，一条漫步的巨龙
　　　　足踏大地向北弯曲
　　　　青铜质地的形体，勾勒出龙的形状

　　这是诗人刘诚写的《黄河》模样。我真切地感知了那句名言：黄河之水天上来。

原来，上苍在洗礼我的同时，却为我呈现了形成阔大黄河的真实经过——先是点点滴滴的冰雪渗水，而后是条条发辫似的细流，而后是涓涓溪流，而后是股股洪涌，再后来，大浪滔天，万古奔流。

我怎么也想象不到，这片冻土上的水滴，一经汇集就孕出中华民族气吞山河，一往无前的气势和力量。

我为看见了黄河最初的源流喜极而泣。一条条源流，滋润了几千年的黄河文明，冰山雪峰积淀了黄河流域一茬又一茬绿意盈盈的农耕文明和可圈可点的历史风云。一条条小溪小流，从青藏出发，养育一代又一代华夏子民和芸芸众生的博大胸怀。

可是，有水的黄河源区域怎么还有断流和沙化现象呢？

表弟说，藏族人在黄河源生生不息，游牧文化在这里绵延不绝，可是过度放牧也使黄河源头的草场退化，沙化严重。近几年为治理和保护三江源，玛多有五百多户牧民响应国家"保护生态、减人减畜、退牧还草"号召迁出黄河源，他的草籽就是送到青藏高原用于草地复绿、恢复植被和草场的。

我很吃惊，五百多户牧民减畜退牧，他们的生存和生活又该怎么解决？

表弟告诉我，减畜退牧后，牧民按退出的草原面积享受国家退牧还草奖补资金。还有一部分人被吸收为生态管护员，三江源的山水林草湖都由他们守护，还帮助收集物种、植被信息和保护藏羚羊呢。

这个工作牧民们应该是喜欢的吧，心怀善念，同样是游牧，牧的是时间，牧的是众草，牧的是鲜花，或者是一群自由奔跑的珍稀动物。再也没有成群成群的牛羊放牧草场，生态环境得以休养生息，黄河源头的水流和湖泊会日渐丰盈起来。不会太久，这片土地上又会河湖绵延，水光潋滟，绿草茵茵；又会是野生动植物的天堂；又会是涵养黄河文化和生态文明的乐园。

暴雨过后，阳光又照亮黄河源头的水线，一会儿飘雨一会儿暖阳的青藏，人在自然威力面前，何足道哉，只有巴颜喀拉山的冰峰永恒在眼前，静穆、雄浑，像世外高人。

清亮的水线，或远或近，或隐或显，或高或低，围绕着山形流淌，空气湿润润的，草地绿得清新纯粹，天空又恢复清澈纯净。尝一口黄河源头的水吧，它在苍茫草原上，无争无喜，像母亲的甘美乳汁，静静哺育着万物，却从未向我们索取什么。我要尝一尝这仁爱苍生的味道，尝一尝母亲的味道，它年复一年，日复一日，在寒冷青藏，在洪荒三江源，静观花开花落云卷云舒，奔流到海不复回。

从此，我也是走过黄河源的人，对一个追寻梦想的人而言，当我有幸抵达时，我的精神、灵魂、生命都有了一种图腾，一条河也不再是河了，而是血液。

草原长风

　　七月，我们踏上追寻草原的旅途，沿着唐蕃古道前往甘南草原和川西北高原。到阿坝草原时是清晨，有幸碰到牧人转场，爱人喜欢摄影，他想拍一组牧民转场的人文生活组照，我们下车走向牧人家。

　　家是一排砖房，是牧民们的冬窝子，房间左右两侧都有黑土夯实的羊圈，周围有松木板扎起的一排排栅栏，三只黑牦牛就栓在栅栏上，身上已经驮上了转场的家当。三个脸庞黝黑的男人还在打理捆绑东西，我们远远地向他们招手打招呼。藏獒的狂叫声盖住了我们的喊话声，一位戴着旧毡帽的男人迎向我们。我简单的华锐藏语他能听得懂，欣喜的是他会说汉语，他告诉我们要准备转场，转到夏季高山牧场去。在毡帽朋友的引领下我们走到了牦牛跟前，我看看那行装，简单的让人吃惊，又简单的让人沉重，只是帐篷、毡铺、锅具、柴禾、挤奶桶、茶叶、盐巴和面粉、糌粑。其实我发现，所有的家当就是那一大群牛羊。

　　经过一阵寒暄，了解到那位戴毡帽的牧人名叫道吉，他以前在格尔登当过教师，由于阿爸去世，牛繁殖得又多，他不得不回家帮母亲和妻子达吉照顾家园。他向我介绍另外两个牧人拉麻呷、僧金呷，他们是来帮他走一段转场路程的，他需要朋友帮忙拢住大群牛羊，安全通过大风垭口——到达高山牧场还有一段海拔四千多米的风口。他说，过了那个风口两个朋友就回来。他和妻子就要常驻夏季牧场，一直到冬天再转回冬窝子的家。

　　爱人好奇地问："风厉害吗？"

道吉憨厚地笑了笑，开始讲述：

虽然是夏天了，但高山区的风依然冷得让人牙巴打磕，到了四千多米的一个垭口——乱石头垭口，呼呼的大风吹得牛羊睁不开眼，人骑在马上都会被刮下来。此时如果没有很多人围追堵截，牲畜就会顺着风跑，走不到正规牧道上，跑散了的小牛小羊还会被风吹走。那天的风真是太大了，风夹带着雨，雨中带着闪电，闪电里带着霹雳声，我们将牛群羊群往一块儿收集，等大风过后再行进，一些老牦牛好像商量好了似的走出圈子，将小牛犊和小羊羔收围中间，它们站在最外圈，围起一道遮风的墙。

雨来得太猛了，雨衣的帽子根本戴不住，大雨直接往脖子里灌，我们只好取下牛背上的帐篷，大家各抓住一角，遮掩在头顶上，但风太大，逼迫人不得不蹲下身子，要不然大家会被风力撑起的帐篷带着飘飞起来，说不定会跌落在乱石堆里被摔死。

拉麻呷一个劲地喊："低一点！低一点！……"他后面喊的话早让大风刮跑了，也或许被风噎进肚子里了。我觉得身子紧贴着地皮都贴在石头上了，高山上的石头也被大风吹得冷透了，钻心彻骨地冰凉。这冰凉追透骨头会使人感冒，在高海拔感冒了可不是闹着玩的，肺气肿、脑水肿、咳嗽、鼻子不通气随时会要了人的性命。

那些小碎石被风刮得互相碰撞，发出嘎啦嘎啦的声响。我们在石头上挪动时，风吹过来奇怪的叫声，寻着声音我看见了一只长得跟石头一样颜色的老鹰，展开着大大的翅膀不飞走，即使是在大风里它的眼睛依然保持机警乌亮。刚开始我们以为鹰受伤了，要不然，再大的雨鹰也会飞走，飞到石窝里去歇息。草原人视鹰为神明，达吉想帮它看看是翅膀受伤还是腿受伤了，在移向它时，鹰翅一动，我们看见了羽翼下一对乌亮乌亮的小眼睛，阿妈拉，原来它护着两只幼鹰，小鹰在石头上冻得瑟瑟发抖，要是没有母亲的大翅膀它们早就让大风吹跑了。我们继续向老鹰移动，也想用帐篷替老鹰遮挡一会儿风雨，可是老鹰像是受到惊吓，急遽地鸣叫，又把翅膀收得一紧再紧，严严实实护住了两只小幼鹰。

达吉的脸上挂满了泪水。

经过努力我们还是把老鹰一家也遮掩在了帐篷下。风在吼，雨在下，我们把三只鹰围在中间，此时老鹰看我们的眼神柔柔的，能把血性男人的心融化掉。

大风过后天空放晴了，我们赶着牛羊过了垭口，忽然头顶一声啸叫，一只大鹰盘旋在空中，两只小鹰时起时落，跟随我们飞了很久。

道吉一边讲述着一边不停地收拾着零碎的东西，他说时候不早了，我们上路吧，佛祖保佑，但愿今天大风口的风睡着了。他的两位朋友附和着：哦呀，大风睡着了！

道吉没有告诉我和爱人，草原的风到底厉害还是不厉害，可是我已经知道，草原上的牛羊、牧人、马匹、格桑花、雄鹰、石头……他们都被大风吹过，都在高原上经受大风的历练，尔后又像风一样坚韧地扎根在草原上。

草原长风虽然吹起来奇冷无比，但我听到看到的草原却蕴藏着无限暖意。在大多数人的心里一提起草原也许满心都是蓝天碧草的浪漫，其实，草原虽有马自奔驰鸟自飞、云自舒卷花自开的美好，也时时隐伏着艰辛与酸楚，生存的不易一样在草原上存在着。草原人有着天生的乐观和豁达情怀，即使有刀子一样的风，草原人一样感恩着神山圣水，深爱着草原。

我问道吉，草原生活这样艰辛还想回去当老师吗？他说草原上的家人和牛羊更需要一个男人。他不能把这样辛苦的劳作全交给阿妈和他的女人。

他说从小在草原上生活过的人，不管他走出多远，漂泊多久，内心始终装着草原，即使他的草原寂寥荒蛮，即使他的草原风冷雪频，因为那方热土埋藏着他的根脉，润泽和滋养着他的成长。

我目送着转场的人和牛羊走远，爱人帮忙一直赶着牛羊翻过那道山梁才返程。走了很久了，爱人自言自语，今天天气这么好！不会有风！

道路的光芒

一直有个心愿，沿着黄河追寻到黄河源头的巴颜喀拉草原，因为我的奶奶就是从那片草原走到噶嘛草原的。到年老的时候她总是陷入回忆，经常给我们唱起巴颜喀拉民歌，歌儿真的如草原上的格桑花一样多：挤奶歌、牧归歌、洗衣歌、劝狼歌、剪毛歌、宰牲歌、赛马歌、擀毡歌、酒歌……

可是奶奶的歌儿再多也不能载着她回到那片童年的草原。那时候奶奶说起巴颜喀拉草原是那么忧伤、那么向往，可是那时候交通不发达，没有公路，没有汽车。如果奶奶能活到现在，我就能带着她回到曾经的家园，因为现在的草原上有了四通八达的公路。

我们的车行驶在茫茫草原上，毛毛细雨，雾气弥漫，能见度极低，车子仿佛行驶在另一个空间。要是没在草原上生活过，你也许会认为是云烟缭绕的仙境，也许会为这无涯的灰色感到压抑或恐惧。路边标志牌上的指示也看不太清楚，打开车内导航，我们当前的位置正在若尔盖草原，一边是川主寺、松潘古城、九寨沟，一边是瓦切、红原、马尔康，另一边是川青线上的阿坝、达日、甘德、果洛。真是惊叹现代公路，在草原上就像光芒四射的虹，把大山和茫茫湿地阻隔的两地瞬间相连，使四川的物产极顺便地运输过来，再把青海、甘肃的矿产及特产运送到远方，物流其畅，通经活络，使封闭的草原物物相易，特产输出，好多牧民都选择经商辅助牧业了。

一阵大风掠过，铅云被吹跑了，天空渐渐放晴。路边牧人的白帐篷和拉起的经幡又在眼前绚烂，帐篷门前家家都竖着写有酸奶、虫草、骑马的大招牌招揽路过的游客。我想吃酸奶，也想和这边的牧民交流一下他们的生活，就选择了一处帐篷群落多的牧人家停了车。

主人是四川阿坝的牧民，一边放牧一边在草原上开商店，并开设"草原人家"的旅游住宿点，为游客提供吃住玩一条龙的服务。

牧民热情干练，他说以前跑得快的是马匹、雄鹰、野兔子，现在已经是汽车、摩托车、三马子了。草原在改变，日子有了更多的新鲜，比在茶马古道时期丰富多了。他家养着大车小车，跑外提货进货很方便，就在草原的公路边上开了商店，为周围的牧民们提供生活日用品。

说起"草原人家"住宿点，主人久美说，一是响应政府发展旅游业的号召，在草原上设点为游客提供方便；再一个，他是村干部，要带头执行减牧少畜保护黄河源头的政策。现在的草场都和农民承包地一样，承包到户，每年要严格谋划，根据草场面积和牧草长势留下合理的畜群，其他的全部出栏。实行禁牧、休牧和划区轮牧，国家给牧民们发放减畜草原补助。他说草原也的确需要休养生息了，由于载畜量过大，草原植被被超载的牛羊啃啮裸露，有些地方出现黑土滩，有些地方已经有了沙化现象。

幸亏道路通畅，来旅游的各地游客为他们提供了更多增加收入的机会。

久美喜欢看公路。久美说他的爷爷曾经说过，路是人们怀着希望找到的另一片天地，因为找到了路，财富和文明才有了聚集。也因为有太多的人为了找路把魂灵和白骨留在了路上。每一条路都有开路者的血泪和汗水，值得走过的人们怀念和铭记。

久美陷入回忆：爷爷曾经在茶马古道上赶马帮，做"背夫"，提着性命走过一遭一遭路途上的艰辛。那时候马帮从四川雅安出发，经过禁门关、二郎山，过了泸定，至康定，到达拉萨，然后到尼泊尔、缅甸、印度等地以物换物，九死一生，算是命大，把家业立了起来。

阿爸继续走马帮，跑草地，有一年一起同去的伙伴把阿爸的马赶了回来，马上驮来小镜子、桃木梳子、万花筒、手电筒、打火机、华达呢料子……唯独没有驮回阿爸。

爷爷的话"去了禁门关，小命交上天"。阿爸的命就交给一条古老艰辛的道路了。

只要听说是修路，爷爷就大把大把的捐钱，在爷爷心中藏着无数"走马帮"的人们无路闯天下的豪壮勇气和泪渍血迹，装着"背夫"们勇走天涯的无奈和疾苦。

路上有父辈们的眼睛和魂灵。久美悠悠地念叨。

现在草原上有了四通八达的路，他的孩子们才能在外面上得了学，他们才走出深山，看到了外面的世界。以前孩子们上寄宿制学校，假期里都是他拉着两三匹马去接他们回山里的家，现在孩子们都在成都、马尔康、康定城上班上学，来来去去都是车，多亏有路。

是呀，多亏这草原上的路，我也能开车跑几千公里来看雪山，看草地，追寻黄河源头。

正说话间，帐篷外有人大声地喊："剃脑壳的！"

久美既惊喜又羞涩地笑着出去回了一句："挨千锤的！"

为什么这样称呼？他们互相望一眼笑弯了腰，不给我解释。

"也不给我个电话就开车跑来了。"久美有些嗔怨，那个大笑的女人说："路这么好，我想来就来了。"我忽然明白：这对夫妇恩爱有加，互相起个昵称，都指向爱的最隐秘处，指向爱的疼痛处，指向爱的终极——死亡。

要通向爱，通向亲人，通向生命，一条顺畅快捷的道路是多么重要，多么温暖。

道路让草原生活有了牧民们银饰一样闪亮的日子，因为全国各地的旅游者和生意人把新鲜的事物和海量的信息带到了草原，草原显出了新的色彩和光芒。

我离开久美一家继续赶路，耳边萦绕着他们夫妇的笑声，那是一条通畅的路带来的秘密和惊喜。

《诗经》韵里的故乡

十月的张掖，白杨树的叶子才泛了黄，性子慢的还绿得油亮呢，性子急的，却收拢身体，快要坠落大地，绿了一夏，也累了。

最累的当数芦苇，霜降一过，芦花，苇穗渐渐变黄。此时的张掖大地上，麦茬是黄色，玉米秆是黄色，葵花秆是黄色，树叶子是黄色，整座城被金黄包围。

古人称张掖为"金张掖"，看到十月的景象，就会明白古人叫得没错，如此广阔的戈壁上，从山海经流淌而来的一条古老弱水，流经这片土地，水丰地肥，是种植庄稼的膏腴之地，丰收时节自然是满城尽带黄金甲。

到张掖必是要去湿地公园看看，我们到公园有点早，天空中有云叠着，似梦境般灰，雨点儿不大，零落着。

公园的路径，也是用灰色的青砖铺成的，缝隙间长满了青苔，显得清静、古朴，是我喜欢的样子。

走过青砖甬道，踏上木栈道向湿地博物馆方向走。一位五十多岁的母亲正在清扫落叶，人行木栈道上的落叶，像一只只蝴蝶。她弯腰捡起来，轻轻放进垃圾篓中，不紧不慢、认真做事的样子，像极了轻手轻脚捉蝴蝶的小姑娘。

她说，你们从左边转过去吧，左进右出，一个大圈，路就走圆满了。

我明白，曾经从西域取回的经文，第一站就在张掖这片戈壁绿洲上停驻，然后译经、传送至中原。这里塔影护法，佛寺传经，有世界闻名的大佛在此,人们都心存朴素的因果善念。

走在曲径通幽的栈道上,微雨的滴落声就从栈道两边的苇叶上传进耳中,忽高忽低,忽近忽远。木栈道湿漉漉的,泛着古旧的褐黄色,有些芦苇许是生长得疲惫了,索性匍匐在木栈道上,翠绿纷披。我不忍心踩踏而过,扶起成片的苇叶,抖落无数亮晶晶的水珠,于是脚下的湖水中又荡出许多波纹,一圈一圈漾开去。不远处野鸟受到惊扰,扑棱棱起飞,旋一两圈,又落在水上,随水波晃悠着远去。

是的,戈壁千里,一条弱水,让城市有湖、有河、有一方湿地,有水的城就有了灵气和诗意。

无数生物在水的润泽下为戈壁带来无限魅力和生机。

最有生命力的是芦苇,那样浩浩荡荡长进湿地,清瘦、柔软、妩媚。茎秆长得再长再高,穗儿始终低垂向大地,是对水泽的感恩吗?可我怎么看它都像临水照镜的伊人,在水之涘,有着蒹葭萋萋的轻盈之美。

我们进入芦穗摇曳的水域深处——芦苇荡。

盛大啊,又高又密,人走进去,抬头只看见轻扫云层的苇穗和头顶的一方天空。

芦苇荡里开出弯弯曲曲的一痕小径,有曲径通幽之意境。这苇荡里更适合相恋的一双人儿,悠闲、散淡地牵手而行,他们低语时,穗花摇摇摆摆,柔软、温和,为他们装点出诗意,守护恋人的甜蜜。

我想,恋人们都喜欢小径的悠长吧,不然《诗经》里怎么会说,道阻且长、且跻、且右。恋人们都愿意沉沦在溯流里,是啊,隐身在苇草里是另一片让人心跳的尘世呢。

天渐渐晴过来了,露珠还在苇叶上晶莹滚动,显得寂静而清凉。小虫子飞来舞去,有的就藏在苇穗上喁喁私语,再小再卑微的生命也在它微小的空间里有适者生存的生命特性。便觉这方天地如此温柔,水草万物如此温情可爱,一颗心便有了纤尘不染的喜悦,很是欣喜,我以为是走进《诗经》里的故乡。

电瓶车顺着风的方向跑,半青半黄的芦苇向后退去。

就要退出苇荡时,雾蒙蒙的苇草尖深处显现一处青瓦白墙的寺影,一首巫娜的古琴曲《红雪莲》飘散在雾气中。电瓶车不停,也就不能去一探究竟，我的思绪便跑出了这种潮湿的空阔。

这里自古就有"一城山光，半城塔影，连片苇溪，遍地古刹"之说，可以想象，在水波烟横的渚岸上建一座小寺，有几点香火就好，不需要太多，太盛，寺被遮隐在草浪里，清虚、寂静。修行的人可以读书、抄经，淡泊素静，安稳岁月就好。

这样，能上岛来访我的人，必是心怀淡然心思的虔诚之人。我们不必山水迢遥话虚妄，也不必锦瑟年华弹流水。日子过得散漫一些，开几片花田，垄一畦种毛菜的地埂，闲下来时可以侍弄，以养勤俭之身。

有这样一方得天独厚的湿地，自是不能少了一片风荷之姿，一花五叶，清净之身，我若伺候不好，邀你来伺弄指导。一亩方塘，花开时节，佛在，你在，我定净手调素琴，奉香茗，让时光一片澄明、安详，内心定然是溢着欢喜的。

寺，在密密匝匝摇曳的芦苇间时隐时现，像一个人出入红尘与空门净地，来，或者去，在水上留下大片清凌凌的沉默。

我想长留这里，不走，该有多好。

某一天，你若途经这里，请停下来，看一看渚岸烟雨，听一听苇淑秋风。如果喜欢那座岛，或者喜欢岛上的寺，一定要野渡登岸，去扣一下门环，探望一座寺的清幽和寂然，不要像我，留下未能前去的遗憾，想着下次再来。

出了苇荡，雨中浮出了扰人的清香。放眼寻，就见着了半黄半绿的植丛中一株矮灌木，茎秆褐色，像咖啡豆的颜色，结着小灯笼似的花果子，桃红色，惹眼，惊喜，但不认识，百度一下，好像叫卫矛，是一味中药，治疗咽喉肿痛或者是扁桃体炎，总之是清热解毒的。

出行就是这样，在陌生的地方让你遇见美好，遇见未知，并且可以认识和求知它，以丰富自己。虽然卫矛也叫鬼见愁，但我怎么看都是那般灿烂美好，那么艳红的灯笼花，人见人爱。

有水的地方，树多花多。十月，大多数花已经萎谢了，留下残红遍地，但有一树花开得新鲜奇特，花是粉红的，似灯笼，一嘟噜一嘟噜，经百度知道叫白杜，也是卫矛的一种。花瓣上挂着水珠，像在做着清梦，慢慢地，水珠滴落，扑簌一下，像花朵的一声叹息，落进草丛。

　　正当我凝神谛听珠落的天籁时，一只黑天鹅似一个幽深的梦从栈道的曲径处漂来，轻、缓、神秘、孤独。我追着黑天鹅拍照，拐几个弯，却追进了一大片荷花淀。荷塘边矗立着一个稻草亭子，高悬一块赭红色牌匾，上书"荷塘赏月"四个黑字，很有古意。

　　荷花已不见，枯荷铺水，残茎托举着莲蓬，倒影在水中，一如光阴的凋落，显得零乱而凄美。

　　黑天鹅穿梭在枯叶间，仿佛划动着人间的广阔和荒凉。我一下觉得，它是个挽歌者，携带着季节的沧桑、归宿和轮回，缓缓游向水域深处。涟漪荡远，黑天鹅钻进香蒲丛，我分明听见，羽毛碰撞叶片，蒲棒发出"嘶啦嘶啦"的响亮声。

　　香蒲满池，但对孤独的黑天鹅来说，每一枝都索然无味吧，它没有停下来，只管游荡，孤独地游荡。我无法言语，刚刚还因识花产生的喜悦心情一下被忧伤占据，一步一天地，这情景正可谓"人生一世，草木一秋"，欢喜和哀愁瞬间转换，让人难以自己。

　　还好，仅仅是遇见了一种景致：枯荷铺水，莲蓬静立，孤鹅远游，香蒲亭亭净植……种种古典意境，仿佛是在《诗经》里，每一种沧桑触碰到了一小段青春失却了岁月的葱茏，有着朦胧的忧伤之美。

　　天空渐远，流水渐阔，跟随飞过芦苇荡的一排大雁，我的目光陶醉在秋草苍黄的水云乡，忽然就想到了那首歌："鸿雁，向南方，飞过芦苇荡，天苍茫，雁何往，心中是北方家乡……"

　　苍茫、悠远、辽阔，有一种歌是长在心间的，长调悠徊，乡愁直抵《诗经》韵里的故乡。

天边毛藏

1

路一直修到毛藏乡一个村庄——华山村。

村庄处于祁连山脉东端，在青藏高原的边沿上，是天祝藏族自治县最偏远的一个村，那里被人们称为"天边毛藏"。

公路沿河，毛藏大峡谷的秋景掠过车窗，峡谷仿佛进入一种闲静的秘境，正午的阳光洒在桦树、杨树枝梢，泛黄染红的叶子，斑驳出无限叠彩琉璃的幻影。往峡谷深处走，森林、灌木、草原交叉分布，任何夸赞称道在峡谷内都不为过——崎岖山峦、磅礴水声，两岸危崖对峙，满山苍松奇石。仅可容一辆车通过的乡村路，穿越苍黄草原和森森古树林，有三五人家出现在山坳，房屋周围散落着牛羊，也散落着大片大片的绿燕麦地，在秋天渐黄的草原上像缝上去的一块块绿补丁。

这样的路上适合听乡村音乐人约翰·丹佛的歌曲《乡村路带我回家》。曲风清朗，但也有点忧伤，会使人陷入回忆和怀念。

路两边有无数沟沟岔岔，每条沟壑内都有河水奔泻，出山涧后汇入主流杂木河。一路经过杂曲河、车辙河、响水河和毛藏河，响水河名字起得真是名副其实，响声与其他河流不同，主要是山涧溪流盘桓交错，经过堆叠的高山碎石间被分隔成细密如网的雪瀑，正如大自然弹奏的一曲《高山流水》，清越之音美轮美奂。

路上遇见巡视山林的护林员，他介绍，毛藏大山中矿产丰富，有金、锰、萤石、铜、铁、铅等矿产资源，曾经这里开矿、建有水电站，自祁连山环境保护和治理以来，采矿、探矿点关闭，水电站拆除，水源地保护建成一座蓄水水库。为建水库，实行生态移民30户200多人搬迁出水源涵养保护地，山水林田湖草冰工程完成了祁连山生态修复，偿还了历史欠账。

护林员说，为减畜退牧，不过度破坏水源地，牧民们享受搬迁补偿款，拿草原奖补资金，响应和配合减畜、设施养殖和退牧还草（林）政策，如今草原承载量过度的问题得到缓解。现在生态环境变好，山中出现成群的马鹿、岩羊、麝、梅花鹿、雪鸡、蓝马鸡等野生动物。有一年牧民的羊圈里还进去棕熊，咬死21只羊，尽兴离去。

"当然，牧民们是能拿到政府补偿金的。"护林员笑着说。

现在不开矿了，没有了机械的轰鸣声，山中石羊、狼都增多，他们村的人捡到一只腿受伤的小石羊，抱回家中治疗。过一年，野石羊成了羊群中的领头羊，每晚牧归时帮牧人收拢羊群回圈窝，等所有的羊进圈后它才进，但它不从篱栅柴门进，而是从石头砌的高围墙上跳进去。很雄壮，很威风。

野石羊不走寻常路。

护林员从放牧人变成了护绿人，看护着山林也看护着野生动物。小康说，护林员和牧民们还救下过一只鹿呢。

有天晚上，护林员和几个牧民在家中喝酒，听见外面有奇怪的叫声，几个人一起出门查看动静，看到两只狐狸围追一只小鹿，将小鹿逼迫到一摞木柴堆的拐角处，如果人们出现得迟一点，小鹿就是野狐子的美食了。人们驱散狐狸，救下瑟瑟发抖的小鹿。

护林员憨厚地笑笑，他说其实鹿很聪明，它知道向我们人类喊救命，我们是它们的邻居嘛，遇到危险知道往有灯火的地方跑。

你听听，山里人说人和动物是邻居。我心中闪过欢喜，山里有人间灯火多么好。

2

海拔渐渐升高，天蓝得也有点忧伤，五菱宏光铆足了劲盘山，终于盘到了水库大坝上，盘了几盘我紧张得都忘记数了，一下车，眼前一派碧蓝风光，库水潋滟，绿色盈盈，真像是一块绿色的松耳石静静地落在草原深处。

有四位蜘蛛侠一样的人，头戴黄色安全帽，腰里拽着钢丝绳，晃荡在88.8米深的库区护坡上。问大堤上操控绳索的人，他说是在检修有无渗漏洞。内心正为"蜘蛛侠"们捏着一把汗，忽然听到鹰的啸唳声，蓝天飞云处，一只雄鹰又把天边毛藏指引得更加高远。

项目办的小康说，为了保护水源地，杂木河上游要修建水库，库区里世代居住的牧民们都要搬出大山，下山入川，移民到凉州区的地界上。那里是农区，游牧文化要向农耕文化过渡，世代习惯的生活方式要发生质的变化，甚至少数民族语言和汉语的交流也存在一定障碍，牧民们有过抵触、困惑、不舍和挣扎，但这是祁连山环境治理和保护的必然。

驻村工作人员结合脱贫攻坚工作，苦口婆心地劝说，做思想工作。乡政府为他们修建好移民点住房，硬化好巷道，安装好路灯，建成舍饲养殖暖棚，并且一次次组织牧民们参观新房，看养殖大棚。好多牧民觉得政策太好了，什么都替老百姓想好了，就剩下拎包入住好好过日子了，年轻人率先搬迁出山。政府为牧民们搬得出、稳得住、能致富、能走生态畜牧业发展新路子想了好多办法，乡上的工作人员一届一届，一茬一茬为此付出了艰辛工作。

现在水库蓄满了水，库区两岸的灌木丛也已长得苍苍茫茫，是众多鸟类和小兽的家园，灌木带外缘的空地和山径，为高山草场下来躲避严寒的马鹿、梅花鹿、香獐子、狼等动物提供了庇护和食物。这又是一项祁连山生态保护回归自然之路的壮举，新修的水库轮回着日月星辰的光华，见证着沧海桑田的变迁。

牧民们为了保护水源涵养地不得不远离故土，不得不过另一种生活。他们为生态文明和环境保护这一新课题，从精神层面和生产资料及生活方式的转变方面付出了牺牲和代价，他们值得被时代抒写，值得被历史记住。

经过水库，一直往华山行进，秋日时分，枯黄的芨芨草纷披满坡，路两边摇曳着大蓟、小蓟、野芹、蒺藜、狗娃花絮……唯有芨芨草适合远观，一穗穗笤帚状白花，沐风浴露，静穆如仪。穗花雪一样，茫茫渺渺，总是那么寂寥苍凉，风从草尖掠过，似弹奏琴声，心间起了隐隐辽远意。于是想起了拉赫玛尼诺夫《c 小调第二钢琴协奏曲》，乐曲带有沉思、幻想。音韵轻缓流淌、幽远而跳跃……充满对远方的向往。

沿路汤汤水声大到震耳，山谷间的石头也大得惊人，半间房子大的石头堆满河谷，看见半山腰挂着的一条石头砌边的路正在建设过程中，路边牌子写着"泉台村"。政府为老百姓想得真是周到，带领脱贫、筹资修路，解决百姓出行难的问题。我在路边看见一座绿色小房子，飘扬着两面旗，一面是党旗，一面是写着"毛藏乡流动服务大厅"的旗，挂一块牌子，写着"便民取物点"。

由于毛藏乡政府原驻地也在库区内，水库建成蓄水，乡政府也得搬迁至凉州地界一个叫古城的地方。虽然，乡政府和生态移民的人家搬出了毛藏地界，但政务和服务百姓的事业仍然在路上。

见有年轻人骑摩托车从取物点拿到包裹，正往摩托车后座上绑，我主动上前帮忙。经攀谈得知，他是赶着牦牛下山饮水的，顺路把村里人代买的东西捎上。

我问："你带回去能把东西全部送到购买人家中吗？"

"能啊，我在微信群里语音一通知，有的人家就来取了，有些顺路就送完了。"

"有没有自己拿走，不送的？"

那个年轻牧人耸耸肩，双手合十对着雪山笑着说："山神看着呢！"

年轻牧民告诉我们，这里牧民居住分散，以前没有这个取物点，村民们买东西要用三四个小时的时间才能下山，到新搬迁乡政府跟前的商店买好东西，再回去，要将近一天的时间。乡政府发动党员干部为民解难题、办实事。干部们想到为华山村民建起微信群，把要想办的事发到群里，有值班的人进行梳理登记，代办好就开车从乡政府出发送到这个"便民取物点"，每件包裹都写有联系人姓名和电话，牧民们放牧的时候就下山拿回村。

我眼前的绿房子居然像城市里的一个快递点，有让买药的、买菜的、买茶叶盐巴的、买粮油米面的、买日常用具的……山高路远，总有人为百姓的幸福生活保驾护航，一件件事情，连通着老百姓与政府、群众与干部的心。

我站在绿房子前，看着眼前一座曾经的旧吊桥，木板古旧，在午后暖阳下晾晒着空寂。桥下河水撞击大石，翻滚着白浪花，风吹落一地血红色的灌木秋叶，桥上已没有行人。

山风将两面旗吹得猎猎作响，心间暖流涌动，几乎落下泪。

3

都说高山是牧人的天堂。华山村离天堂近，离库区远，他们不用搬迁，因此，七十几户人家安安稳稳分散居住在高山牧场上。日复一日年复一年地重复着放牧的劳作。可是苦了包村干部们，如此的偏远，脱贫攻坚的政策要挨家挨户宣传到，脱贫帮扶要精准到一户一策，"两不愁、三保障"要每村每户达标，党史学习要向老党员送资料。当洪水、冰雹、暴雪不期降临时，领导和干部们第一时间要到位，还要组织救灾，防止次生灾害，将损失降到最低。一位驻村干部说，这几年牛羊价格好，牧民收入好一点，华山村民的日子蒸蒸日上，但他们就是不愿意搬迁到离城镇近，又平坦的川区去。他们喜欢与牛羊打交道，喜欢待在深山里，干部们下村入户就辛苦得多。

一路上，一行人一直在讨论一个问题，是搬迁好还是不搬好。

小康说，还真是想不通，居然还有搬去城里住几年后又返回草原的人们。

我和三个同事的意见也不相同。我有草原情结，总是把草原生活往随性、率真和诗意里想，觉得牧民的生活简单到只是一种活着，放牧只是他们谋生的手段。华山村最适合过田园生活，这里青山逶迤，白云悠悠，与牛羊呼吸同牧风云，有薄田几分相耕与大地接气，无车马喧，宜结庐人境，人际关系也是简简单单，有什么事还有乡上的干部们替他们操着心。

我还举例说明，亲戚中有毛藏人，下山不会种田，只好养育牦牛。山下凉州的夏天不但不凉还热死人，牦牛浑身厚毛纷披，即使剪了毛也是喜欢在寒凉高原开阔地游走觅草的牲畜。牧人们在棚圈里养殖白牦牛，结果牦牛不吃饲草料，几天时间就病倒了。

他们的生产资料和生活方式不适宜在山下生存发展。

我的同事们认为，人是要追求更高层次的文明和物质生活的，眼光要向前看，为了子孙后代也要往山下走一程，更接近现代生活，人们的幸福感、获得感才有更大提升。

同事们也有举例，如果搬迁到乡政府周围，靠近城市，生活环境优渥，收入也可以靠就近就地打工或者舍饲养羊实现，定居村庄能有更好的规划和设计，这符合乡村振兴对"美丽乡村"建设的擘画。

一翻讨论，谁也说不准这种原乡生活究竟会怎样发展下去，我们也只能拭目以待。但有一种力量是明确的，那就是政府永远是老百姓的主心骨，山高水远，鲜红的党旗总在雪山间飘扬着，暖着高原人的心。

这里是青藏的边缘，华山是古老的村落，远离城市喧嚣，作为乡政府的干部，下一次乡路途遥远，开车下村入户多有风险，工作的确很辛苦。作为牧民，他们是原生的土著民，世代生长在原始森林边，生长在草原上，他们出门见雪山，下坡见大河，牛羊的呼吸就是他们安身立命的呼吸，他们对故土有着归宿般的热爱和皈依，不愿意离开也是有情可原的。

有人说，现在居住在村庄里的人就是最后的华山村民，他们是新时代的"边缘人"，现代社会发展日新月异，从这里出去上学、考了学的孩子们接受外面新思想、新事物，都不愿意再回到遥远的天边毛藏。政府花大代价为这华山村修路、引水、拉电，有好多年轻人真有点想不通呢。

我确切地问了一下小康，华山村现有多少人家？答曰：有户籍的135户，434人，常驻户75户，262人。

时代在发展，环境在变化、外出打工者一出去也不常回华山，带孩子去县城读书的人家也不常来华山，一些外出工作的人把父母接去县城长住，也不常回华山。时日不久，我想，华山村会不会也慢慢变小、变空、变得失落和离散？

我对毛藏是熟悉而又陌生的。熟悉是由于我的两位姨娘都出嫁在这里，从小就听过毛藏的地名。小姨出嫁时，母亲有病未能参加婚礼，我随在送亲的亲人团中到过毛藏一个叫大小台的村落。那时，整个山野没有路，有的只是羊群绕山势行走出来的羊肠小道，而且是沙石陡坡，大小台村坐落在高山顶的平坦台子上，面对的是七座大雪山。

记忆中我是拽着马尾巴登上山顶的，因为骑在马上会从爬坡的马屁股上溜下来，一但抓不紧马缰绳，滑落马背就会滚下山，山下就是汹涌的杂木河。

陌生是由于我从未到过天边的华山村，想不到我因查验一条公路而来。

一群牦牛缓慢摇摆在新修的路上。放牧的人，头戴藏式礼帽，手提一条毛线绳编制的"乌肚"（放牧时用来甩石头的抛石器），打着口哨，驱赶着牦牛，草地上竟也腾起一阵轻尘，多么原生态的生活场景，这是我小时候熟悉的生活。

我离开草原多年，梦里却总是怀念着草原。每年夏天到秋天的时节，都要去一次故乡的草原，有时候纯粹就是为了去摘一次蘑菇。草地上的黄菇、松林里的松茸，都是舌尖上的美味。那是童年的味道，它们总是勾起我的乡愁。

我深爱着童年的森林和草原，一生也不会忘却。毛藏有着我童年一模一样的生活环境。

面对这样的境遇，是搬迁？还是要留下来？我也不知道应该做怎样的选择。

小康说，现在牛羊的市场价格好，路又修好了，收购牛羊的车一直能开到村庄里，牧人们把一年放牧的牛羊在冬天时节卖出去，在山中过一段冬闲时光，来年春天再从青海、张掖等地买回小羔羊和小牛犊，继续放牧。这条路最实惠的是老百姓的农牧产品能运输出去，不用下山找交易点，这条路让百姓出行方便，牧民们就更不会搬迁了。

4

路仿佛斜指苍天，我只看见车头直接插向了蓝天里。一惊、一瞬间，眼前出现一泓蓝海子。

我们要查看的路通到华山海子这里就算到终点了。海子在高山上，离海子不远有七户人家，门前居然也开出田地，种着青青燕麦，有几块也空着，新翻了泥土的样儿，许是种了洋芋什么的，秋天已经收获了去。离海子近处有一户人家，他们凭借这条路出山进山。

两只野黄鸭划着水波过来，仿佛是来迎接我们。小康说，海子的水是温热的，两只鸭子不知什么时候来到华山，春夏秋冬在海子里游荡。

远处有卡哇掌大雪山倒映在海子中，天空的云影被野鸭子划拉的水波乱成一堆，海子却静啊！静到有一绺一绺的经幡在山间说话，静到有风声一波一波掠过水面。在高远清冷的空气中，我相信某种寂静是真的有声音的，它让你变成哑巴，内心激动，静思，听八面荒风。

闭上眼，一个人的山，一个人的海子，一个人的雪山，旷野空灵而清明。

十几户人家面对雪山而居，他们日出而牧牛羊，日落而息山屋，汲山泉而炊饮，生活闲散而缓慢。你从坐在门前柏树下晒太阳的七八位老人脸上，就能看出村人的生活，处于慢和静中。山中无大事，他们仿佛不用担心被快节奏的生活淘汰，他们不怕被时代抛弃，他们有牛羊、野生动物和植物陪伴就已足够。

他们恪守牧耕，不问山外事，生命在经轮上无增无减，他们不留意时间，太阳升起是一天，下雨、落雪也是一天，风从山间吹过，送来季节变化的消息。夜晚，他们与雪山平分着夜色和孤绝感，共享着月光与山间安谧。

如果没有这条路，我不会有缘来到华山，并且见到纯净的海子。那么，华山的百姓们有一条通向山外的路，他们的心会通向哪里？

海子周围是大雪山、大森林，山形似三角形，错落有致，山顶上有云烟，我望而出神，心间便生羡慕。华山人朝对雪山，午间与牛羊徜徉在林海，暮晚将疲累卸在海子，有此诸多依靠，日子不慌乱。不荒凉，自不必着急搬来搬去。

毛藏的华山人，在雪山下牧牛牧羊，也牧风牧云，牧千山万壑。有些牧，我们看不见，但牧人们自己能感觉到真实，它不在平川闹市，不在喧嚣城镇，而在本心，在高远云边。

不是所有的美丽乡村都要建成一个模样，不是所有的乡村都要丢失了原生态的牧业和农业。往前三代，我们每个人心中都有望得见山，看得见水，留得住乡愁的故土家园。

那么，柏树下晒太阳的毛藏人应该算是幸福的，他们守着自己的"本地风光"，守着无数座雪山，守着满山苍松，守着碧蓝的海子，也守着荒野和混沌，守着山野崖壁上跳跃的野生动物和草丛里低鸣的蝼蚁、鼢鼠，在人力还未改造太多的世界里，与大自然中的所有生命平等共处，无所谓卑微，无所谓贫贱，生活不慌不忙，身心闲散、自由、平和，宛如这里的雪山、森林和星辰海子。

一条路，盘山而绕，通向天边毛藏，通向百姓心田。我相信这是一条通向山外的路，是致富路、幸福路，是生命之核心的路，也是呈现"本地风光"的路……